보리스 다비도비치의 무덤

일곱 장으로 구성된 한 편의 잔혹극

보리스 다비도비치의 무덤

일곱 장으로 구성된 한 편의 잔혹극

Grobnica za Borisa
Davidoviča

다닐로 키슈 지음
조준래 옮김

책세상

일러두기

1. 이 책은 Danilo Kiš, *Grobnica za Borisa Davidoviča : Sedam poglavlja jedne zajedničke povesti*(Sarajevo : Veselin Masleša, 1987)를 완역한 것이다.

2. 맞춤법과 외래어 표기는 1989년 3월 1일부터 시행된 〈한글 맞춤법 규정〉과 《문교부 편수자료》, 《표준국어대사전》(국립국어연구원, 1999)에 따랐다.

차례

장미나무 손잡이가 달린 단검

미르코 코바치에게 바침

이제부터 시작되는, '진실' 이라는 불행(비록 어떤 이는 그런 진실을 행운이라고 부르지만)을 지닌 이 이야기는 의혹과 불안에서 태어났다. 이것은 정직하고 믿을 만한 증인들의 손으로 기록되었다. 그러나 만일 필자가 바라는 만큼의 '진실'한 그 무엇이 되고자 한다면, 이 이야기는 루마니아어, 헝가리어, 우크라이나어, 또는 이디시어로, 아니면 이 언어들 모두를 섞어서 표현되어야 할 것이다. 만약 그럴 수만 있다면, 우연의 논리와 깊고 흐릿한 무의식적인 사건들의 논리를 좇아, 필자의 의식 속에서는 때로는 '텔랴티나'[1]처럼 보드랍고 때로는 '킨잘'[2]처럼 딱딱한 러시아어 낱말들이 섬광처럼 나타나리라. 만일 아득하고 무서운 저 바벨탑의 혼돈의 시간으로 돌아갈 수만 있다면, 이 글의 여주인공 한나 크시제프스카의 애처로운 애원과 소름 끼치는 저주는 (마치 그녀의 죽음의 문제가 단지 어떤 거대하고 치명적인 오해의 결과라고 말하는 듯) 루마니아어, 폴란드어, 우크라이나어로 차례차례 울려퍼질 것이며, 마지막으로, 죽기 직전의 처절한 가르랑거림과 최후의 평안 속에 피어난 그녀의 착란적 속삭임은, 탄생과 죽음의 언어인 히브리어로 읊조리는, 죽은 자를 위한 기도로 변하게 될 것이다.

긍정적인 주인공

미크샤(당분간 그를 이렇게 부르기로 하자)는 십 초 안에 단추를 달 수 있다. 성냥불을 켜 손가락 사이에 끼워보라. 불붙은 성냥이 그대의 손가락 사이로 시커멓게 타들어가기도 전에 사관의 제복 위에는 벌써 단추가 달려 있을 것이다.

미크샤를 견습공으로 두고 있는 뢰브[3] 이 엠 멘델은 자신의 눈을 믿을 수 없었다. 안경을 매만진 그는 성냥을 꺼내면서 이디시어로 말한다.

"헤르[4] 미크사트, 어디 다시 한번 해봐."

미크샤는 다시 한번 바늘에 실을 꿴다. 뢰브 멘델은 그에게서 눈을 떼지 못한 채 싱긋 웃고는, 다 타버린 성냥을 갑자기 창문 밖으로 휙 집어던진 다음 자신의 손가락에 침을 뱉는다. 벌써 안토네스쿠 씨의 제복에 단추를 달아놓은 미크샤는 의기양양하게 말한다.

"뢰브 멘델, 성냥 한 개비가 플로에스티[5] 유전을 통째로 날려버릴 수도 있어요."

그가 어마어마한 화염으로 낮처럼 환해진 먼 미래를 상상하는 동안, 뢰브 멘델은 아직도 축축한 두 손가락으로 제복 위의 단추를 병아리 목처럼 비틀어 재빨리 뜯어낸다.

"헤르 미크샤트, 그런 터무니없는 생각만 하지 않는다면 자넨 훌륭한 장인이 되고도 남을 거야. 플로에스티 유전에 수백만 갤런의 석유가 묻혀 있다는 말도 못 들어봤어?"

"아마도 굉장한 불꽃놀이가 되겠지요, 뢰브 멘델?"

미크샤가 알 듯 모를 듯한 말로 중얼거린다.

승리

미크샤는 장인이 되지 못했다. 그는 이 년이 넘도록 뢰브 멘델의 가게에서 그의 지겨운 탈무드 설교를 들으며 단추를 달았지만 결국 저주를 들으며 쫓겨나야만 했다. 1925년의 '뜻깊은' 어느 봄날이었다. 뢰브 멘델은 코친차이나[6] 암탉 한 마리를 도둑맞았다고 투덜거리고 있었다. 미크샤가 대꾸했다.

"뢰브 멘델, 유대인들 중에서 도둑놈을 찾아보지그래요?"

뢰브 멘델은 그 모욕의 무게를 깨달은 뒤 한동안 자신의 코친차이나 암탉에 대해서는 운도 떼지 않았다. 미크샤도 잠자코 있었다. 미크샤는 뢰브 멘델이 자존심을 굽히기를 기다렸다. 사실 노인장은 날마다 자신의 탈무드적 긍지의 제단(祭壇) 위에서 암탉을 하나둘 제물로 희생시키면서 속병을 앓고 있었다. 그는 스컹크를 쫓기 위해 장대를 들고 개 짖는 소리를 흉내 내면서 동틀 때까지 닭장 안에서 불침번을 서야 했다. 하지만 매번 밝은 아침을 코앞에 두고는 깜빡 잠이 들었고, 그때마다 암탉 한 마리가 또 닭장 너머로 사라졌다. 드디어 아홉 번째 날, "모든 생명체는 똑같이 보살핌과 은총을 받아야 한다고 하신 위대한 전능자시여, 이 몸에 벌을 내리소서"라고 탄식하는 뢰브 멘델에게 미크샤가 못되게 쏘아붙였다.

"아니, 적어도 체르보네츠[7] 다섯 닢 값인 코친차이나 암탉이, 가난한 자들을 골탕 먹이고 멀리까지 더러운 냄새를 뿜어대는 스컹크 놈과 어떻게 같을 수가 있어요?"

미크샤는 계속 말했다.

"말도 안 돼요, 뢰브 멘델. 체르보네츠 다섯 닢 값의 씨암탉과 냄새 나는 스컹크는 아예 비교도 안 되지요."

미크샤는 더 이상 아무 말도 하지 않았다. 그는, 스컹크가 제 놈이 망가뜨릴 수 있는 것은 모조리 망가뜨리기를, 그래서 신이 만든 모든 피조물의 평등함을 주장하는 탈무드식 설교 따위는 세속적인 수단에 의해 지상의 정의가 실현되기 전에는 아무 쓸모가 없다는 것을 뢰브 멘델에게 증명해 보이기만을 참고 기다렸다. 부질없는 철야 기도로 녹초가 된 뢰브 멘델은 급기야 열한 번째 날, 퉁퉁 부어오른 얼굴과 핏발 선 눈으로 머리에는 깃털이 수북이 쌓인 채 미크샤 앞에 서서 가슴을 두드리기 시작했다.

"헤르 미크사트, 나 좀 도와줘!"

미크샤가 말했다.

"좋아요, 뢰브 멘델. 카프탄[8]을 털고 머리에 붙은 깃털들이나 떼세요. 일은 제게 맡기시고!"

덫

미크샤가 뚝딱 만들어낸 덫은 옛날 그의 조부가 부코비나[9]에서 만들곤 했던 것과 비스름했다. 어둡고 향수 어린 추억이 되살아났다. 그러나 그런 의미를 제외하면 지금 그가 만들어 놓은 덫은 안쪽에서는 열리지 않고 바깥쪽에서만 열리도록 뚜껑이 달린, 딱딱한 너도밤나무 판자로 만든 평범한 궤짝에 불과했다. 미크샤는 코친차이나 병아리가 부화되지 못한 채 관 속의 시체처럼 썩고 있을(그는 그것을 확신하고 있었다) 계란을 미끼로 넣어두었다. 이튿날 아침 마당에 들어서자마자 미크샤는 동물 한 마리가 덫에 걸려 있는 것을 볼 수 있었다. 구역질 나는 냄새가 대문까지 풍겨왔다. 그러나 뢰브 멘델의 모습은 전혀 보이지 않았다. 긴 철야 기도로 녹초가 된 그는 잠과 운명에 곯아떨어져 있었다. 미크샤는 육중한 농사꾼의 손으로 뢰브 멘델의 유일하게 남은, 공포로 돌덩이처럼 굳어버린 암탉을 쓰다듬으면서 그것을 마당으로 들여보냈다.

그리고 구부린 못으로 만든 이빨이 달린 뚜껑을 들어 올렸다. 짐승의 축축한 주둥이가 틈새로 삐쭉 나타나는 순간, 그는 주먹으로 뚜껑을 힘껏 내리쳤다. 마찬가지로 솜씨 좋게 그는 스컹크의 콧구멍 속으로 녹슨 철사를 밀어 넣고 놈의 발을 묶은 다음, 문설주 위에 매달았다. 지독한 냄새가 풍겼다. 그는 제일 먼저 칼끝으로 놈의 목둘레에 심홍색 목걸이처럼 시원하게 원을 그린 다음 두 발목 위에 칼자국을 냈다. 목둘레의 가죽을 벗겨낸 뒤에는 손가락에 걸칠 수 있도록 단춧구멍만 한 칼자국을 두 번 더 냈다.

짐승의 끔찍한 울음소리 때문인지 아니면 악몽 때문인지 잠을 깬 뢰브 멘델이 불쑥 나타났다. 주름진 긴 소맷자락으로 코를 틀어막으면서 그는 철사 줄에 매달린 채 문설주 위에서 살아 꿈틀거리며 움직이는 피투성이 '공'을 핏발 선 겁먹은 눈으로 쳐다보았다. 미크샤는 칼을 풀잎에 비벼 닦은 뒤 일어나면서 말했다.

"뢰브 멘델, 당신은 영원히 스컹크에게서 해방됐습니다."

마침내 뢰브 멘델이 입을 열었을 때 그의 목소리는 마치 예언자의 목소리처럼 들렸다.

"손과 얼굴에 묻은 피나 닦아내게, 헤르 미크사트. 자넨 저주받을 걸세."

사건의 결과

미크샤는 곧 뢰브 멘델의 '저주'를 피부로 느끼게 되었다. 안토노프카 주의 장인들이 모두 다름 아닌 뢰브 멘델에게 자신들이 부릴 견습공을 추천해달라고 부탁해왔고, 또 미크샤의 이름이 거론될 때마다 그 유대인은 '디부크'[10]에 대해 말할 때처럼 가슴을 쿵쿵 치고 머리를 쥐어뜯으면서 이디시어와 히브리어로 횡설수설하기 시작했기 때문이다. 재봉사들뿐 아니라 장인들 중에서도 제일 형편없는 뢰브 엠 엘 유제프조차 미크샤를 쓰려 들지 않았다. 그는 뢰브 멘델의 저주를 알게 된 지 이틀 만에 미크샤를 해고했다. 이에 대한 보답으로 미크샤는 탈무드 신봉자들이 자신에게 가한 모욕을 언젠가 꼭 갚아주리라 단단히 다짐했다.

아이미케

같은 해 미크샤는 아이미케라는 청년을 알게 됐다. 이 브이아이미케, 그는 자신을 법대생이라고 소개했다. 아이미케는 얼마 전까지 창고 관리인으로 디그타레프 회사에서 일했으나, 그의 말에 의하면, 어떤 위법 행위 때문에 해고됐다고 했다. 동일한 증오심으로 가까워진 미크샤와 아이미케는 인근 마을에서 바그랸 백작의 사냥을 도와주는 일로 생계를 꾸려

나갔다. 안토노프카 주의 룸펜프롤레타리아트들은 부코비나와 자카르파티아[11]의 귀족들에게 사냥개 대용으로 고용되곤 했다. 울창한 느릅나무 숲의 서늘한 그늘 아래 앉아 멀리서 울리는 사냥용 뿔피리 소리와 사냥개들이 신경질적으로 짖어대는 소리에 귀를 기울이면서 아이미케는 사냥개, 귀족, 사냥용 뿔피리가 없는 세상에 대해 미크샤에게 속삭였다. 승리에 찬 호각 소리가 메아리쳤다. 야생 수퇘지의 피가 흥건히 흐르고, 허연 이빨을 드러낸 채 사납게 짖어대는 개 옆에서 귀족들은 단숨에 잔을 비울 작정으로, 은테 두른 휘어진 뿔 컵으로 서로 건배를 하고 있었다. 미크샤는 그곳까지 젖 먹던 힘을 다해 달렸다.

안토노프카 근처에 있는 어느 집 지하실에서 열린 비밀 집회에서 아이미케는(그는 두 달 뒤 다시 디그타레프 회사의 창고에서 근무하고 있었다) 미크샤를 같은 조직원으로 받아들이고, 동시에 미크샤에게 그가 갖고 있는 혁명의 칼날이 무뎌지지 않도록 다시 일자리를 얻으라고 말했다.

미크샤는 운이 좋았다. 팔월의 어느 오후, 안토노프카와 경계를 이루는 우편 도로 근처에서 도랑 가에 누워 있던 그의 눈앞으로 헤르 발테스쿠의 마차가 지나가고 있었다. 헤르 발테스쿠가 물었다.

"네가 살아 있는 스컹크의 가죽을 벗겨 그것을 장갑처럼 홀랑 뒤집어놓았다는 게 사실이냐?"

"사실이고 말고요."

미크샤가 대답했다. 헤르 발테스쿠는 미크샤의 뻔뻔스러움에 조금도 모욕감을 느끼지 않았다. 그는 미크샤를 향해 소리쳤다.

"내일부터 당장 내 밑에서 일하도록. 단, 내 양이 아스트라한[12]산(産)이라는 것만은 알아둬라."

"살아 있는 스컹크를 홀랑 까놓을 정도의 솜씨잖습니까. 아스트라한 양 따위는 손가락 구멍을 내지 않고도 멋지게 뒤집어놓을 수 있습죠."

미크샤가 질세라 그의 뒤통수에 대고 자신만만하게 소리쳤다.

임무

구월 말, 미크샤는 자전거를 타고 안토노프카의 모피상인 헤르 발테스쿠의 영지에서 돌아오고 있는 중이었다. 숲 위로 가을 바람을 예고하는 붉은 구름 한 조각이 떠올랐다. 아이미케가 번쩍이는 자전거를 타고 줄곧 그의 뒤를 쫓았고, 얼마간 아무 말 없이 그의 옆에서 함께 달렸다. 그러다가 이튿날 저녁에 만나기로 약속한 뒤 말도 없이 옆 골목으로 사라졌다. 미크샤는 약속된 시간에 정확히 도착했고, 미리 정해둔 수신호를 보냈다. 아이미케는 불을 켜지 않은 채 문을 열어주었다. 아이미케가 입을 열었다.

"간단히 말하지. 난 조직원들마다 다른 시간, 다른 장소에서 만나기로 약속을 정해놨어. 그런데 그중 꼭 한 곳에 경찰 나부랭이들이 나타난 거야." (머뭇거림.)

마침내 그가 그곳이 어딘지 말했다.

"바그라노프 제분소."

미크샤는 계속 침묵을 지켰다. 그는 그 배신자의 이름이 발설되기만을 기다렸다. 아이미케가 말했다.

"바그라노프 제분소에서 나와 만나기로 약속한 사람이 누군지 자넨 묻지 않는군!"

미크샤가 딱 잘라 말했다.

"그가 누구든 간에 난 그 사람처럼 되고 싶진 않아요."

그 불결한 이름이 자기 입술을 스치는 것이 께름칙하기라도 한 듯, 아이미케는 그날 밤 미크샤에게 변절자가 누구인지 말해주지 않았다. 그는 다만 미크샤의 충성심과 증오심을 믿을 뿐이라고 말했다.

"자넨 배신자의 낯짝을 보게 될 거야. 하지만 그 얼굴에 속지 말게. 변절자의 얼굴 역시 대단히 선량한 표정을 지을 수 있으니까."

미크샤는 불면의 밤을 보냈다. 그는 조직원들의 얼굴 하나하나에 변절자의 치명적인 가면을 씌워보았다. 그러나 어느 얼굴에도 어울리거나 꼭 들어맞지 않았다. 다음 날 그는 온종일 헤르 발테스쿠의 영지에서, 고무 앞치마를 두른 채 팔꿈치께까지 피로 물들이며 양을 도살하고 가죽을 벗겼다. 땅거미가 질 무렵 그는 물통에 손을 씻은 다음, 엄숙한 분위기의 양복을 입고 모자 테에 붉은색 카네이션을 꽂고서 자전거를 타고 숲으로 달려갔다. 그는 숲에서 제분소까지는 걸어서 갔다. 두텁게 깔린 나뭇잎을 바스락바스락 밟으면서 가을 숲을 지나 제분소까지 계속 걸었다. 나뭇잎은 그의 발걸음에서 나는 무시무시한 굳은 결심의 소리를 사뿐사뿐 지워나가고 있었다.

배신자의 얼굴

물레방아 옆 녹슨 울타리에 기대어 진흙탕의 소용돌이를 뚫어져라 쳐다보면서 한나 크시제프스카가 기다리고 있었다. 버려진 채 무너져가는 바그랴노프 제분소 옆에서 노란 이파리들이 물에 떠내려가는 광경을 지켜보고 있는 그녀는 음산하게 짙어가는 계절을 곱새기며 상념에 빠져 있는 듯했다. 얼굴에 주근깨가 나 있었지만(그것은 지금 가을 저녁의 어스름 속에선 거의 보이지 않았다) 그것이 배신의 징표라는 증거는 없었다. 그 주근깨는 인종과 저주의 징표일는지는 몰라도 배반의 징표는 아닌 것이다. 그녀는 경찰에 쫓겨 폴란드에서 도주한 뒤, 한 달 전쯤 안토노프카에 도착했다. 국경에 이르기 전에, 그녀는 브로니에프스키[13]의 시구로 영혼을 단련시키면서 철로 옆 물탱크 안의 차가운 얼음물 속에서 다섯 시간을 보냈었다. 동료들은 그녀의 이력을 조사해본 뒤 위조 증명서를 만들어주었다. (부르주아 출신이라는 작은 오점만 지운다면) 그녀의 과거는 상투적인 면에서 거의 완벽했다. 그녀는 문카초프에게 독일어(강한 이디시어 억양이 섞인)로 개인 교습을 받았고, 문카초프와 안토노프카 세포 간의 중간 연락책으로 활동했으며, 체트킨[14]과 라파르그[15]를 탐독했다.

지령의 실행

아이미케를 흉내 내듯, 미크샤는 입을 굳게 다물었다. 그러나 사실, 아이미케보다는 미크샤에게 묵비권을 행사할 권리가 더 많았다. 그는 조직원들 중 누구보다 먼저 배신자의 얼굴을 보았으니 말이다. 정말로 그 순간 그는, 모래처럼 주근깨가 흩뿌려진 한나 크시제프스카의 얼굴에 배신자의 가면이 황금빛 데스마스크처럼 들러붙어 있다고 생각했을까?

우리가 갖고 있는 자료는 오싹하리만치 사실적인 언어로 그 사건에 대해 증언하고 있고, 그래서 그 속에 씌어 있는 '영혼' 이라는 낱말은 신성 모독적인 냄새를 풍기기까지 한다. 그러나 어쨌든 확실하게 주장할 수 있는 것은 바로 이것, 즉 정의의 집행자 역할을 맡은 미크샤가 아무 말 없이 한나 크시제프스카의 목둘레에 자신의 뭉툭한 손가락들을 얹었고, 그녀의 몸이 흐느적거릴 때까지 그 손가락을 조이고 또 조였다는 사실이다. 그런 다음 명령 집행자는 잠시 멈췄다. 끔찍한 범죄 규칙에 따르면 시체가 처리되어야 했다. 그는 여자에게 몸을 기울인 채 주변을 살폈다(주변에는 나무들의 위협적인 그림자밖에 없었다). 그는 그녀의 두 다리를 움켜잡고 그녀를 강가로 질질 끌고 갔다. 그가 시체를 물 속에 던져 넣는 순간 한 편의 동화가 시작됐다. 정의의 승리가 보장되어 있고, 죽음이 아이들과 처녀들의 희생을 비켜 가도록 하기 위해 온갖 허무맹랑한 사건들이 등장하는 그런 동화 말이다. 그러나 그 순간 미크샤는 여러 동심원들의 한복판에서 물에 빠진 여자의 몸을 보았고 그녀의 광기 어린 울부짖음을 들어야 했다. 그것은 살인자들의 더럽혀진 양심 속에 등장하는 그런 환상이나 유령이 아니었다. 그것은, 공황 상태이면서도, 허리춤에 두 송이 붉은 백합을 꿰매어 달아놓은 무거운 양가죽 재킷을 벗어 던진 채 정확한 동작으로 얼음장 같은 물살을 가르며 헤엄치고 있는 한나 크시제프스카였다. 여자가 반대편 제방으로 헤엄쳐 가는 모습과, 그녀의 양가죽 재킷이 급류에 휩쓸려 빠르게 떠내려가는 광경을 살인자(그러나 우리는 아직 그를 엄밀한 의미에서 살인자라고 부를 수는 없다)는 소스라치게 놀란 눈으로 바라보고 있었다.

망설임은 불과 몇 초 동안뿐이었다. 미크샤는 하류 쪽으로 달렸고, 다리를 건너 맞은편 기슭에 닿았다. 그때 열차 엔진의 긴 신음 소리와 요란한 철로 진동이 멀리서부터 열차의 도착을 알렸다. 여자는 강기슭의 진흙 위에, 마디 많은 수양버들 사이에 누웠다. 그녀는 힘겹게 헐떡거리면서 똑바로 서려고 애썼지만 더 이상 달아날 수가 없었다. 마찬가지로 숨을 헐떡거리면서 다가온 땀투성이 미크샤는 장미나무 손잡이가 달린 자신의 부코비나산(産) 단검을 그녀의 가슴속 깊이 푹 찔러 넣었다. 진흙, 피, 비명을 뚫고 전해지는, 탁하게 흐느끼며 떨리는 음절들의 분류(奔流) 속에서 미크샤는 겨우 한두 마디 정도만을 알아들을 수 있었다. 그는 빠르게 찔렀다. 어떤 정의로운 증오심이 그의 손에 추진력을 더해주었다. 기차 바퀴의 철커덕거림, 철제 교량의 둔탁한 천둥소리 속에서 여자는 루마니아어, 폴란드어, 우크라이나어, 이디시어로 차례차례 중얼거리기 시작했다. 마치 그녀의 죽음이 멀리 바빌로니아의 언어 혼란에 뿌리 내리고 있는 거대하고 치명적인 오해의 결과에 지나지 않는 것처럼…….

죽은 자가 다시 일어나는 부활의 순간을 목격한 사람들에게 환상의 장난은 더 이상 먹혀들지 않는다. 미크샤는 시체가 수면 위로 떠오르지 않도록 시체에서 창자를 떼어낸 뒤 시체를 물 속으로 밀어 넣었다.

신원 미상의 시체 한 구

시체는 일주일 뒤 범죄 현장에서 하류 쪽으로 칠 마일 정도 떨어진 곳에서 발견됐다. 튼튼한 치아, 불그스름한 머리, 열여덟 살에서 스무 살 사이로 추정되는 외모 등 익사한 여성의 인상착의를 알리는, 체코 경찰이 《흘라사텔 폴리체이니》지[16]에 낸 공고는 아무 반응도 얻지 못했다. 그리하여 그 미스터리를 풀려는 인접 삼개국 경찰의 노력에도 불구하고 희생자의 신원은 밝혀지지 않았다. 국가 간에 경계심이 고조되고 간첩 행위가 횡행하던 불안한 시대였던 만큼 이 사건에 그렇게 많은 관심이 쏠린 것도 무리는 아니었다. 《흘라사텔 폴리체이니》는 물에 빠진 여자에 관한 같은 뉴스를 전하고 있는 다른 일간지들과 달리, 직접적인 사인이 된 상처에 대해 상세하게 묘사했다. 더욱이 이 신문은 '날카로운 물체, 특히 칼 종류' 에 의해 생긴 가슴, 목 등의 스물일곱 군데에 달하는 상처를 언급했다. 기사들 가운데 하나는 사체의 장기 일부가 유실되어 있음에 주목해, 범인이 '해부학에 대한 정확한 지식' 을 갖춘 인물일 가능성을 언급했다. 다소 석연치 않은 부분이 있었지만, 전반적으로 성범죄라는 데 무게를 두는 분위기였다. 그리고 여섯 달 동안의 수사가 소득 없이 끝난 뒤 그것은 정설로 굳어져버렸다.

알쏭달쏭한 커넥션

1934년 십일월 말 안토노프카 경찰은 아이미케라는 인물을 체포했다. 이 브이 아이미케, 그는 디그타레프 회사 창고에

방화한 혐의를 받고 있었다. 이 사건은 수수께끼 같은 비밀 커넥션의 사슬 전체를 움직였다. 화염이 확 솟구쳐 오르는 순간 아이미케는 인근의 시골 여인숙으로 피신했다. 두터운 가을 진창 속에 새겨진 뚜렷한 자전거 타이어 자국은 아리아드네[17]의 실처럼 그곳으로 경찰을 불러들였다. 그들은 놀란 토끼 눈을 한 아이미케를 끌고 갔다. 그에게서 기대 밖의 환상적인 자백이 쏟아져 나왔다. 그는 예피모프스카 거리 5번지에 있는 저택의 지하실에서 가졌던 비밀 정치 회합에 관해 경찰에게 자백했다. 그리고 방화 동기에 대해 몹시 횡설수설하면서, 자신은 무정부주의자들을 동경해왔다고 실토했다. 경찰은 그의 말을 믿지 않았다. 며칠 더 독방에서 썩으면서 경찰 심문에 한껏 부대낀 아이미케는 살해당한 여자에 대해 입을 열었다. 세포 조직원들이 자기들 가운데 프락치가 한 명 숨어 있다고 의심할 만한 뚜렷한 증거를 확보해놓고 있었기 때문에 그는 조직원들 중 한 명을 희생시키지 않을 수 없었고, 조직에 들어온 지 얼마 안 되는 한나 크시제프스카가 여러 면에서 배신자의 누명을 씌우기에 가장 적합한 인물이었다는 것이었다. 이것은 그에게 유리하게 이용될 핵심 증언이었다. 나아가 아이미케는 여자의 신상과 그녀를 살해한 방법, 살해 장소, 그리고 물론 살인자의 이름까지도 자세하게 털어놓았다.*

자백

체코슬로바키아와 소련이 만성적인 국경선 문제를 훗날로 미루면서까지 잠정적인 상호 원조 협정을 체결한 후, 두 나라 경찰은 광범위한 상호 공조의 기회를 누리게 되었다. 체코 경찰은 독일 스파이들로 판명 난 수데텐의 몇몇 독일인의 명단을 소련에 넘겨주었고, 소련 측에서는 그 보답으로 소련 정보국에서는 그다지 중요하지 않은 과거의 체코 시민 몇 명에 대한 정보, 또는 소련으로 도주한 이유를 분명한 이데올로기적 동기로 설명하지 못하는 인물들에 관한 정보를 넘겨주었다. 후자 가운데 바로 미크샤라고 불리는 '미하일 한테스쿠'[19]가 끼어 있었다. 체코 경찰은 그가 살인범이라고 확신하고(여자 살해 사건을 한테스쿠의 실종, 아이미케의 자백과 하나로 묶는 것은 어렵지 않았다) 그를 넘겨줄 것을 소련 측에 요청했다. 그제야 소련 정보국은 국영 농장 '크라스나야 스보보다'[20]에서 뛰어난 도살자로 일하고 있던 엠 엘 한테시라는 시민에게 주목했다. 그는 1936년 십일월에 체포됐다. 독방 생활과

---

* 아이미케는 자기 행동의 비밀을 무덤까지 가지고 갔다. 자백한 다음 날 밤 그는 교도소 독방에서 스스로 목을 맸다고 한다. 그러나 그가 미묘한 환경에서 죽은 만큼 피살당한 게 아니냐는 의혹 또한 제기됐다. 일부 수사관들은 아이미케가 독일 간첩이며 유혹에 넘어간 선동가라고 주장했고, 또 어떤 이들은 그가 경찰에 의해 위험한 증인으로 지목되어 제거당한, 흔히 볼 수 있는 경찰 밀정에 지나지 않는다고 말했다. 또한 굴[18]이 주장한 가설, 즉 아이미케가 그 아름다운 폴란드 여자에게 푹 빠져버렸는데 그녀가 자신의 구애를 받아들이지 않자 그녀를 죽였을 거라는 가설 또한 배제해서는 안 될 것이다.

끔찍한 고문으로 아홉 달을 보낸 뒤 미크샤는 이가 모조리 흔들리고 쇄골이 부러진 상태로 수사관 회견을 요청했다. 그들은 그에게 의자 한 개, 누런 갱지 한 장, 연필 한 자루를 주었다. 그들은 그에게 말했다. "써라, 징징거리지 말고!" 시커멓게 멍든 모습으로 미크샤는 일 년 전쯤 당에 대한 충성심을 보이기 위해 한나 크시제프스카라는 이름의 변절자이자 경찰 끄나풀 한 명을 살해했다고 자백했다. 하지만 그는 결코 강간은 하지 않았다고 주장했다. 그가 투박한 농사꾼의 필체로 진술서를 써 내려가는 동안, 초라한 취조실의 벽에 걸려 있는 '믿고 따라야 할 아버지'[21]의 초상화가 계속 그를 내려다보고 있었다. 미크샤는 그 초상화를, 인자하게 미소 짓는 그 얼굴을, 그의 할아버지와 그토록 많이 닮은 지혜로운 노인의 선한 얼굴을 올려다보았다. 그는 애원하듯 경외심을 품고 보았다. 여러 달 동안 굶주림, 구타, 고문을 겪어온 터라 이 순간은 미크샤의 삶에서 유일한 환희의 순간이었다. 오래전 부코비나에 있는 미크샤의 집에서 그랬던 것처럼 낡은 러시아식 페치카가 탁탁 소리를 내며 타고 있는 따뜻하고 안락한 이곳 취조실, 둔탁한 구타 소리와 죄수들의 비명이 조금도 들리지 않는 이 평화로움, 아버지처럼 벽 위에서 미소 짓는 얼굴로 그를 내려다보고 있는 초상화. 갑작스럽게 밀려든 믿음의 환희로 충만해 미크샤는 진술서를 완성했다. 자신이 게슈타포의 요원이었고, 소련 정부에 대한 사보타주를 벌였다는 내용이었다. 동시에 그는 어떤 거대 음모에 가담한 열두 명의 공범자들을 언급했다. 그 명단은 다음과 같았다.

아이 브이 토르부코프, 기사

아이 케이 골드만, 카메로프 화학 공장의 생산 감독

에이 케이 베를리츠키, 국영 농장의 감독관 겸 당서기

엠 브이 코렐린, 지방 법원 판사

에프 엠 올셰프스키, 크라스노야르스크 집단 농장 대표

에스 아이 솔로비요바, 역사학자

이 브이 크바필로바, 교수

엠 엠 네하프킴, 신부

디 엠 도가트킨, 물리학자

제이 케이 마레스쿠, 식자공

이 엠 멘델, 수석 재봉사

엠 엘 유제프, 재봉사

이들은 모두 징역 이십 년씩을 언도받았다. 1938년 오월 십팔 일 동틀 무렵, 그 음모의 지도자이자 주모자로 지목된 에이 케이 베를리츠키는 부티레크 교도소 뜰에서 달려가는 트랙터의 엔진 소음을 뒤로한 채, 또 다른 음모 집단의 조직원 스물아홉 명과 함께 총살당했다.

미하일 한테스쿠는 1941년 신년 전야에 이즈베스트코보 강제 수용소에서 펠라그라[22]로 사망했다.

자기 새끼를 잡아먹는 암퇘지

보리슬라프 페키치에게 바침

영원한 안식처

굴드 버스코일스라는 인물이 주인공으로 등장하는 이 비극 내지 '희극' (이 낱말의 교과서적 의미에서)은 지상의 다른 모든 비극들처럼 주인공의 출생에서부터 시작된다. 출생지나 인종 같은 환경적 요인과 성격 간의 함수 관계를 주장했던 실증주의 학설은, 비록 지금은 외면당하고 있지만, 적어도 플랑드르 화파(畫派)[23]에게서 그랬던 것만큼 인간 존재에게서 어느 정도는 타당성을 갖는다. 그렇듯 비극의 첫 장은 다이달로스[24]의 여러 분신들 중 한 명이 '세계의 최북단, 불가지(不可知)의 땅' 이라고 노래했으며, 또 신화를 불신하는 대신 치열한 '지상의 산문(散文)' 을 신뢰했던 어느 탐험가가 '슬픔, 굶주림, 절망, 폭력의 땅' 이라고 표현한 이 아일랜드에서 시작된다. 하지만 필자가 보기에는 그의 기록에도 역시, 그 지역의 잔혹한 풍경과 어울리지 않는 서정적 특징이 담겨 있는 듯하다.

'석양이 가장 늦게 닿는 곳인 아일랜드는 하루가 꺼져가는 것을 볼 수 있는 가장 끄트머리 땅이다. 유럽에 이미 밤이 내려왔을 때에도 아일랜드에서는 아직 옆으로 기운 해가 피오르와 서부의 황무지를 보랏빛으로 물들이고 있다. 하지만 새까맣게 구름 떼가 몰려들거나 별이 떨어지면 그 즉시 섬은 다시, 오랫동안 항해자에게 세상의 경계선으로 여겨져왔던, 안개와 어둠에 싸인 전설 속의 머나먼 대륙으로 변한다. 저편에 보이는 갈라진 틈 하나는 아주 옛날에 고인이 된 조상들이 자신들의 영원한 안식처로 여겼던 그 검은 바다이다. 낯선 이름의 해안에 정박한 그들의 검은 배들은, 여행에 형이상학적인 깊은 뜻이 담겨 있다고들 믿었던 시대를 이야기하며, 뭍을 잃어버린 채 돌아올 수 없는 꿈들을 일깨운다.'

괴짜들

더블린은 서방 세계를 통틀어 기인들의 패거리를 길러내기로 가장 악명 높은 도시다. 환멸에 빠진 귀족, 우악스러운 보헤미안, 르댕고트[25] 차림의 교수, 넘쳐나는 매춘부, 악명 높은 술꾼, 누더기를 두른 선지자, 광신적인 혁명가, 병적인 민족주의자, 눈알이 이글거리는 무정부주의자, 빛과 보석으로 치장한 과부, 후드를 당겨 쓴 사제. 하루 종일 이런 카니발적인 행렬이 리피[26] 강변을 따라 퍼레이드를 벌인다. 확인된 정보가 부족한 중에 부르니켈[27]의 더블린에 관한 풍경화는, 굴드 버스코일스가 그 섬에서 부득이하게 겪게 될 체험을 우리에게 조금이나마 맛보게 해준다. 항구 옆 통조림 공장의 생선 가루 냄새가 폐 속을 파고들듯이 어느 틈엔가 영혼을 물들이는 그런 체험을.

리피 강을 따라 정박지 부근까지 계속 내려와 지옥으로 빠지듯 사라져버린 아일랜드 괴짜들의 고상한 무리(버스코일스 역시 어떤 점에서 그런 무리의 일원이었다)……. 성급한 예상으로 어떤 이는 이 카니발 퍼레이드를 가리켜, 우리의 주인공이 빠른 장면 전환 속에서 보게 될 최후의 이미지라고 말하고 싶어 할지도 모른다.

검은 늪

굴드 버스코일스는 항구에 인접한 더블린의 한 교외에서 태어났다. 그곳에서 그는 터질 듯한 신음 소리 같은 뱃고동 소리에 가만히 귀 기울이곤 했다. 그 소리는 고약한 냄새와 무질서가 이 세상 어디에서보다 맹렬하게 위세를 떨치고 있는 검은 늪 '더블-리인' 밖에도 여러 세계, 여러 민족이 살고 있음을, 정의를 사랑하는 젊은 가슴에게 알려주는 듯했다. 뇌물을 받아먹는 세관 공무원에서 한층 더 비참해진(도덕적 의미에서) 관료로 출세했고 열성적인 파넬 당원[28]에서 청교도로 변신한 부친을 본받아, 굴드 버스코일스는 조국에 대해 극도의 증오심을 품게 됐다. 그러나 그런 증오심은 마조히즘적인 비뚤어진 애국심의 변종에 지나지 않았다. 열아홉 살이 되던 해에 버스코일스는 그를 낳아준 양친보다는 아일랜드를 더 많이 저주하는 내용의 가혹한 문장을 써 내려가고 있었다. '하녀의 깨진 손거울, 자기 새끼를 잡아먹는 암퇘지.'

가짜 성직자, 시인, 배신자들이 간계를 꾸미고 암살을 모의하고 있는 컴컴한 선술집에서, 공허한 혀짤배기 소리에 지쳐버린 버스코일스는 비극적인 결과를 예상하지 못한 채, 근시에 큰 키의 어느 대학생이 내뱉은 푸념 한마디를 자신의 수첩에 적어놓았다. '자존심이 손톱만큼이라도 있는 사람이라면 과연 아일랜드에 눌어붙어 살 수 있을까? 주피터의 노기 찬 손이 내려친 이 나라에서 망명길에 오르지 않을 자 그 누구란 말인가.'

그 문장 옆에는 '1935년 오월 십구 일'이라고 날짜가 적혀 있다.

같은 해 팔월에 그는 모로코로 떠나는 '링센드'라는 이름의 상선에 오른다. 마르세유에서 사흘간 정박한 뒤, 링센드 호는 승무원 한 명이 내리고 없는 상태에서 항해하게 된다. 아니, 무전 교환수 버스코일스의 자리를 다른 신참자가 대신하고 있었다고 말하는 편이 좀더 정확한 표현일 것이다. 1936년 이월 굴드 버스코일스의 소재는 과달라하라[29] 부근의, 전설적인 인물 링컨의 이름을 딴 제15 영미 여단[30]에서 확인된다. 그때 버스코일스의 나이는 스물여덟이었다.

빛 바랜 사진들

양피지 위에 씌어진 글씨처럼, 필자가 가진 자료들의 신빙성은 이 대목에서 잠시 흐려진다. 굴드 버스코일스의 삶은 신생 스페인 공화국의 생사와 희부옇게 엉겨붙어 있다. 우리는 두 장의 스냅 사진을 보게 된다. 한 장은 폐허가 된 어느 사원 옆에서 무명의 군인 한 명을 찍은 사진이다. 뒷면에는 버스코일스의 필체로 이렇게 적혀 있다. '알카사르[31]에서. 공화국 만세!' 그의 높은 이마의 반은 바스크 모자로 덮여 있고, 입술 주위에는 (오늘날의 관점에서) 승리자의 환희와 패배자의 비애를 읽을 수 있게 하는 한 조각의 미소가 배회하고 있다. 이마 위의 한 줄 주름처럼 불가피한 죽음의 그림자를 드리우는 모순적인 반영들이다. 또 한 장의 사진은 1936년 십일월 오일에 찍은 단체 스냅 사진으로, 완전히 빛이 바래 있다. 버스코일스는 여전히 이마 위까지 바스크 모자를 눌러쓴 채 두 번째 줄에 서 있다. 도열한 부대원들 앞으로는 마구 파헤쳐진 땅이 그대로 드러나 있어, 꼭 무슨 묘지라고 해도 믿을 것 같다.

바로 이들이 하늘로, 또는 살아 있는 고깃덩어리들을 향해 예포를 쏘아댔다는 그 유명한 의장대란 말인가? 굴드 버스코일스의 얼굴은 누가 알기라도 할까 봐 그 비밀을 꽁꽁 숨겨두고 있다. 도열한 군인들의 머리 위, 푸르디푸른 저 아득한 창공 한복판에 비행기 한 대가 십자가처럼 걸려 있다.

조심스러운 추측

나는 버스코일스가 죽은 팔랑헤 당원[32]의 몸에서 벗겨낸 가죽 외투를 입고(외투 아래에는 단지 바짝 마른 벌거숭이 몸에 가죽 끈이 달린 은십자가만이 걸려 있었다) 말라가[33]에서 도보로 후퇴하고 있는 모습을 본다. 최후의 심판을 알리는 천사의 날개에 이끌리듯 자신의 함성에 이끌려 적군을 향해 쏜 살같이 날아가고 있는 그를 본다. 과달라하라 근처의 어느 민둥민둥한 언덕 위에 검은색 깃발을 꽂아놓은 채 고상하고 무모하게 죽을 각오를 하고 있는 아나키스트들과 열띤 논쟁을 벌이고 있는 그를 본다. 빨갛게 달궈진 하늘 아래 빌바오[34] 부근의 어느 묘지 옆에서, 마치 천지창조의 순간처럼 삶과 죽음, 천상과 지상, 자유와 폭정이 무수히 갈라지고 있는 어떤 교시(教示)에 열심히 귀 기울이고 있는 그를 본다. 날아가는 비행기를 향해 연발 사격을 가하고 있는 그를 본다. 또 불, 흙, 폭탄 파편을 흠뻑 뒤집어쓴 채 기력을 잃고 곧장 거꾸러지는 그를 본다. 산탄데르[35] 부근 어디에서 그의 팔에 안겨 죽어 간 아르만드 조프로이라는 대학생의 죽은 몸을 애써 흔들고 있는 그를 본다. 히혼[36] 근처의 임시 병원에서 아일랜드어로 신의 이름을 부르짖는 어느 부상병의 헛소리를 들으며, 불결한 붕대를 머리에 감은 채 누워 있는 그를 본다. 그가 알아들을 수 없는 말로 자장가를 불러주며 아기에게 하듯 그를 재우려 하고 있는 어느 젊은 간호사와 소곤거리는 그를 본다. 또 조금 뒤, 그녀가 한쪽 다리를 절단한 어느 폴란드인의 침대에 오르는 것을 모르핀에 흠뻑 취해 반쯤 잠이 든 상태로 보는 그를, 그리고 악몽을 꾸듯 간호사의 절정의 신음 소리를 듣는 그를 본다. 인근 묘지에서 아나키스트들의 흥겹고 자멸적인 노래가 확성기에서 흘러나오고 있는 동안 카탈루냐[37]의 모처에 임시로 지어진 사령부 막사 안에서 모스 전신기 앞에 앉아 필사적으로 지원 요청을 반복하고 있는 그를 본다. 결막염과 설사로 고생하는 그를 본다. 웃통을 벗은 채 오염된 우물가에서 면도를 하고 있는 그를 본다.

막간극

1937년 오월 말 바르셀로나 교외 부근에서 버스코일스는 부대 사령관에게 접견을 요청했다. 마흔을 갓 넘은 사령관은 수려한 용모의 노인처럼 보였다. 그는 책상 위로 몸을 수그린 채 사형 판결문에 서명하고 있었다. 목까지 단추를 채우고 딸기색의 번쩍거리는 사냥용 부츠를 신은 부사령관은 그의 옆에 서서 서명이 끝날 때마다 압지대를 눌렀다. 방 안은 무더웠다. 사령관이 얇은 삼베 손수건으로 얼굴을 닦았다. 대구경 수류탄의 리드미컬한 폭발음이 멀리서 들려왔다. 사령관은 버스코일스에게 말하라고 손짓했다. 버스코일스가 말했다.

"암호문이 엉뚱한 곳으로 흘러 들어갔습니다."

"누구한테?"

사령관이 다소 멍한 표정을 지으며 물었다.

아일랜드인이 의심하는 듯한 눈으로 부사령관을 쳐다보며 망설이자 사령관은 베르됭[38] 지방의 사투리로 바꾸어 말했다.

"아들아, 말해보거라, 누구한테 들어갔느냐 말이다." 아일랜드인은 잠시 침묵하더니, 책상 위로 몸을 숙여 사령관의 귀에다 뭐라고 속삭였다. 사령관은 벌떡 일어나 버스코일스에게 다가갔고, 갓 입대한 병사 내지 광신도에게 하듯 그의 어깨를 한참이나 두드리면서 문 앞까지 그를 배웅했다. 그게 전부였다.

출장 명령

1937년 오월 삼십일 일과 유월 일 일 사이, 버스코일스는 전방 부대가 주둔해 있는 알메리아[39]의 산악 지대를 향해 단호한 어조의 메시지를 띄우느라 모스 전신기 앞에서 지옥 같은 밤을 보내고 있었다. 푹푹 찌는 밤이었다. 봉화가 밝혀져 그 일대는 환상적인 모습으로 바뀌어 있었다. 동트기 전 버스코일스는 어느 바스크인 청년에게 모스 전신을 건네는 데 성공했다. 아일랜드인은 송신소에서 열 발자국 떨어진 숲으로 들어가, 축축한 잔디 위에 얼굴을 대고 녹초가 된 몸을 눕혔다.

그를 깨운 것은 본부에서 온 전갈이었다. 버스코일스는 처음에는 하늘을, 그 다음에는 시계를 쳐다보았다. 채 사십 분도 자지 못한 셈이었다. 전령은 그의 계급에 어울리지 않는 어투로 버스코일스에게 명령을 전했다. 무전 장치가 고장 난 배 한 척이 항구에 정박해 있으니 그것을 보수하고, 작업을 마친 뒤에 부사령관에게 보고하라는 내용이었다. "비바 라 레푸블리카!(공화국 만세!)" 버스코일스는 천막 안으로 뛰어들어가 장비가 든 가죽 자루를 집어들고 전령과 함께 부두로 떠났다. 밤사이 누가 세관 출입문 위에 승리 구호를 흰 페인트로 대문짝만 하게 써놓았다. '비바 라 무에르테!(죽음이여 만세!)' 라는 글자들에서 아직도 물감이 뚝뚝 떨어지고 있었다. 부두에는 먼 망망대해 위에 새벽 안개를 뚫고 배 한 척이 윤곽을 드러내놓고 있었다. 이윽고 전령과 보트의 선원들이 방파제 옆에서 불필요한 암호를 주고받았다. 버스코일스는 뒤도 돌아보지 않고 곧장 보트에 뛰어올랐다.

놋쇠를 댄 문

새까맣게 탄 널빤지들이 사방으로 두둥실 떠다니고 있었다. 그것은 지난밤 해안 근처에서 어뢰를 맞은 어느 선박의 잔해였다. 버스코일스는 잿빛으로 변한 바다를 바라보았다. 그가 멸시했고, 또 멸시당해 마땅한 아일랜드가 연상되었다(그렇지만 그의 그런 멸시 속에 고향에 대한 향수가 조금도 묻어 있지 않다고는 아무도 장담할 수 없을 것이다). 그의 길동무들은 무거운 노를 젓느라 바빠 말이 없었다. 곧 그들은 문제의 배에 접근했고, 버스코일스는 그 배의 상갑판에서 누군가 자기들을 감시하고 있다는 것을 알아차렸다. 조타수가 선장에게 쌍안경을 건네고 있었다.

필자는 이 대목에서, 이 이야기의 향후 전개에 어쩌면 그다지 중요치 않을 수도 있는 어떤 기술적인 사안에 대해 잠시 얘기해볼까 한다. 그들이 발견한 배는 오백 톤가량 되는 오래된 목제 기선으로, 명목상으로는 프랑스 항구 루앙까지 무연탄을 실어 나르는 것으로 돼 있었다. 놋쇠로 된 부분들——손잡이, 빗장, 자물쇠, 창틀——은 청록색으로 변해 있었고, 석탄 그을음으로 뒤덮인 깃발은 내용을 분간하기 힘들 지경이었다.

버스코일스는 함께 보트를 타고 온 두 선원의 안내를 받으며(그 가운데 한 명은 손님이 좀더 쉽게 올라갈 수 있도록 그의 가죽 자루를 대신 들어주었다) 미끄러운 선박용 밧줄 사다리에 올랐다. 갑판 위에는 개미 새끼 한 마리 없었다. 두 선원은 그를 갑판 아래에 있는 선실로 데려갔다. 선실은 비어 있었고, 문에는 똑같은 무광택 놋쇠가 둘러져 있었다. 버스코일스는 자물쇠 안에서 열쇠가 돌아가는 소리를 들었다. 동시에 배가 떠나는 게 느껴졌다. 그제야 그는 자신이 바보같이 덫에 걸렸다는 것을 깨달았다. 공포보다 분한 감정이 앞섰다.

항해는 여드레 동안 계속되었다. 버스코일스는 여덟 번의 낮과 밤을 갑판 아래, 기관실 옆에 붙은 코딱지만 한 선실에서 보냈다. 귀를 먹먹하게 하는 엔진 소음이 그의 사고의 물결과 수면을 맷돌처럼 짓눌렀다. 그는 운명(완전한 허상으로 판명될)과 기이하게 화해해, 문을 두드리지도, 도움을 청하지도 않았다. 탈출은 전적으로 불가능했으므로 그는 꿈도 꾸지 않았다. 아침이면 양철 대야로 세수하고, 음식(문에 난 둥근 창을 통해 하루에 세 번 그들이 넣어주는 청어, 연어, 검은 빵)에 눈을 돌렸다. 그러나 물 외에는 어떤 것에도 손대지 않고 커버도 없는 딱딱한 선원용 침대 위에 다시 드러눕곤 했다. 그는 현창(舷窓)을 통해 단조롭게 굽이치는 망망대해의 파도를 자주 내다보았다. 셋째 날 버스코일스는 악몽에서 깨어났다. 어느 틈엔가 그의 침대 맞은편의 좁은 벤치에 두 사내가 들어와 앉아 말없이 그를 지켜보고 있는 게 아닌가! 버스코일스는 황급히 몸을 일으켜 세웠다.

길동무

푸른 눈에 건강한 흰 치아를 가진 길동무들이 버스코일스를 향해 온화한 미소를 짓고 있었다. 그들은 (그 장소, 그때와) 어울리지 않는 공손함으로, 자리에서 벌떡 일어나 가볍게 머리를 까딱하며 자기들을 소개했다. 마찬가지로 자신을 소개하게 된 버스코일스에게는 자신의 이름이 문득 이상하고 아주 낯설게 들렸다.

그 후 닷새 동안 세 사람은 놋쇠를 댄 문 뒤의 무덥고 좁은 선실에서, 지는 사람이 목숨을 내주기로 되어 있는 삼인용 포커 게임과 비슷한 끔찍한 논전(論戰)에 매달렸다. 격렬한 말싸움이 중단되는 것은 말린 청어 쪼가리를 게걸스럽게 먹거나(항해 넷째 날에는 버스코일스도 참지 못하고 먹어대기 시작했다), 마른 목을 축이거나, 또는 고함치는 것을 잠시 미룬 채 잠을 청할 때뿐이었다(그러고 나면 참을 수 없는 엔진 소음조차 고요의 이면이 되었다). 마치 국제 수역 위에 떠 있는 이 배의 컴컴한 선실이, 주장과 열정, 설득과 광신의 이 끔찍한 게임을 벌이는 것이 가능한 유일의 객관적인 중립 지대로서 일부러 선택되기라도 한 듯, 수염도 깎지 않은 땀투성이의 세 사내는 소매를 걷어붙인 채 단식으로 녹초가 된 몸으로 자기 신념의 정당성을 관철시키려 애썼고, 정의, 자유, 프롤레타리아, 혁명의 목표 등에 관해 떠들어댔다. 논쟁은 딱 한 번 중단되었다. 다섯째 날 두 불청객(그들의 이름 외에 알려진 것이라곤 그들이 대략 스무 살가량이고 승무원들이 아니라는 것이었다)이 몇 시간 동안 버스코일스만 남겨두고 선실을 나갔던 것이다. 그동안 정신 없는 엔진 소음 사이로 이 아일랜드인의 귀에 갑판에서 흘러나오는 친숙한 폭스트롯이 들려왔다. 자정이 되기 전 음악은 돌연 사라졌고, 길동무들이 얼근히 취한 모습으로 돌아왔다. 그들은 버스코일스에게, 선상 파티가 열렸고, 그날 오후 무전 기사가 받은 한 해저 전보를 근거로 그들이 타고 있는 비테브스크 호가 오르조니키제 호로 이름을 바꿨다고 말해주었다. 그들은 그에게 보드카를 조금 따라주었다. 버스코일스는 독약이 들어 있을까 봐 사양했다. 두 젊은이는 이 아일랜드인의 의심을 비웃으며, 머리를 끄덕이고는 보드카를 단숨에 들이켰다.

리듬 섞인 심한 엔진 소음이 그 전까지 그들의 사고와 논쟁에 추동력과 영감을 부여해온, 예식의 반주 음악이기나 했던 것처럼, 그 소음의 갑작스럽고 예상치 못한 멈춤은 선실 안의 대화를 급히 중단시켰다. 이제 그들은 배의 사면을 때리는 파도의 철썩거림, 터벅거리는 갑판 위의 발소리, 그리고 무거운 사슬이 질질 끌리는 소리에 귀 기울이면서 침묵했고, 완전히 입을 다물었다. 선실 문이 열리고 세 사내가 담배꽁초와 생선뼈로 선실을 온통 어지럽혀놓은 채 떠난 것은 자정이 지나서였다.

수갑

비테브스크-오르조니키제 호는 레닌그라드에서 구 마일 떨어진 푸른 바다 한복판에 정박했다. 해안의 먼 불빛 다발 가운데서 불빛 하나가 곧 떨어져 나오더니, 점점 커지기 시작했다. 선두 호위병처럼 배 쪽으로 다가오고 있는 보트의 강력한 모터 소음이 바람에 실려 왔다. 보트에는 선장 계급장을 단 사람 한 명과 계급장이 없는 사람 두 명이 타고 있었다. 제복 차림의 이들 세 사나이는 버스코일스에게 다가가 권총을 겨누었다. 버스코일스는 손을 치켜들었다. 몸수색을 마친 뒤 그들은 그의 허리 둘레에 로프를 묶었다. 그는 고분고분 줄사다리를 타고 아래로 내려가 모터보트에 올라탔고, 거기서 그들은 다시 놋쇠를 댄 의자 등판에 수갑으로 그를 붙들어놓았다. 서치라이트 불빛을 받은 배의 유령 같은 실루엣이 그의 시야에 들어왔다. 그는 선실에 같이 있었던 두 길동무 역시 로프로 허리를 묶인 채 사다리 밑으로 끌려 내려오고 있는 것을 보았다. 이내 그들 세 사람은 수갑으로 의자에 묶인 채 나란히 앉게 되었다.

공정한 판결

아일랜드인 굴드 버스코일스와 그의 두 길동무가 엿새 동안 벌인 말싸움과 논쟁의 진정한 결말은 현대 사상을 연구하는 학자들에게는 불가사의로 남게 될 것이다. 어떻게 두려움과 절망에 푹 찌들어 살던 인간이, 다년간의 교육, 학습, 습관, 훈련을 통해 다른 두 사내의 의식 속에 깊이 주입된 사상을, 고문이나 완력 같은 외압에 기대지 않고도 뿌리째 흔들어놓을 수 있을 만큼 대단한 지식과 논쟁의 힘을 겸비할 수 있었느냐 하는 것은 심리학적, 법학적으로 매우 흥미로운 수수께끼이기 때문이다. 그렇다면 지루한 논쟁의 게임에 참여했던 그 세 사람 모두에게 어떤 높은 정의에 따라 두루 중형(징역 팔 년)을 선고한 상급 법원의 판결 역시 완전히 독단적인 조치로 보이지는 않을 것이다. 설령 난해하고 소모적인 이데올로기 논쟁을 통해 (비아체슬라프 이스마일로비치 자모이다와 콘스탄틴 미하일로비치 샤드로프라는 이름의) 두 사내가 공화주의자 버스코일스의 머릿속에 들어선 어떤 의심(큰 파급 효과를 지닌)을 제거하는 데 성공했다는 주장에 동의한다 할지라도, 그들 역시 버스코일스가 가한 반격에 치명적인 상처를 입었을 것이라는, 지극히 당연한 의구심이 생겨나기 때문이다. 피비린내 나는 닭싸움에서 볼 수 있듯이, 동등한 맞수끼리의 냉혹한 결투에서는 공허한 승리의 영광을 누가 차지할 것인가 하는 것은 둘째 문제고, 어느 한쪽도 피 흘리지 않고 무사히 빠져나오기란 불가능한 법이니 말이다.*

피날레

우리는 버스코일스와 동행한 두 사내의 발자취를 무르만스크에서, 바렌츠 해[40]의 모래사장에서 놓치게 된다. 1942년의 혹독한 겨울, 반쯤 장님이 되고 괴혈병으로 완전히 기진한 그들은 그곳 집단 수용소 내의 외래 병동 한 구역에서 얼마간 사이 좋게 누워 있었다. 이는 모조리 빠져 꼭 노인처럼 보였다.

굴드 버스코일스는 1945년 십일월, 탈출 기도에 실패한 뒤 카라간다[41]에서 살해되었다. 철사 줄에 묶여 거꾸로 매달린 채 꽁꽁 얼어붙은 그의 벌거벗은 주검은 '불가능한 것' 을 소망하는 모든 이에 대한 경고로서 수용소 막사 현관 앞에 전시됐다.

---

* 심문 과정에서 버스코일스는, 그가 사령관에게 보고하러 갔던 그 숙명적인 날, 암호 메시지가 모스크바로 빼돌려지고 있다고 자신이 사령관의 귀에 속삭였다는 설을 완강히 부인했다. 그때까지도 그는, "소련 비밀 경찰이 공화국 군대 내의 지휘권을 빼앗으려고 공작을 펴고 있습니다"라는 '위험하고 무례하기 짝이 없는' 의심이 담긴 자신의 진술을 한 글자도 빠뜨리지 않고 그대로 옮겨놓은 부사령관의 보고서가 수사관 앞에 놓여 있다는 사실을 전혀 모르고 있었다. 부사령관 첼류스트니코프는 훗날 카라간다 수송 역에서 그와 짧은 만남을 가졌을 때 한 가지 비밀을 그에게 알려주었다. 사령관이 부사령관인 자기에게 악의 없는 농담을 건네듯, 버스코일스의 비밀 보고를 귀띔해주었다는 것을…….

후기(後記)

더블린 재향군인회가 펴낸 기념 책자 《스페인과 아일랜드》에는 굴드 버스코일스의 이름이 브루네테 전투에서 전사한 백 명 정도의 아일랜드 공화당원들 중 한 명으로 잘못 올라 있다. 그렇듯 버스코일스는 그가 실제로 숨을 거두기 팔 년 전에 이미 죽은 것으로 공표되는 비극적인 영광을 누렸다. 에이브러햄 링컨 대대가 용감하게 싸웠던 그 유명한 브루네테 전투는 1937년 칠월 팔 일과 구 일 사이의 밤에 시작되었다.

기계 사자

앙드레 지드를 기리며

거인

이 이야기의 유일한 역사적 실존 인물인 에두아르 에리오,[42] 프랑스 급진사회주의자들의 지도자, 리옹 시장, 하원의원, 총리이자 음악 연구가였던 이 인물은 아마도 가장 중요한 역할을 하지는 않을 것이다. 그러나 그것은 그가 여기 등장하는, 비록 허구적이긴 하지만 그에 못지않게 사실적인 다른 인물보다 덜 중요해서가 아니라, 단지 굳이 이 글이 아니더라도 역사상의 인물들에 관해 기록해놓은 다른 자료들이 많이 있기 때문이다. 에두아르 에리오는 작가, 회고록 집필자*였으

* 에리오의 저서로는 《레카미에 부인과 그녀의 친구들》, 《새로운 러시아》, 《내가 급진사회주의자가 된 이유》, 《더 이상 리옹은 없다》, 《노르망디 숲》, 《옛날에는》, 《회상》, 《베토벤의 생애》 등이 있다.

며, 권위 있는 백과사전 어디에서나 그의 전기가 발견될 정도로 발군의 정치가였다는 사실을 우선 밝혀둔다.

어느 자료에서는 에리오가 이렇게 소개되고 있다.

'이 남자는 크고 다부진 체격, 넓은 어깨, 뻣뻣하고 짙은 머리칼로 뒤덮인 각진 머리, 가지치기용 칼에 싹둑 잘린 듯 짧고 무성한 콧수염으로 양분된 얼굴을 가지고 있는, 대단한 정력가의 인상을 풍기는 인물이었다. 아주 세밀한 뉘앙스와 고도로 변조된 억양까지 표현할 수 있는, 그 자체로서 이미 훌륭한 그의 목소리는 어떤 무질서라도 쉽게 제압했다. 그는 얼굴 표정을 조절하는 법까지 알고 있었다.'

역시 같은 문서에서 그의 성격은 이렇게 묘사되고 있다.

'진지한 톤에서 장난기 어린 톤으로, 또 어떤 원칙에 대한 자신만만한 주장에서 예레미아 선지자처럼 비관적인 탄식으로 옮겨 가는, 연단 위의 그의 모습은 진짜 볼 만했다. 누가 자신의 주장을 반박하면 그는 아무리 작은 도전이라도 모두 받아들였다. 상대편이 주장을 펴는 동안 그의 얼굴 위에는 엷은 미소 하나가 넓게 퍼져 나갔다. 그러나 그 미소는, 발설되는 순간 한바탕의 웃음과 박수갈채를 일으킴으로써 덫에 걸린 상대 논객을 완전히 당혹스럽게 만들 어떤 파괴적인 발언의 전조였다. 정말이지 그 미소는 그의 입에서 모욕적인 말투의 비판이 터져 나오는 즉시 쥐도 새도 모르게 사라졌다. 그런 기습적인 공격은 논객을 몹시 분노케 했고, 논객의 거친 반발심을 불러일으켰다. 논객이 평소에 신중한 사람일수록 반발심

은 더 컸다. 반발심이란 많은 사람들이 허영이라 일컫는 예민함이다.'*

또 다른 한 명

이 이야기의 또 다른 중요 인물인 에이 엘 첼류스트니코프에 관해서는, 그가 대략 마흔 살이며, 금발이고, 키가 크고 등이 약간 굽었고, 수다쟁이에 허풍선이에 탕아이고, 현재까지 우크라이나 신문 《새로운 여명》의 주필을 맡아왔다는 것이 알려져 있을 뿐이다. 그는 포커나 스카트 같은 카드 게임의 전문가였고, 아코디언으로 폴카와 차스투슈카[43]를 연주할 줄도 알았다. 그에 대한 다른 진술은 지극히 상충되기 때문에, 어쩌면 중요하지 않을 수도 있다. 어떤 정보들에 의해 그런 주장의 터무니없음이 증명되기는 했지만, 필자는 그 다른 진술까지도 소개하고자 한다. 그가 스페인 내전에서 정치 군사위원을 지냈고, 바르셀로나 교전에서 기병대의 일원으로서 두각을 나타냈다는 것, 그가 선박의 무전 장비를 수리해야 한다는 미명 아래, 사보타주를 벌인 혐의를 받고 있던 어느 아일랜드인을 소련 화물선 오르조니키제 호로 슬쩍 유인했다는 것, 어쨌든 그가 개인적으로 오르조니키제 호에 대해 잘 알고 있었다

* 앙드레 발리André Ballit, 《르 몽드》, 1957년 3월 28일자.

는 것, 그가 삼 년 동안 어느 저명인사 부인의 정부 노릇을 했다는 것(그리고 바로 이런 이유로 그가 강제 수용소로 끌려갔다는 것), 그가 보로네슈[44]에 있는 학교의 아마추어 연극 서클에서 오스트로프스키의 희곡 《숲》[45]의 아르카지 역을 맡아 연기했다는 것 등등.

비록 언급된 자료들에서 의심과 불신의 냄새가 조금 풍기기는 하지만, 첼류스트니코프의 이야기들 가운데 하나이자 특히 그의 마지막 이야기인 에리오와 관련된 이야기는 겉보기에는 상상의 산물처럼 보일지 몰라도 소개할 만한 가치가 있다. 여기서 필자가 그 이야기를 소개하는 것은 우선 그 진실성을 좀처럼 의심하기 어렵기 때문이고, 궁극적으로는 첼류스트니코프의 이야기가, 비록 그중 일부가 이상하게 보이긴 해도 사실적인 사건에 토대를 두고 있다는 것이 모든 정황을 통해 입증되고 있기 때문이다. 가장 확실한 증거는, 달라디에가 정확하게 묘사한 것처럼 '눈부신 지성인une intelligence rayonnante'인 에두아르 에리오 본인에 의해 다음의 이야기가 어떤 방법으로 확인됐다는 것이다. 따라서 필자는 첼류스트니코프와 에리오의 오래전의 만남을, 그 이야기를 다루고 있는 끔찍할 정도의 문서의 바다에서 잠시나마 벗어나, 아는 한도 내에서만 이야기하고자 한다(어쩌면 에세이 내지 논문처럼, 이 모든 문서들을 일반적인 방법으로 처리할 수 있는 다른 전달 형식을 택하는 편이 더 현명할지도 모른다. 하지만 두 가지가 걸린다. 우선, 그렇게 하자면 신뢰할 만한 증인의 생생한 구술 증언을 증거 자료로 제시하는 것이 어울리지 않을 것이기 때문이다. 둘째는 자신이 세계를 창조해나가고 있고 그럼으로써 이른바 세계를 변화시키고 있다는 현혹적인 사고를 작가에게 심어주는 서사의 기쁨을 자발적으로 포기하고 싶지 않기 때문이다).

전화와 권총

1934년의 그 추운 십일월의 밤, 어느 지방 신문의 논설 위원으로서 문화 칼럼과 반종교 투쟁 칼럼을 담당하고 있던 첼류스트니코프는 예고로프카 거리에 있는 어느 건물 삼층의 따뜻한 방에서 갓 태어난 아기처럼 벌거벗은 채 널찍한 귀족 침대 위에 잠들어 있었다. 벗어놓은 그의 번쩍거리는 딸기색 장화는 침대에 가지런히 기대어져 있었고, 그의 옷과 속옷들은 여성용 실크 속옷과 마구 뒤엉킨 채(열정 어린 서두름의 상징!) 방 안 여기저기 흩어져 있었다. 땀, 보드카, 향수가 뒤섞인 후끈한 냄새가 방 안에 진동했다.

첼류스트니코프는 꿈을 꾸었다. (그의 말이 옳다면) 꿈속에서 그는 《숲》에 나오는 아르카지 역으로 무대에 오를 참이었지만, 도무지 자기 의상을 찾을 수가 없었다. 다급해진 그에게 무대에 오르라고 부르는 벨 소리가 들렸다(물론 꿈속에서!). 그는 돌처럼 굳어져, 정말이지 손가락 하나 까딱하지 못하고 벌거벗은 털북숭이 몸으로 가만히 서 있었다. 이 모든 일이 무대 위에서 일어나고 있는 것처럼 갑자기 커튼이 올라갔고, 그는 여러 겹으로 포개진 광선 줄기 속에 자기를 잡아두고 있는, 무대 양옆에서 뿜어져 나오는 눈부신 조명을 뚫고 객석을 훑어보았다. 발코니 쪽을 올려다보았고 오케스트라석 쪽을 내려다보았다. 관객들의 머리에서는 보랏빛 후광이 빛나고 있었다. 가장 앞 열에 앉은 지방위원회 위원들의 얼굴이 낯익었다. 그중에서도, 뒤로 넘어갈 듯이 웃어대면서 그(첼류스트니코프)의 남성미를 조롱하는 모욕적인 눈빛을 보내고 있는 《새로운 여명》 주필 엠 동지의 번들거리는 정수리가 선명하게 눈에 들어왔다. 그는 첼류스트니코프의 남성미를 조롱하고 욕하면서 숨이 넘어갈 것처럼 웃고 있었다. 분장실의 벨소리는 더욱 끈질기고 강하게 계속 울리고 있었다. 그래서 첼류스트니코프는 (꿈속에서!) 그것이 화재 경보이고, 커튼에 불이 붙었고, 당장 객석 전체가 아우성과 공황 상태에 휩싸일 것이며, 그러나 자기는 갓난아기처럼 벌거벗은 채 꼼짝없이 화염의 애무를 받으며 무대 위에 혼자 남겨질 거라고 생각했다. 그의 오른손이 갑자기 주문(呪文)에서 풀려났다. 그리고 꿈과 현실의 경계선 위에서, 그가 (오래된 좋은 습관에 따라) 베개 밑에 놓아두는 권총에 본능적으로 가 닿았다. 첼류스트니코프는 침대 옆 탁자 위의 램프를 켜고, 벌떡 일어나 보드카 한 잔을 단숨에 들이켰다. 바로 그 순간 그는 총보다 장화가 더 중요하다는 것을 깨닫고는, 말 안장 위에 올라타듯 단숨에 장화 속에 발을 끼워 넣었다. 《새로운 여명》 주필의 아내는 자면서 몸을 돌렸고, 이어서 벨 소리에 깨어 아름답지만 약간 부어오른, 아시아인 같은 눈을 떴다. 전화 벨 소리가 돌연 멈추자 그들은 안도의 한숨을 내쉬었다. 뭔가를 모의하는 불안한 속삭임이 이어졌다. 당황하고 놀란 나스타샤 페도테브나 엠은, 첼류스트니코프가 옷가지 더미에서 꺼내 그녀에게 던져준 브래지어를 입느라 애썼다. 이때 전화가 다시 울리기 시작했다.

"일어나."

첼류스트니코프가 허리띠 밑에 권총을 쑤셔 넣으면서 말했다. 나스타샤 페도테브나가 놀란 토끼 눈을 하고 그를 쳐다보았다. 첼류스트니코프는 겁먹은 여인에게 다가가 그녀의 풍만한 가슴 사이에 입을 맞추고는 이렇게 말했다.

"수화기를 들어."

여자가 일어났다. 첼류스트니코프가 신사답게 자신의 가죽코트로 그녀의 몸을 덮어주었다. 잠시 후 그녀의 목소리가 울려 퍼졌다.

"누구라고요? 첼류스트니코프요?" (남자는 입술에 손가락을 가져가 '쉿' 하는 몸짓을 해 보였다.)

"모르겠는데요." (머뭇거림.)

그러고 나서 여인은 수화기를 내려놓았다. 저편에서 급히 딸깍 끊는 소리가 들렸다. 그녀는 팔걸이의자에 깊숙이 몸을 묻었다.

"지방위원회래요." (머뭇거림.) "급한 일이라는데요."

서류철

첼류스트니코프는 소콜로프 대로에 있는 자신의 싸늘한 아파트로 돌아가기에 앞서 눈 덮인 거리를 오랫동안 거닐었다. 드네프르 강변[46]의 둥근 우회로를 따라 걸었기 때문에 집에 도착하기까지 꼬박 한 시간이 걸렸다. 그는 가죽 코트를 벗고 보드카 한 잔을 더 마신 다음 라디오를 켰다. 오 분이 채 지나기도 전에 전화벨이 울렸다. 세 번 울리도록 놔둔 다음에야 그는 수화기를 집어들었다. 잠시 그는 이 늦은 벨 소리에 놀란 듯이 행동했다(이미 새벽 두 시가 지나 있었다). 그리고 위급한 상황이니만큼 늦어도 삼십 분 안에는 도착하겠다고 말했다. 방금 옷을 벗었기 때문에 옷만 다시 걸치면 됐다. 수화기에서 '잘 알겠다'는 목소리가 들려왔다. 상대는 급한 상황이니 차를 보내주겠다고, 또 퍄스니코프 동지가 모든 것을 설명해줄 것이라고 말했다.

라이콤[47]의 서기인 퍄스니코프 동지는 즉시 본론으로 들어갔다. 당일 오전 열한 시쯤에 프랑스 노동당 당수인 그라주다닌[48] 에두아르 에리오가 키예프에 도착할 것이라는 얘기였다. 첼류스트니코프는, 신문에서 그의 모스크바 방문 기사를 읽었지만 그가 키예프까지 들르리라곤 미처 생각하지 못했다고 대답했다. 그러자 퍄스니코프는 그런 거물 한 명의 방문이 어느 정도의 중요성을 띠는지 아느냐고 물었다. 첼류스트니코프는 (비록 이 방문이 왜 그토록 중요한지, 또 자기가 이 일에서 어떤 역할을 맡게 될지 아주 분명하게 알고 있지는 못했지만) 잘 알겠다고 대답했다. 퍄스니코프는 첼류스트니코프가 자신 없어 하고 있다는 것을 눈치채기라도 한 듯 그에게 설명을 하기 시작했다. 얘기인즉, '그라주다닌 에리오는 그의 정치적 신념에도 불구하고, 우리 혁명이 이룬 성과에 대해 회의하는 어떤 전형적인 부르주아적 의심을 품어온 인물'이라는 것이었다. 퍄스니코프는 에리오의 삶과 업적 가운데서 많은 내용을 나열하고 그의 소부르주아적 출신 성분을 강조했으며, 그의 여러 지위를 들먹였고, 클래식 음악과 전 세계의 진보 운동에 대한 그의 애정을 지적했고, 그가 프랑스에서 볼셰비키 진영을 확보하는 데 기여한 공로를 강조했다('볼셰비키 진영'이란 퍄스니코프의 고유한 표현이었다). 그리고 마침내 퍄스니코프는 책상 서랍에서 서류철 하나를 꺼내 넘기기 시작했다. 그가 말했다.

"예를 들어 이런 거요. 읽어보겠소. '어떤 무신론적인 프랑스인이라도', 이처럼 에리오는 종교적인 편견으로부터 자유롭다오. 그의 말을 믿는다면 말이오. '어떤 무신론적인 프랑스인이라도 종교인에 대한 박해에는 반대의 목소리를 내지 않을 수 없을 것이다.'" (이 대목에서 퍄스니코프 동지는 다시 말을 멈추고 첼류스트니코프를 향해 눈을 들었다.) "내 말 이해하시겠소?"

첼류스트니코프가 고개를 끄덕이자 퍄스니코프가 덧붙였다. "그들에게 성직자는 아직도 귀중한 성물(聖物)과 같은 존재요. 과거에 무지했던 우리 농민들이 그랬던 것처럼 말이오. '왜냐하면 그것 역시 사상의 자유에 대한 테러, 게다가 완전히 효과 없는 테러이기 때문이다…….' 이것 말고 또 뭐가 있더라……."

퍄스니코프가 서류철을 닫으며 말했다.

"이제 당신이 모든 걸 이해하고 있다고 생각해도 되겠소?"

"예."

첼류스트니코프가 물 한 잔을 따라 마시면서 대답했다. 그는 새벽 네 시까지 퍄스니코프 동지의 사무실에 머물렀다. 그리고 다시 일곱 시부터 움직이기 시작했다. 열차가 도착할 때까지는 꼭 네 시간이 남아 있었다.

시와 분

에이 엘 첼류스트니코프의 인생에서 그 운명적인 아침은 다음과 같이 진행되었다. 그는 일곱 시에 모닝콜 소리를 듣고 일어나 빈속에 보드카 한 잔을 벌컥벌컥 들이부은 뒤, 웃통을 벗은 채 찬물로 세수를 했다. 옷을 입고 부츠를 광낸 다음, 프라이팬에 부친 계란 두 개와 절인 오이로 아침 식사를 했다.

일곱 시 이십 분, 그는 라이콤으로 전화를 걸었다. 퍄스니코프 동지가 입에 음식물을 가득 문 채 전화를 받으며 미안하다고 말했다. 그는 사무실에서 밤을 꼬박 새웠고, 책상 앞에 앉은 채 잠시 졸았다고 말했으며, 첼류스트니코프에게 몸 상태가 괜찮으냐고 물었다. 그리고 첼류스트니코프를 위해 그날 오후 네 시에 극장 로비(무대 출입구)에서 분장사 아브람 로마니치와 만나기로 약속을 잡아놓았다고 말했다. 그는 기민하게 움직여야 했다. 일곱 시 이십오 분, 첼류스트니코프는 나스타샤 페도테브나에게 전화를 걸었다. 한참 동안 벨이 울린 끝에(아래층에서는 라이콤에서 보낸 차가 벌써 경적을 울려대고 있었다) 그는 《새로운 여명》 주필 부인의 겁먹은 목소리를 들었다. 그녀는 지난밤 그가 그녀의 침실에서 자고 있는 것을 '그들'이 어떻게 알아냈는지 전혀 짐작할 수 없었다. 그녀는 절망에 빠졌다. 만일 엠(그녀의 남편!)이 이 사실을 알게 된다면 그녀는 독약을 먹고 자살할 참이었다. 그녀는 수치심을 견디지 못할 것 같았다.

'그래, 쥐약을 먹고 죽는 거야.'

그런 그녀의 흐느낌과 속삭임의 급류 속에는, '걱정할 필요 없다, 순전히 우연의 일치일 뿐이다, 차후에 모두 설명해주겠다, 하지만 아래층에 차가 대기하고 있어서 서둘러 가봐야 한다, 그리고 쥐약은 생각도 하지 마라' 하는 등의 첼류스트니코프의 위로가 비집고 들어갈 틈이 전혀 없었다. 일곱 시 삼십 분, 그는 집 앞에 대기하고 있는 검은색 리무진에 올랐다. 일곱 시 사십오 분이 조금 못 돼서 그는 라이콤에 도착했다. 퍄스니코프의 두 눈은 충혈되고 부어 있었다. 그들은 보드카를 한 잔씩 비우고 이것저것 상의를 한 다음, 서로를 방해하지 않도록 각자 다른 사무실에서 여덟 시부터 아홉 시 삼십 분까지 이곳저곳에 전화를 했다. 아홉 시 삼십 분, 토끼 눈을 한 퍄스니코프 동지가 자신의 널찍한 호두나무 책상 위에 박힌 단추들 가운데 하나를 누르자 여급사가 쟁반으로 차를 받쳐 들고 들어왔다. 그들은 어렵고 막중한 임무를 해결한 사람들처럼 서로를 쳐다보며 헛웃음을 웃고는, 한참이나 말없이 뜨거운 차를 홀짝거렸다. 이윽고 열 시, 그들은 보안 상태를 점검하기 위해 기차역으로 출발했다. 퍄스니코프 동지는 '종교는 인민의 아편!' 이라는 슬로건이 적힌 포스터를 뜯어내고, '태양이여 영원하라, 지상에서 밤과 함께!' 처럼 약간 형이상학적인 냄새를 풍기는 말이 적힌 다른 포스터로 당장 바꿔 달라고 지시했다. 정각 열한 시, 고위급 인사들을 태운 열차가 플랫폼 안으로 들어오자 첼류스트니코프는 환영 인파에서 떨어져 나와, 한쪽에 비켜 서 있는 사복 차림의 보안 요원들 사이에 섞였다. 사복 차림에 여행 가방을 든 그들은, 프랑스에서 온 우정 어린 방문객을 우레 같은 박수갈채로 환영하기 위해 몰려든 호기심 많은 평범한 군중처럼 행세했다. 첼류스트니코프는 한 번의 빠른 시선으로 에리오의 인상착의를 확인한 뒤(그에게 에리오는 베레모 때문인지 그다지 중요한 인물로 보이지 않았다) 곁문으로 빠져나가 재빨리 차에 올라탔다.

그가 성 소피아 성당에 도착한 것은 열두 시 정각이었다.

과거

성 소피아 성당은 블라디미르,[49] 야로슬라프,[50] 이자슬라프[51]의 영예로운 시대에 대한 음울한 헌사로서 세워진 것이다. 그것은 '성도(聖都)' 케르손 또는 코르순[52]에서 이름을 따온 코르순 수도원의 먼 모조품에 불과하다. 학자 네스토르가 쓴 연대기에 따르면, 이미 블라디미르 대공은 자신이 세례받은 도시인 코르순에서 '네 필의 청동마'* 같은 성화상(聖畫像)[53]들과 교회용 조각품들을 들여왔다고 한다. 그러나 고(故) 블라디미르 대공에 의해 세워진 교회의 머릿돌과 성 소피아 성당의 역사 사이로 어마어마한 양의 물과 피, 즐비한 시체들이 영광스러운 드네프르 강을 타고 흘러 내려갔다. 기독교의 일신론적 신앙을 수용한 키예프 공후의 유명한 변덕에 대해

* '네 필의 청동마četyre koni mediani', 그러나 일부 전문가들의 주장대로 이것을 '구리로 만들어진 네 개의 이콘četiri ikoni mediani' 으로 읽어야 옳을 듯싶다. 이런 어휘상의 양의성 속에서 우리는 무엇보다 두 가지 우상 숭배, 즉 이교도적 우상 숭배와 기독교적 우상 숭배의 충돌과 상호 침투를 목격할 수 있다. 필자의 취재원인 장 데스카트는 성 소피아 성당이 등장하는 이 대목 전체가 《러시아 예술에 대한 프랑스 학계의 연구》라는 책에서 거의 축자적으로 옮겨 온 것임을 발견해냈다. 데스카트는 보르도와 툴루즈에서 발행되는 《주르날 드 폴리스》지에 같은 주제의 기사를 실은 적이 있다. 이것은 멀리서 들려오는 메아리처럼, 이 책의 다른 이야기 〈개들, 그리고 책들〉의 형이상학적 메시지에 또 하나의 원(圓)을 더하고 있다.

고대 슬라브의 신들은 오랫동안 저항했으며, 이교적인 러시아 민중은 이교적 야만성을 앞세워 '다주보그의 손자들'[54]과 맞서 싸웠고 또 '스트리보그의 자녀'[55]인 바람에게 수많은 독화살과 창을 던져댔다. 그러나 정교도 신자들의 잔인성은 이교도들의 야만성 못지않게 야만적이었고, 유일신의 전제 정치를 믿는 자들의 광신은 이교도의 광신보다 훨씬 더 냉혹하고 파괴적이었다.

러시아 도시들의 어머니인 영광의 키예프는 십일 세기 초에 사백 여 교회를 거느렸으며, 티트마르 메르세부르그의 연대기[56]에 따르면, '비잔티움에서 가장 아름다운 진주이자 콘스탄티노플의 유일한 맞수가 될 참이었다'. 러시아는 그리스 정교를 통해 비잔틴 제국의 신앙을 택함으로써 세련된 고대 문명에 동참할 수 있었으나, 영토 분열과 로마 교권의 배척으로 인해 몽골 정복자들의 자비 또는 무자비에 넘겨졌고, '유럽'의 보호막을 기대할 수 없는 형국에 처하게 됐다. 나아가 그러한 분열은 러시아 정교회의 서구로부터의 고립을 초래할 참이었다. 그들의 교회는 고딕식 뾰족탑의 높은 흔들림을 알지 못할 것이었으며, 농민들의 땀과 뼈 무덤 위에 세워질 운명이었다. 감성적인 측면에서도 러시아는 기사 계급의 통치를 불허했고, '마치 숙녀에 대한 존경심을 한 번도 가져본 적 없는 무뢰한처럼 자국 여성들을 실컷 두들겨줄 참이었다'.

이 같은 역사는 거의 대부분 키예프 성 소피아 성당의 프레스코화와 벽 위에 기록되어 있다. 반면 나머지 사실들, 즉 야로슬라프 현공이 이교도인 페체네그족[57]에게 승리를 거둔 날을 대대손손 기념하기 위해 1037년 이 성당을 그의 손으로 직접 세웠다는 따위의 사실들은 앞서 말한 것들보다 역사적 가치 면에서 덜 중요하다. 그러나 어쨌든 야로슬라프는 성당 입구에 웅장한 '황금 문'을 세워, 모든 러시아 도시의 어머니인 키예프가 콘스탄티노플보다 모자라는 부분이 없도록 하라고 명령했다. 그러나 영광의 세월은 짧았다. 몽골 유목민들이 스텝으로 쏟아져 나와 성도 키예프를 한줌의 흙으로 되돌려놓았던 것이다(1240년). 하지만 그 전에 이미 성 소피아 성당은 폐허로 변해 있었다. 다시 말해, '지샤트나야'라고 불리던 어느 교회의 천장이 무너져 내려, 몽골 군대가 벌이는 잔혹한 대량 살육을 피하기 위해 그곳에 피신해 있던 키예프인 수백 명이 목숨을 잃는 참극이 빚어진 것과 거의 동시에 소피아 성당의 아치형 천장 역시 무너져 내리고 말았던 것이다. 1651년 루앙에서 출판된 《우크라이나 개황(槪況)》에서, 폴란드 왕을 섬겼던 노르만 귀족 보플랑 영주는 묘비명 비슷한 말을 적어놓았다. "모든 키예프 교회들 가운데 단 두 곳만이 후손들의 기억에 남게 되었다. 나머지는 애처로운 폐허, '폐허 중의 폐허reliquiae reliquiarum'일 뿐."

성 소피아 성당에서 가장 유명한 모자이크화 〈동정녀 마리아의 축복〉은 '네루시마야 스테나'로 불리면서 키예프 민중에게 사랑을 받았다. '무너지지 않는 벽'이라는 뜻의 그 이름은 아카티스토스 찬미가[58] 제12행에 대한 먼 암시이다. 그러나 전설은 그런 명칭을 다른 방식으로 정당화하고 있다. 이에 따르면, 예배당이 무너져 내릴 당시 다른 벽들은 모두 허물어져버렸지만, 모자이크화 속의 동정녀 마리아의 은혜로 앱스[59] 만큼은 훼손되지 않은 채 고스란히 남게 되었다는 것이다.

신의 집에서 벌어진 서커스

얼핏 보면 이 이야기의 중심에서 벗어난 것처럼 보일지 몰라도(뒤에 가서 우리는 이런 서술의 일탈이 피상적일 뿐이라는 것을 알게 될 것이다), 필자는 이 대목에서, 공후들과 그들의 귀족 손님들이 궁궐 바깥으로 나서지 않고도 예배를 드릴 수 있게 하기 위해 만든, 위층으로 이어지는 원형 계단의 벽을 장식하고 있는 그 기묘한 프레스코화들을 언급하지 않을 수 없다. 그 프레스코화들은 1843년에 그려진 그림의 밑바탕에서 발견됐다. 그러나 발명의 어머니인 동시에 과실의 어머니인 서두름과 호기심 때문에 복원 작업은 지극히 경솔하게 이루어졌다. 오래된 동록(銅綠), 황금과 예복의 미광(微光) 위에 신흥 졸부들nouveau riche의 부와 사치의 광채가 덧입혀졌다. 하지만 그 밖의 다른 부분은 손을 타지 않았다. 비잔티움의 담청색 하늘 아래 세워진 곡마장과 서커스장 풍경. 그림의 정중앙에는 황제와 황후가 수행원들에게 둘러싸여 특별석에 앉아 있는 모습이 그려져 있다. 울타리 너머에는 구종(驅從)

들이 그들이 사육하는 말들을 안마당 안으로 들여놓기 위해서 있고, 창으로 무장한 경직된 표정의 병사들이 한 떼의 사냥개를 거느리고 들짐승을 쫓는다. 곡예사들과 배우들이 담청색 하늘 밑의 무대 위에서 솜씨를 뽐내고 있고, 근육질의 차력사 한 명이 곡예사가 원숭이처럼 솜씨 좋게 오르고 있는 긴 장대를 손으로 붙든 채 버티고 있다. 마지막으로, 곰의 머리 가죽을 뒤집어쓴 조련사를 향해 도끼를 든 무장한 검투사가 돌진해오고 있다.

'고딕 게임'이라는 제목의 장(章)에서 비잔티움의 궁전에서 열린 예식들에 관해 서술한 콘스탄틴 포르피로게니투스[60]의 책은 마지막 그림의 의미를 설명해준다.

'루두스 고티쿠스[61]라고 불리는 그 오락은 자비로우신 황제 폐하의 뜻에 따라 성탄일 후 팔 일째 되는 날에 열렸고, 그 기간 동안 자비로우신 황제 폐하의 하객들은 각종 맹금의 가죽과 가면을 뒤집어쓰고 고트인들로 변장했다.'

이 그림은 과거에 대해서도 마찬가지로 시사하는 바가 크다.

양조장

오늘날 키예프의 성 소피아 성당은 높다란 아치 지붕 아래 양조장 스파르타쿠스의 일부인 건조로와 창고를 감추고 있다. 널빤지로 만든 스탠드 위에 거대한 이십 톤 탱크들이 벽을 따라 늘어서 있고, 육중한 강철 통들이 앱스 근처까지 열주들 사이로 여기저기 흩어져 있다. 건조로는 창문 꼭대기에서 회랑까지 이르는 나무 격자에 둘러싸여 두 층을 차지하고 있다(섭씨 십일 도가 유지되는 환경은, 맥주에 독특한 향을 가미하는 유익한 박테리아를 배양하기에 특히 알맞았다). 양철 연통처럼 휘어진 알루미늄 파이프들이, 지금은 제거된, 측벽의 창문들 중 한 개를 통과해, 교회로부터 백 미터가량 떨어진 큰 단층 바라크 안의 발효 탱크와 건조로를 연결한다. 무수한 격자, 파이프, 탱크는 비계[62]와 사다리들로 연결되어 있고, 맥주와 엿기름의 시큼한 냄새가 비 내린 뒤의 광활한 스텝의 냄새를 이 오래된 벽들의 구석구석에까지 실어 나른다. (최근 발효된 법령에 따라) 프레스코화와 제단은 잿빛 휘장처럼 벽 아래로 내려뜨려진 또 다른 대마 커튼으로 덮여 있다. 과거에 '천사장의 갑작스런 출현에 놀란' 동정녀 마리아의 상이 있던 자리에는(아니, 보다 정확히 말해 그 조상이 회색 베일에 싸인 채 방치되어 있는 자리에는) 지금 육중한 황금빛 액자에 담긴 '인민의 아버지'의 초상화가 걸려 있다. 아카데미 회원이기도 한 뛰어난 화가 소콜로프가 그린 것이다. 그림에서는, 노파 한 명이 '은혜로운 분'의 손에 입을 맞추기 위해, 그것도 농부 아낙처럼 민중적으로 입을 맞추기 위해 눈보라를 헤치고 군중 사이에서 나온다. '은혜로운 분'은 자상한 아버지처럼 그녀의 어깨에 손을 얹은 채 미소를 지어 보이고, 군인, 노동자, 아이들이 경탄해 마지않는 눈으로 그들을 바라본다. 초상화가 걸려 있는 벽에는 창문 두 개에서 삼나무 울타리 틈새로 새어 나온 희뿌연 불빛이 넘실거리고 있다. 초상화 밑에는 또 광고 게시판과 그래프가 걸려 있다. 맥주 냄새로 맥이 풀려 휘청거리고 있던 첼류스트니코프는 마치 자신의 체온 검진표를 확인하고 있는 말라리아 환자처럼, 생산량을 표시해놓은 그래프를 물끄러미 쳐다보고 있었다.

두 번째 복원

'혁명 참여자, 농군의 아들, 볼셰비키'인 수석 생산 기술자 아이 브이 브라긴스키는 모자를 벗고 머리를 긁적거리면서, 손에 든 종잇장을 뒤적거리면서, 별다른 논평을 달지 않고 세 번쯤 공문서를 읽었다. 그러는 사이에 첼류스트니코프는 교회의 실내 장식을 찬찬히 살펴보고 있었다. 높은 아치 지붕을 올려다보는가 하면 비계 뒤를 기웃거리기도 하고, 마른 입술을 조용히 씰룩거리면서 솥과 탱크의 무게를 속으로 계산해 보기도 했다. 프레스코화가 그려진 높은 아치 천장은 그에게, 오래전 그가 양친과 함께 예배에 참석해 사제의 설교와 회중의 찬송을 들었던, 그의 고향 마을에 있는 조그만 목조 교회를 연상시켰다. 새로운 인생관을 가진 새로운 인간으로 변한 그에게서는 희석되어버린, 환상과도 같은 먼 추억이었다. 이 시간 이후 성 소피아 성당에서 일어난 나머지 사건들을 첼류스트니코프 본인의 육성으로 들어보자.

"혁명 참여자, 농군의 아들, 볼셰비키인 이반 바실리예비치가 쓸데없이 투덜거리고 고집을 부리는 바람에 금쪽 같은 두 시간이 그냥 흘러가 버렸지요. 월별로 할당된 맥주 생산량 달성이 종교적인 기적보다 중요하다며 그는 나르콤[63]의 명령서를 꼬깃꼬깃 구겨 제 얼굴에 던져버렸습니다. 시간이 속절없이 흐르고 있어 저는 안타까웠지만, 그래도 그들을 설득해 예배할 수 있도록 교회를 수리하는 일이 공공의 이익에 부합하는 것임을 이해시키려 애썼습니다. 그의 고집을 도저히 꺾을 수 없었던 저는 마침내 그를 사무실로 데려갔고, 방문객의 이름은 가르쳐주지 않은 채 그의 눈을 쏘아보며 비밀을 털어놓았지요. 하지만 그 비밀로도 그를 설득하지 못했으며, 또 제가 그의 사무실에 있는 일반 회선 전화로 당직 관리들과 가진 몇 차례의 통화로도 그의 고집을 꺾지 못했습니다. 결국 마지막 카드를 꺼내는 수밖에 없었지요. 총을 꺼내 그에게 겨누었던 것입니다. (중략) 제가 직접 감독하는 가운데, 가까운 강제수용소에서 차출된 백이십 명의 죄수들이 네 시간이 조금 안 걸려 예배당의 두 번째 복구 공사를 마쳤습니다. 동쪽 벽에 대한 복구 공사가 진짜로 진행되고 있는 것처럼 보이게 하려고, 우리는 건조로 일부를 벽에 기대어 세운 다음 삼나무 가마니와 천막을 비계 너머로 넘겨 그것을 살짝 가렸습니다. 맥주를 담아두는 탱크와 수조는 실내에서 끌어낸 다음(장비 없이 인력만으로) 통나무 위에 얹어 굴려, 발효 탱크가 세워져 있는 바라크의 뜰 안으로 치워버렸습니다. 세 시 사십오 분, 저는 차에 올랐고, 정확히 약속 시간에 극장 로비에 도착했습니다. 아브람 로마니치가 벌써 와서 기다리고 있었지요."

사제의 턱수염과 모자

첼류스트니코프의 진술서를 계속 인용해보기로 한다.

"퍄스니코프 동지가 나중에 저에게 얘기해준 바로는, 그(즉 아브람 로마니치)에게 모든 경위를 설명했고, 심지어 그가 들은 모든 것에 대해 국가 기밀인 양 침묵할 것을 서약하는 각서에 서명하게 했답니다. 이런 조치는 분명히 효과가 있었습니다. 아브람 로마니치가 제 얼굴에 턱수염을 붙이는 내내 손을 달달 떨었으니까요. 자줏빛 허리띠가 달린 사제복과 높다란 사제 모자는 극장 의상실에서 빌려 왔습니다. 물품 대여증에는 농촌과 노동자 단체를 돌아다니면서 반(反)종교적인 내용의 연극을 상연하기 위해 준비하고 있는 문화 선전단원들이 사용할 소품이라고 둘러댔습니다. 아브람 로마니치는 더 이상 아무것도 묻지 않고 완전히 자기 일에 몰두했습니다. 곧 그의 손 떨림이 멈추더군요. 그는 분명 직업 정신이 투철한 사람이었습니다! 그는 저를 진짜 수석 사제처럼 꾸며놓았을 뿐 아니라, 나름대로 창의력을 발휘해 불룩한 가짜 배까지 만들어놓았습니다. 그가 말했습니다.

'그라주다닌 첼류스트니코프, 깡마른 신부를 본 적은 없지요?'

저는 그의 지적에 동의했습니다. 그래서 나중에 그가 당하게 된 일과 상관없이(여기서 그 사건에 대해서는 말하지 않겠습니다) 저는 아브람 로마니치가 저만큼이나 이번 작전의 성공에 큰 기여를 했다고 주장하는 바입니다. 제가 무대 경험이 조금 있다는 것을 알면서도, 그는 저에게 대단히 귀중한 몇 가지 조언을 하는 것을 잊지 않았습니다. 이제 그는 자신의 두려움을 송두리째 잊고, 자기 일에 완전히 빠져 이렇게 말했습니다.

'그라주다닌 첼류스트니코프, 턱수염, 특히 이런 유의 턱수염은 머리가 아니라 가슴으로 움직여야 한다는 것을 잠시도 잊으면 안 됩니다. 그러니 시간이 얼마 남진 않았지만 지금이라도 당장 머리와 몸통의 동작을 일치시키는 법을 익혀야 해요.'

그는 심지어 예배와 찬송에 관한 아주 유용한 충고 몇 가지도 잊지 않았습니다. 아마 극장에서 그런 기술을 익혔나 봅니다(어쩌면 유대 교회에서 배웠는지도 모르죠. 진실이야 누가 알겠습니까?).

'그라주다닌 첼류스트니코프, 다음 대사가 떠오르지 않을 때는 저음으로 계속 중얼거려요. 가능한 한 많이. 회중에게 화를 내는 것처럼 말이에요. 그리고 잠시 당신이 섬기는 신을 저주라도 하듯 눈알을 굴려요. 그리고 찬송을 부를 때는요…….'

제가 가로막았습니다.

'지금 그것까지 연습할 시간은 없어요. 찬송 연습은 나중에 하죠, 아브람 로마니치.'"

딸기색 장화

첼류스트니코프는 한 시간 조금 넘게 분장실에 머물렀다. 그것은 그가 겪은 변화에 비하면 상대적으로 짧은 시간이었다. 첼류스트니코프를 그리로 데려왔던, 간단하게 알료샤라고 불리는 라이콤의 운전 기사 에이 티 카샬로프는 그가 차에 올라탈 때 그의 손에 입을 맞추었다. 첼류스트니코프는 이렇게 쓰고 있다.

"그것은 연극의 총연습과 비슷했죠. 이를 통해 저는 아브람 로마니치의 지도와 조언 없이 저 혼자 남겨진 순간 엄습했던 무대 공포증에서 벗어날 수 있었습니다. 처음에 저는 알료샤가 장난으로 그러는 거라고 생각했지만, 곧 사람을 속이려고 들면 한도 끝도 없다는 말을 확신하게 됐습니다. 만일 제가 머리에 왕관을 쓰고 나타났다면 알료샤는 눈과 진흙 속에서라도 바닥에 무릎을 꿇었을 겁니다."

그리고 비탄과 자기도취가 다소 밴 목소리로 첼류스트니코프는 이렇게 덧붙였다.

"러시아 농민의 영혼에 남아 있는 어두운 과거와 수세기에 걸친 후진성의 흔적들을 박멸하려면 아직도 더 많은 시간과 수고가 뒤따라야겠더군요."

(필자는 단도직입적으로 말하겠다. 알렉세이 티모페이치 카샬로프는 오랜 심문과 극심한 고문 속에서도 그날 자기가 속았다는 것을 인정하지 않았다. 그날로부터 한 달이 채 지나지 않아 그가 취조실에서 첼류스트니코프와 대질심문을 받게 됐을 때, 그는 단지 그라주다닌 첼류스트니코프와 장난을 치고 싶었던 것뿐이라는 이전의 주장을 고집했다. 체력이 바닥나고 갈비뼈가 부러졌음에도 불구하고 그는 매우 설득력 있게 자신을 변호했다. 자기가 극장으로 모셔간 이는 분명 그라주다닌 첼류스트니코프였는데, 어떻게 사제가 그 차에 타고 있다고 믿을 수 있었겠냐는 얘기였다. 그날, 그러니까 1934년 십일월 이십일 일에 그가 가짜 성직자, 즉 첼류스트니코프 동지에게 "그라주다닌 첼류스트니코프는 어떻게 됐습니까? 그를 기다려야 할까요?"라고 물었다는 것이 사실이냐고 추궁당하자 알료샤는 역시 아니라고 대답했다. 가짜 성직자, 즉 첼류스트니코프 동지에게 "키예프에서 순록을 찾는 것이 성직자를 만나는 것보다 쉬울 날이 멀지 않았군요!"라고 말했다는 게 사실이냐고 추궁당하자 알료샤는 또 아니라고 대답했다. 가짜 성직자, 즉 첼류스트니코프 동지가 변성된 목소리로 "아들이여, 왜 그대는 사제를 찾고 있는가?"라고 물었을 때 그가, 그러니까 에이 티 카샬로프가 "죄 많은 영혼을 위해 기도하고 싶어서입니다!"라고 답했다는 것이 사실이냐는 질문에도 역

시 아니라고 대답했다.)

오후 다섯 시 삼십 분, 검은색 리무진이 교회의 불 꺼진 현관 앞에 멈춰 섰다. 수석 사제 첼류스트니코프가 사제복 자락을 들어 올리자 순간적으로 그의 딸기색 장화가 번쩍 빛났다. 벙어리가 된 채 홀린 듯한 눈으로 그의 턱수염과 장화를 번갈아 쳐다보는 알료샤에게 그가 말했다.

"이 바보야, 이제야 알겠냐? 이제 알겠어?"

긴 줄이 달린 향로

결국 우리에게 그 예식에 관해 상세한 자료를 제공하고 있는 첼류스트니코프는 "'예배'는 일곱 시가 조금 못 돼서 시작됐습니다"라고 쓰고 있다(그러나 필자는, 어쩌면 불필요할지도 모르는, 타락한 현대판 삼위일체인 색, 소리, 냄새를 이 생생한 자료에 덧입히고 싶은 괴상한 창작욕이 발동해 첼류스트니코프의 진술서에는 들어 있지도 않은 것들――키예프 박물관의 보물 가운데서 훔쳐 온 은촛대 위에서 탁탁거리며 타고 있는 불꽃과 그 흔들림――까지도 상상하기에 이른다. 그리고 인용한 문서는 여기서 다시 필자가 상상한 풍경 속에 섞여든다. 궁형 앱스 안쪽에 그려진 성자들의 유령 같은 얼굴과 모자이크화 속 동정녀 마리아의 치렁치렁한 옷 주름에 반사되고 또한 자줏빛 망토 위에 반사되어 그 위에 걸린 세 개의 은색 십자가를 불타는 것처럼 보이게 하는 촛불, 향로에서 나는 향기와 영생을 얻은 영혼이 시큼한 맥주 · 엿기름 냄새와 섞일 동안 성상화의 둥그런 후광과 테두리, 예배용 용기, 성배와 왕관, 끽끽거리는 쇠사슬에 걸린 채 어스름 속에서 흔들리는 검은 향로 위에 아른거리는 검정과 황금의 광채).

첼류스트니코프의 말은 계속된다.

"릴스키 동지가 교회 안으로 뛰어들어와 성호를 그어대기 시작하자마자, 저는 향로를 집어들어 성도들의 머리 위에 흔들기 시작했습니다. 저는 어스레한 빛 속에서 유향의 연기 사이로 엠 동지의 대머리와 그라주다닌 에리오의 빳빳한 머리칼을 분명히 구별해낼 수 있었지만, 새로운 얼굴들이 들어오는 것을 못 본 척했습니다. 그들은 발뒤꿈치를 들고 살며시 예배당 중간까지 걸어와 멈춰 섰습니다. 제가 느꼈던 무대 공포증은 그들이 들어오는 순간 거짓말처럼 사라졌으며, 저는 계속 향로를 흔들고 중얼거리면서 그들에게 걸어갔습니다. 그라주다닌 에리오의 두 손은 포개어져 있었습니다. 그러나 그가 기도를 하는 것 같지는 않았습니다. 오히려 한쪽 주먹을 다른 쪽 주먹으로 감싼 채 자신의 허벅지 언저리에 올려놓은 바스크 베레모를 꽉 누르고 있었다는 게 더 정확한 표현일 겁니다. 제가 그들에게 향로를 흔들고 몇 발자국 더 나아간 다음 돌아섰을 때 그라주다닌 에리오는 천장을 올려다보면서 통역관 쪽으로 몸을 기울였습니다. 통역관은 파스니코프 동지 쪽으로 몸을 기울이고 있었습니다. 이어서 저는, 검은 머릿수건을 쓴 채 무릎을 꿇고 앉아 머리를 숙이고 있는 나스타샤 페도테브나에게 향로를 흔들었습니다. 그녀는 꿈쩍도 하지 않고, 격려로 가득 찬 빠른 시선을, 저에게서 마지막 불안의 흔적을 말끔히 씻어내는 그런 시선을 던졌습니다(그녀의 얼굴에는 그날 아침 그녀가 겪었던 공포의 흔적이 하나도 남아 있지 않았습니다). 나스타샤 페도테브나 옆으로는, 역시 검은 머릿수건을 쓴 채 기도를 하기 위해 두 손을 포개고 무릎을 꿇고 앉아 있는 젤마 샤브차바제가 보였습니다. 그녀는 퍄스니코프 동지의 아내로서 역시 오랜 당원이었습니다. 또 콤소몰 당원인, 그녀의 열여덟 살 난 딸 헤바가 그녀 옆에 무릎을 꿇고 앉아 있었습니다. 와 있는 게 표시도 안 나는 낯선 노파 한 명 외에는 모두가 낯익은 얼굴들이었습니다. 그날 아침 퍄스니코프 동지의 사무실에서 우리에게 차를 내주었던 알랴 동지가 있었고, 그 옆에는 라이콤의 우리 편집부 소속 직원과 비서의 부인들이 앉아 있었습니다. 제가 알아보지 못한 여인들의 일부는 틀림없이 체카* 소속 동지들의 부인들이었습니다. 저는 한 사람도 예외 없이 일사불란하게 최선을 다해 각자의 배역을 충실히 해냈다고 인정하는 바입니다. 위에서 말한 사람들 외에 다른 동지들의 이름도 추가해야 합니다. 전술한 대로, 본인의 생각으로는 이번 작전에서 그들의 공로가 저 자신의 공로에 비해 결코 뒤지지 않았다고 생각하기 때문입니다(문

* 첼류스트니코프는 항상 체카라고 불렀다(이것은 1917년부터 1922년까지의 소비에트 비밀 경찰을 가리키는 말이다).

서에는 사십 명의 이름이 줄줄이 이어져 있고, 띄엄띄엄 '부인 동반'이라는 말이 덧붙여져 있다). 열두 명의 문화단원들과 이들을 맡은 두 명의 경호원을 포함해 신도들은 총 육십 명쯤 되어 보였습니다."

이름들을 열거한 뒤 첼류스트니코프는 이렇게 진술을 마무리하고 있다.

"에리오 동지와 그의 수행원들이 예배당에 머문 시간은 모두 합해 오 분이었습니다. 제 느낌으로는 꼬박 십오 분은 머물렀던 것 같지만 말입니다."

서커스 그림의 해설

에리오가 수행원들과 함께 발뒤꿈치를 들고 천천히 예배당을 빠져나와 원형 계단을 따라 그려진 유명한 프레스코화들을 구경하기 위해 발걸음을 옮길 때까지도, 어느 프레스코화(신도들이 기도의 절정에서 우선 지옥의 어머니인 지상을 내려다보고, 이어서 천국의 권좌를 우러러보는)의 장면처럼 예배는 딱딱한 절차에 따라 여전히 계속되고 있었다. 이 시간을 위해 예약되어 있던 미술사가 리디야 크루페니크는, 이 호기심 많은 방문객의 관심을 피할 수 없는 수수께끼에 대해, 즉 신성한 사원 안에 불경스러운 그림들이 그려져 있는 것에 대해 유창한 프랑스어로 에리오에게 설명하기 시작했다(에리오 동지 또한 유창한 프랑스어로 그녀를 진심으로 칭찬했다).

"이 원형 계단은, 에리오 동지께서 직접 확인하실 수 있듯이 성소로부터 조금 떨어져 있기는 하지만, 그럼에도 불구하고 교회 전체를 이루는 일부입니다. 이처럼 신성한 사원 안에 서커스 그림이 그려져 있다는 사실에 사제들은 놀라고 분노했지요. Mais ce sont là des scrupules tout modernes.[64]"

리디야 크루페니크는 계속했다.

"aussi étrangers aux Byzantins du onzième siècle qu'aux imagiers et aux huchiers de vos cathédrales gothiques.[65] 귀국(貴國)의 선조들이 가졌던 경건함이 면계실(免戒室) 위에 걸린 역겹고 기괴한 인상을 심어주는 괴물 조각상으로 인해 손상되는 일이 결코 없었던 것처럼, 교회 안에 세속적인 그림을 들여놓은 것이 저희 경건한 조상들의 눈에는 조금도 추잡한 것으로 비치지 않았지요. 잘 아시겠지만……."

리디야 크루페니크는 계속 말을 이었고, 에리오 동지는 프레스코화에서 눈을 떼지 않은 채, 악기가 그려진 그림에 특별히 관심을 보이며 수긍하듯 머리를 끄덕였다.

"성상 파괴자의 통치기에 콘스탄티노플에서 그리스도와 성인들의 얼굴이 가지각색의 악마적인 그림들(경마 장면들, 야생 동물과 인간에 대한 사냥을 그린 유혈이 낭자한 장면들)로 뒤바뀌었다는 것은 유명한 일화지요."

(에리오 동지는 학생처럼 손으로 자신의 베레모를 돌리면서 고개를 끄덕였다.)

리디아 크루페니크는 매혹적인, 그렇지만 어떤 분노를 숨기고 있는 듯한 목소리로 이야기를 계속했다.

"이런 비교 속에서 잊어서는 안 될 것은, 예를 들어 키예프의 성 소피아 성당의 것과 똑같은 불경한 모티프들(운동 선수들의 싸움, 플루트와 갈대 피리를 불고 있는 노예들)을 담고 있는 팔레르모 궁전 예배당의 천장 장식처럼, 비슷한 모티프를 가진 서구의 다른 문화 유적들입니다. 또 마지막으로 키예프의 성 소피아 성당이 tout comme les chapelles de vos rois normands[66] 궁궐 안의 교회였고, 원형 계단이 왕자들의 처소에까지 닿았다는 사실도 놓쳐서는 안 됩니다. 이렇게 볼 때, 불경스러운 주제는 완벽하리만치 적재적소에 사용되었던 것입니다. n'est-ce pas?[67]"

에리오 동지는 두 발이 얼어붙은 듯* 깊은 명상에 잠긴 채 프레스코화를 물끄러미 바라보고 있었다.

기계 사자

이튿날, 여행의 신선한 충격에서 아직도 헤어나지 못한 에두아르 에리오는 키예프-리가[68]-쾨니히스베르크[69] 노선을

* 에리오가 이 여행에서 병을 얻은 채 돌아왔다는 것, 그가 거의 초죽음이 되었다는 것은 잘 알려진 사실이다. 이와 관련해 《샤리바리》지의 어느 짓궂은 기고자는, 에리오가 '싸늘한 예배당과 후끈한 궁전을 방문하고 나서부터' 병을 앓게 되었다고 써갈겼다. 그 당시 이런 암시를 둘러싸고 무성한 해석들이 생겨났다.

달리는 침대차의 따뜻한 객실에서 담요를 둘둘 만 채 고열로 끙끙거리면서 이번 여행의 첫인상을 수첩에 적고 있었다. 한 가지 사실만이 그의 관찰의 순수성에 오점을 남겼다(그것은 우리의 이야기와 관련되어 있다). 성 소피아 성당 앞에 거지가 있다는 문장이 그것이다. 그는 자기가 느꼈던 당혹감을 이렇게 표현하고 있다.

'호화로운 성 소피아 성당 밖으로 나오자 우리 주위에 몰려든, 교회 앞에 진을 치고 있던 그 거지들은, 드문드문 매우 어리고 건강해 보이는 이들이 눈에 띄기는 했지만 대부분 힘없고 늙은 사람들이었는데, 그 옛날 제정 러시아 시절에 기괴한 동물을 공물로 바쳤던 러시아 빈민들인 유로디브이[70]의 끈질긴 후예임이 분명하다.' (이 문장 뒤에는 이 신생 국가가 해결해야 할 산적한 과제들에 대한 언급이 이어진다.)

우리는 거지들에 대한 동일한 묘사를 첼류스트니코프의 진술에서도 발견할 수 있다(그리고 이것이야말로 필자가 거지에 대해 언급한 유일한 이유이다).

"교회 밖으로 나온 우리는, 마법에 끌리듯 향 냄새를 맡고 모여들었음이 분명한 거지 한 무더기를 체포했습니다."

수첩을 쭉 훑어보면서 에리오는(그 속에서는 얼굴, 풍경, 대화 등, 그가 처음 러시아를 방문했던 십이 년 전에 존재했던 것과 아주 비슷하기도 하고 너무 다르기도 한 어떤 세계 하나가 쏟아져 나왔다) 그런 기억들 전부를 작은 원소들로 농축시키려고 시도했다. 그는 특유의 실용주의적 정신과 위트로, 자신의 새로운 인상들을 농축시키는 (현재로서) 가장 단순하고도 효과적인 방법은, 십이 년 전의 저서에 넣었던 헌사를 자기 견해의 일관성을 말해주는 기호로서 다시 한번 사용하고, 그럼으로써 험구가들을 잠재우는 것이라고 결론 내렸다. 그는 1922년 십일월에 썼던 그 서문 겸 헌사를 통째로 다시 집어넣고, 또 그것을 과거와 같이 《프티 파리지앵》의 주필 엘리 조제프 부아에게 보낼 작정이었다. 이런 결정이 타당한지 알아보기 위해, 그는 서류 가방에서 특별판으로 제작된 스무 권 가운데 마지막으로 남은 양장본(Il a été tiré de cet ouvrage 20 exemplaires sur Alfa réservé à Monsieur Edouard Herriot[71)])을 꺼내 헌사 부분을 펼쳐보았다(여기서 필자는 그것을 번역해 소개하고자 하며, 따라서 원문의 독창성과 스타일이 상당 부분 훼손되는 것은 불가피하다).

'사랑하는 친구에게. 러시아로 떠날 때 나는 우리나라에서 가장 유명하다는 독설가들로부터 한 무더기의 욕설을 들어야 했다네. 뿐만 아니라 그들은 예언을 한답시고 내게 아주 심한 험담까지 늘어놓았지. 그나마 내게 가장 호의적이라는 사람들조차 중세에 타타르인들과 칸을 개종시키기 위해 순례 길에 올랐던 리옹 출신의 어느 애처로운 수도사의 모습을 다시 보게 되었다고 빈정거렸을 정도니까. 그 옛날 모스크바의 공후들은 방문객들을 겁주려고 자신의 옥좌 밑에 기계 장치가 된 사자를 숨겨놓곤 했지. 대화 도중 적당한 시점, 적당한 대목에서 으르렁거리는 것이 그 기계 사자의 역할이었어. 하지만 사랑하는 친구여, 자네는 나의 의도를 이해하고 나의 진실을 믿어줄 준비가 되어 있겠지? 나는 어처구니없이 훌쩍 지나간 이번 여행을 마치고 돌아가는 중이라네. 어디를 가든 환대를 받았지. 그들은 자신들의 기계 사자를 부려 나를 겁주는 일 따위는 하지 않았네. 모든 것을 자유롭고 평화롭게 구경할 수 있었지. 나는 누군가의 마음에 들지, 안 들지 헤아려보는 일 없이 이 글을 다시 편집했다네. 이 기록을 우정의 표시로 자네에게 바치네. 자, 받아주게. 사랑하는 친구 에두아르 에리오 씀.'

에리오는 자신의 결정에 만족하면서 책장을 덮고, 그가 '러시아 풍경 속의 멜랑콜리' 라고 이름 붙인 바깥 풍경으로 다시 시선을 돌렸다.

(애석하게도, 에리오의 이 두 번째 러시아 여행의 성과에 대한 역사적 고찰은 우리의 관심 대상이 아니다.)

후일담

에이 엘 첼류스트니코프는 1938년 구월에 모스크바에서 체포됐다. 그것은 키로프[72] 암살 사건이 일어난 지 사 년이 되는 동시에(물론 첼류스트니코프의 체포는 그 사건과 관련되어 있다) 에리오 사건이 일어난 지 사 년이 좀 안 된 시점의 일이었다. 여자 안내원이 다가와 밖에서 누가 그를 애타게 찾고 있다고 속삭였을 때 그는 영화관에 앉아 있었다. 첼류스트니코프는 자리에서 일어났고, 가죽 총집을 매만진 다음 로비로 걸어나갔다. 한 낯선 얼굴이 그에게 말했다.

"첼류스트니코프 동지, 라이콤이 당신을 급히 찾고 있소. 차를 대기시켜놓았소."

첼류스트니코프는 속으로 욕을 하면서, 사 년 전 그들이 조작했던 사건, 그때 공을 세웠다 하여 그에게 메달과 진급의 혜택이 주어지기도 했던 그 사건과 흡사한 어떤 요란한 코미디가 꾸며지고 있나 보다고 생각하면서, 아무 의심 없이 차에 올라탔다. 그러나 차 안에서 그는 무장해제를 당했다. 손목에 수갑이 채워졌고, 그는 루뱐카 구치소로 끌려갔다. 그는 석 달 동안 구타와 고문을 당했지만, 그가 소비에트 정부에 대해 사보타주를 벌였고 키로프 암살 음모에 가담했으며 스페인의 트로츠키 도당과 교제했다는 혐의가 기록돼 있는 진술서에 서명하기를 거부했다. 그들은 열흘 동안 다시 생각해보라며 그를 독방 속에 던져 넣었다. 그들은 이렇게 말했다.

"진술서에 서명해라. 그렇지 않으면 네 아내는 체포되고, 너의 한 살배기 딸은 고아원으로 끌려갈 것이다."

마침내 첼류스트니코프는 압력에 굴복해 진술서에 서명했다. 이로써 그는 기소장에 적힌 혐의, 그 가운데서도 그가 아브람 로마니치 슈람이 지휘하는 음모의 일원이었다는 혐의를 인정하는 꼴이 되었다. 그에게 십 년 형이 선고됐다. 그는 집단 수용소에서, 과거 스페인에서 함께 싸웠던 엔케베데[73]의

한 오래된 지인을 만났다. 첼류스트니코프는 정보원이 되었다. 1958년에 그는 복권됐다. 결혼 생활을 했으며, 아이가 셋이나 되었다. 1963년 그는 일단의 여행객과 함께 보르도, 리옹, 파리로 여행을 떠났다. 리옹에서 그 유명한 시장에게 바쳐진 기념 도서관을 방문한 그는 방명록에 이렇게 휘갈겨 썼다. '에두아르 에리오의 작품을 존경하는 이가. 에이 엘 첼류스트니코프.'

마법의 카드

카를 슈타이너에게 바침

타우베 박사, 아니 카를 게오르기예비치 타우베는, 공식적으로 복권된 지 이 주가 좀 안 되고 노릴스크 수용소에서 돌아온 지 꼭 삼 주가 되던 1956년 십이월 오 일에 살해됐다(심문 기간 동안의 예비 수감 시간을 빼고도 타우베는 수용소에서 열일곱 해를 보냈다). 이 살인 사건은, '배우' 또는 '독수리'라는 별명으로 불렸고 지하 세계에서 절도범들의 제왕으로 추앙받았던 전문 금고털이범, 소위 일급 '곰 조련사'[74]인 코스틱 코르슈니제라는 사나이가 1960년 유월에 모스크바에서 체포될 때까지는 외부에 알려지지 않았다.

코스틱의 조사를 맡은 모로조프 경위는 그의 태도에 의아해했다. 제왕이라는 놈이 부들부들 떨고 있다니! 이전에 받았던 여러 번의 심문에서는 자신과 자기 직업에 대해, 기술 면에서 '왕초'라는 명성에 걸맞은 장인의 당당함과 위엄을 가지고 이야기했던 그였다. 심지어 절망적인 상황에 처할 때마다 그는 이삼 년 전 자기가 저지른 강도 짓거리(예를 들어 카잔 경찰서를 털었던 사건)를 비롯해서 상대가 묻지 않은 것까지도 약간 빼기면서 털어놓았다. 코스틱에게서 그런 자백을 받아내기란 의외로 쉬웠다. 왜냐하면 이 용감한 밤손님, 아니 배우는 그의 삶과 잘 조화되지 않는, 매우 인간적인 한 가지 약점을 갖고 있었기 때문이다. 그는 맷집이 형편없었다. 심지어 수사관의 격앙된 목소리나 치켜든 손 따위의 가벼운 협박에도 '배우 코스틱', '독수리 코스틱'은 인간 쓰레기로 변해버렸다. 그런데 어떻게 인간 쓰레기한테서 믿을 만한 자백을 받아낼 수 있단 말인가? 그래서 이미 두 번이나 코스틱을 심문한 경험이 있는 모로조프 경위는(한 번은 코스틱이 정치범 수용소에서 경찰 끄나풀 노릇을 할 때였고, 다른 한 번은 그 첫 번째 대면이 있고 얼마 안 돼서 그가 강도로 잡혀 들어왔을 때였다) 그에게 어떤 식으로 말을 걸어야 되는지를(물론 아주 급박한 경우에는 예외겠지만) 잘 알고 있었다. 구타하거나 윽박지르지 않겠다는 약속을 하기만 하면(그런 행위는 코스틱의 자존심에 상처를 내고, 그의 뇌세포를 파괴했다) 코스틱은 전문적인 세부 지식에 이르기까지 자신의 꿍꿍이속을 바닥까지 열어 보였다.

그는 타고난 배우, 재능 있는 배우였다. 광포한 세파의 와중에서도 한때는 어느 아마추어 극단의 단원으로 활동했고, 거기서 그의 비루한 어휘 목록에 약간의 세련미를 보탤 기회를 갖게 되었다(그의 별명들 중 하나인 '당테스'는 그가 가진 변신술을 증명한다.[75] 코르슈니제 본인은 이 별명을 '단테'[76]와 '당테스' 두 가지 모두로 해석했다. 그가 자기 손으로 자신의 시인의 두개골을 향해 방아쇠를 당긴 순간, 그 영광스러운 격발로부터 그것 못지않게 영광스러운 '금고털이'가 탄생했다).

이후 그는 문화단원, 감독, 배우, 밀정으로서 정치범 수용소에서 풍부한 배우 수업을 하게 되었다. 우연히도 코스틱은, 과거에 혁명가들이 자신의 수감 생활을 '대학 생활'이라고 부르며 자위했던 것처럼, 복역 생활을 자기 작품의 불가피한 일부로 생각했다. 따라서 그의 철학은 그의 생활 방식과 모순되지 않았다.

'이 위대한 두 역할(이것은 그가 즐겨 쓰는 어휘였다) 사이의 논리적인 간극, 그것을 지식과 재주를 총동원해 채우지 않으면 안 된다.'

코스틱 코르슈니제의 황금기였던 1930년대와 1950년대 사이, 온갖 종류의 다른 도적들처럼 그에게도 명백히 감옥은 단지 '자유'의 연장일 뿐이었다. 수백만의 정치범들이 소위 그 '사회적 형제들'이 부리는 기벽과 변덕에 노출되어 있었다. 도적들이 품을 수 있는 가장 대담하고 가장 환상적인 꿈들이 다름 아닌 교도소에서 실현되었다. 대도든 좀도둑이든 죄다 자신의 다차[77]로 끌어들였던, 과거에 한가락 했던 '왕초'들은 이제 앞서 천국에서 추방당한 선배들의 하인, '조수', 노예가 되어 있었다. 법률가, 장관, 판사는, 과거에 그들이 고리키, 마카렌코[78] 및 다른 고전 작가들을 들먹이며 사회 정의와 계급 의식에 대해 설교하고 형량을 선고했던 대상인 그 범죄자들의 급사와 노예가 되어 있었다. 요컨대 그 시대는 범죄자들, 특히 '배우'로 불리는 코스틱 코르슈니제처럼 새로운 위계질서 속에서 '왕초'의 후광으로 자신의 이름을 두른 자들에게는 황금기나 다름없었다. 지하 세계의 왕은 그 안에서만큼은 진정한 왕이었다. 옛 왕초들뿐만 아니라, 그들에게서 풀려난 우악스러운 범죄자들의 군단 전체가 그에게 복종했다. 전(前) 체키스트[79] 첼류스트니코프의 딸기색 장화를 새 주인(코스틱)의 발치에서 빛나게 하라거나, 포주와 살인자의 전적을 갖고 있는 어느 요리사의 친절함과 자비를 통해 전(前) 라이콤 서기의 부인인 흰 살결의 나스타샤 페도테브나 엠을 포동포동 살찌워 그(코스틱)에게 데려오라는 등의 주문을 코스틱은 말이나 시선만으로도 충분히 전달할 수 있었다. '배우'는 풍만한 숙녀들을 좋아했다.

"백옥 같은 피부에 포동포동한 여자들, 그것이 우리 러시아 여성의 전형이지."

그러나 코스틱이 긴 자백을 마친 후에도 계속해서 덜덜 떨었기 때문에(수사관이 언성을 높이기는커녕, 편안하게 대해주고 그를 '그라주다닌'이라고 부르며 농담까지 건넸음에도 불구하고), 정보원한테서 나온 정보보다 어떤 신통한 영감에서 더 많은 도움을 얻는 모조로프 경위는 전문가들에게 코스틱의 지문을, 사 년 전 튜멘[80]에서 카를 게오르기예비치 타우베라는 인물이 살해될 때 사용됐던 침입 절도용 장비인 '쇠 지렛대'에 묻어 있는 지문과 대조해보라고 지시했다. 대조 결과 두 지문이 일치하는 것으로 밝혀졌다. 그리하여 범행 동기가 뚜렷하지 않은 그 살인 사건의 베일이 일부나마 걷히게 되었다.

앨범의 사진들

카를 게오르기예비치 타우베는 1899년 헝가리 에슈테르곰[81]에서 태어났다. 그의 유년 시절에 관한 자료가 부족함에도 불구하고, 금세기 초 중부 유럽 소도시들의 한적한 단조로움이 시대의 어둠을 뚫고 선명하게 드러난다. 느림보 태양에 의해, 살인적인 광선이 내리쬐는 양달과 어둡고 축축하고 곰팡내 나는 응달로 뚜렷하게 양분된 뒷마당과 회색빛 단층집들. 초봄 어느 날 걸쭉한 진해(鎭咳) 시럽과 진해정(鎭咳錠)처럼 소아 질환 특유의 사향(麝香) 냄새를 우울하게 풍겨대는 검은 아카시아 나무들의 대열. 안에서 흰 자기 그릇의 고딕 문양이 번쩍거리고 있는 차가운 바로크식 약국 건물의 어슴푸레한 윤곽. 포장된 뒤뜰과 침울한 분위기의 고등학교(칠이 벗겨진 푸른색 벤치, 교수대를 닮은 부서진 그네, 흰 페인트를 칠한 목조 헛간). 노란 페인트로 마리아 테레지아의 얼굴을 그려 놓은 시청 건물. 황혼녘에 그랜드 호텔 옥외 레스토랑에서 집시 패거리들이 연주하는 발라드 가사 속의 죽은 나뭇잎들과 가을 장미의 색깔.

약사의 아들인 카를 타우베는 평범한 시골 아이들처럼, 마치 중학교 시절에 채집해둔 말라비틀어진 시시한 노랑나비를 확대경을 들고 슬픔과 역겨움을 참으며 들여다보듯 고향과의 이별을 기념하며 두꺼운 안경알을 통해 마지막으로 먼 거리에서 자신이 사는 도시를 조감도처럼 내려다보게 될 그 행복한 날을 꿈꾸었다.

1920년 가을, 그는 부다페스트 동부 역에서 부다페스트-빈 특급 열차의 일등 객실에 올라탔다. 기차가 출발하자 청년 카를 타우베는 멀리서 실크 손수건을 흔들면서 까만 점처럼 사라져가고 있는 부친에게 다시 한번 손을 흔든 다음, 삼등칸 안으로 자신의 가죽 가방을 재빨리 밀어 넣고 인부들 틈으로 끼어들어 가 앉았다.

신조

카를 타우베의 삶에서 이 질풍노도의 시기에 대한 보다 정확한 이해를 방해하는 것은 크게 두 가지다. 하나는 그의 비공식적인 활동이고, 다른 하나는 그가 사용한 숱한 가명들이다. 우리에게 알려져 있는 것은 그가 망명자 카페에 출입했다는 것, 노프스키와 함께 일했다는 것, 헝가리 출신 망명자들뿐 아니라 독일인이나 러시아인 망명자들과도 교류했다는 것, 또 카롤리 베아투스와 키릴 바이츠라는 가명으로 좌파 신문들에 기고했다는 것 등이다. 백삼십 편가량의 논문과 기사가 포함된, 그 시기에 발표된 그의 저작 목록은 불완전하고 조금의 신빙성도 없다. 따라서 여기서 필자는, 문체의 일정한 격렬함(계급적인 증오심에 대한 다른 이름일 뿐인)의 정도에 따라 그의 것이라고 분명하게 판독해낼 수 있는 저작들만을 나열해보기로 하겠다. 그것들은 바로 《종교적 자본론》, 《붉은 태양》 또는 《어떤 원칙들에 관하여》, 《벨라 쿤[82]의 유산》, 《무혈 테러와 유혈 테러》, 《신조(信條)》 등이다.

그의 전기 작가이자 그가 망명 시절 동안 사귀었던 타마슈 운그바리 박사는 타우베에 관해 이렇게 묘사한다.

"1921년, 우유부단한 라요슈 카사크[83]가 당시 편집장으로 있던 잡지 《마*Ma*》의 빈 소재 편집실에서 바이츠 동지를 접했을 때, 나는 그, 다시 말해 바이츠의 겸손함과 차분함에 매우 놀랐습니다. 나는 그가 《무혈 테러와 유혈 테러》, 《신조》 등의 저자라는 것을 알고 있었지만, 그 문체의 강렬함을, 다소 수줍고 거북해 보이는, 두꺼운 안경을 쓴 그 차분하고 조용한 사람과 조화시킬 수 없었습니다. 또 흥미롭게도……."

운그바리 박사의 진술은 계속된다.

"그는 정치 문제보다 의학 문제에 대해 자주 얘기했습니다. 한번은 자기가 일하는 병원 실험실에서 나에게 여러 성장 단계의 태아들이 담겨 있는, 가지런히 정렬된 유리 항아리들을 보여주었습니다. 항아리들마다 죽은 혁명가들의 이름이 라벨로 붙어 있었습니다. 그러면서 그는 노프스키가 그 태아들을 보더니 상당히 메스꺼워하더라고 말했습니다. 스물두 살밖에 안 됐지만 완숙한 남성의 이미지를 풍겼던 이 차분한 성격의 젊은이는 처음부터 그의 동태를 유심히 살피던 경찰들뿐만 아니라 동료 투사들과도 곧 마찰을 일으키고 말았습니다. 그는 우리의 행동이 그다지 효과적이지 않고, 우리의 글이 미온적이라고 생각했습니다."

빈에서 사 년을 보낸 뒤 혁명적 소요의 느슨함에 풀이 죽은 타우베는 '유럽의 감옥 가운데 가장 걸출한 망명자들의 핵이자 심장'이 임시로 자리 잡고 있다고 스스로 확신하고 있던 베를린으로 떠난다. 그때부터 1934년까지 그의 행적은 모두 누락되어 있다. 가명으로 씌어진 몇몇 기사에서 필자는 '숨겨진 기폭 장치 같은'(루카치[84]가 한때 표현했던 대로) 타우베의 문장을 알아볼 수 있다(이것은 필자의 개인적인 추측일 뿐이다. 그러나 필자가 잘못 봤다고는 생각하지 않는다). 나는 타우베가 체포되기 전까지 에른스트 텔만[85]과 같이 일했다는 것을 알고 있다. 이윽고 1935년 봄에 우리는, 그가 다하우[86]에서 벌어질 모든 끔찍한 사건들을 예고하고 다시 한번 세계를 향해 위험을 경고한, 제네바 국제 포럼에서의 그 유명한 연설을 듣게 된다.

"한 유령이 유럽 전역을 돌아다니고 있습니다. 그것은 바로 파시즘의 유령입니다."

새로운 독일의 힘, 엄격한 게르만 행진곡 장단에 맞춰 행진하는 검게 그을린 게르만 청년들과 억센 여장부들에게 기가 질린 약골들은 잠시 타우베의 예언적인 말을 듣고 전율했다. 그러나 그런 감동은 잠시뿐이었다. 즉 어느 유명한 프랑스 신문 기자가 부추기는 바람에 타우베가 재킷을 벗고, 당혹스럽지만 단호하게 셔츠를 둘둘 말아 올린 다음 자신의 등판에 새겨진, 채 아물지 않은 무서운 채찍 자국을 드러내 보였을 때, 그때뿐이었다. 그러나 나치의 관제 선전이 타우베의 이런 연설을 '공산주의자 특유의 선동 행위'라고 매도하고 나서자 그들은 의심을 거두었다. 그들은 유럽의 정신이 새롭고 강한 인간을 요구하며, 그런 영웅은 피와 화염으로부터 탄생하리란 것을 다시 한번 확인했던 것이다. 하지만 생생한 상처에 순간적으로 충격을 받은 그 기자는, '피라는 말을 듣기만 해도 눈물을 글썽이는' 라틴 종족 특유의 결벽성과 개인적인 연약함으로 인해 구토 증세를 느끼면서, 자신의 기사에서 그들의 의심과 확신을 동시에 일축했다.

긴 산책

1935년의 비 내리는 어느 가을날, 자신의 도덕적, 신체적 고통의 자상(刺傷)을 영원히 지우고 싶었는지, 카를 타우베 박사는 라트비아와 소련 간 국경을 넘어 다시 키릴 바이츠로 돌아왔다. 운그바리 박사의 진술에 의하면 그가 모스크바에 도착한 것은 구월 십오 일이지만, 다른 소식통에 의하면 그 날짜는 시월 오 일로 조금 늦춰진다. 타우베, 아니 바이츠는 그의 두꺼운 안경알을 뿌옇게 만드는 얼음장 같은 소낙비와 강한 눈보라에도 아랑곳하지 않고 마법에 걸린 듯 벌써 두 달째 모스크바 시내를 배회하고 있었다. 모스크바의 밤을 커다란 붉은 글씨의 혁명 슬로건으로 환하게 비추는 환상적인 전구 불빛에 매혹된 채 그가 아내와 팔짱을 끼고 크렘린 궁의 담장 주변을 산책하는 모습이 매일 저녁 목격됐다. 케이 에스는 이렇게 증언한다.

"그가 왜 그토록 많은 것을 보고 싶어 했을까요? 아니, 보고 만지고 싶어 했을까요? 그것은 그의 근시안적인 성격 탓이기도 했지만, 또한 그 모든 게 꿈이 아니라는 것을 확인하고 싶어서였습니다."

그는 유럽 코민테른[87)]의 지도층 인사 전원이 투숙해 있고 그 자신에게도 숙소가 배정되어 있던 럭스 호텔에서 많은 시간을 보내지 않았고, 빈과 베를린의 옛 전우들과도 특별한 교감 없이 어울렸다. 두 달 동안의 이런 쉴 틈 없는 방황 덕분에 그는 그때까지 접했던 다른 어떤 도시보다 모스크바를 더 잘 알게 되었다. 대로와 거리, 공원, 관공서, 유적, 버스와 차선 등 어느 하나도 빠뜨리지 않았다. 상점의 간판들과 구호들까지도 이미 훤히 꿰고 있었다. 그의 어느 전기 작가는 이렇게 쓴 바 있다.

'그는 포스터와 슬로건의 언어를 통해, 즉 그 자신도 매우 빈번하게 썼던 바로 그 언어 제스처를 교과서 삼아 러시아어를 익혔다.'

어느 날 그는, 자신이 코민테른의 현역과 예비역 요원들 말고는 정말로 단 한 명의 러시아인도 만난 적이 없음을 깨닫고 소스라치게 놀랐다. 그런 뜻밖의 각성은 그에게 큰 충격을 주었다. 온몸이 불덩이로 변한 그는 덜덜 떨면서 산책길에서 돌아왔다.

노릴스크 집단 수용소에서 약 여섯 달 동안 타우베와 함께 지냈던 앞서 말한 그 케이 에스에 의하면, 그날 일어난 사건은 이랬다. 트베르스코이 대로로 향하는 궤도 전차 안에서 어떤 남자가 타우베의 옆에 앉게 됐다. 타우베는 그 사람과 얘기를 나누고 싶었지만, 그는 타우베가 외국인이라는 것을 알게 되자 미안하다고 중얼거리고는 벌떡 일어나 자리를 옮겼다. 그런 그의 태도는 감전이나 갑작스러운 의미심장한 계시처럼 타우베에게 커다란 충격으로 다가왔다. 그는 바로 다음 정거장에서 내려 새벽녘까지 시내를 배회했다.

일주일 동안 그는 자신이 투숙해 있는 럭스 호텔 삼층의 객실 문턱을 넘지 않았다. 그는 방 안에 틀어박혀 차와 감기 시럽을 먹어가며 아내의 간호를 받았다. 병석에서 일어난 그는 다소 초췌하고 한층 더 나이 들어 보이는 얼굴로 방문을 나섰다. 그리고 단호한 결심을 품고서, 자신의 신상과 관련된 문제들을 책임지고 있는 체르노모르지코프 동지의 방문을 세차게 두드렸다. 그가 떨리는 쉰 목소리로 말했다.

"체르노모르지코프 동지, 나는 휴가를 보내려고 모스크바에 온 게 아닙니다. 나는 일하고 싶단 말입니다."

아리송한 말로 체르노모르지코프가 답했다.

"조금만 더 참으시오."

막간극

이상하게 생각될지 모르나, 타우베 박사의 생애 중에서 가장 조명받지 못한 시기는 그가 모스크바에 도착한 때로부터 체포되기까지의 일 년이라는 기간이다.

몇몇 증언에 따르면 그는 한동안 국제 노동연맹에서 일했고, 그 후 벨라 쿤(그 자신조차 미움을 받고 있는 상황에서)의 중재로 기자로 일했으며, 그 다음에는 번역가, 마지막으로는 코민테른 헝가리 지부의 외국어 강사로 일했다고 한다. 1936년 팔월에 그가 캅카스에 체류했고, 거기서 병에 걸린 아내의 수발을 들었다는 사실 또한 알려져 있다. 운그바리는 그녀의 병이 폐결핵이었다고 주장하는 반면, 케이 에스는 그녀가 '신경과민증' 치료를 받고 있었다고 주장한다. 만일 우리가 이 주장을(그리고 그것을 진실로 믿게 만드는 많은 정황들을) 받아들인다면, 그 기간 동안 타우베 부부가 겪었던, 우리가 모르는 숨겨진 정신적 고통이 약간은 짐작될 것이다. 그것이 삶에 대한 환멸의 문제였는지, 임박한 파국에 대한 불길한 예감이었는지는 가늠하기 쉽지 않다. 케이 에스는 이렇게 말한다.

"바이츠에게 있어서 그가 겪고 있던 어떤 일도 그보다 더 충격적이지는 못했을 것이라고 나는 확신합니다. 우리 모두가 그랬던 것처럼 그는 거대한 파국을 그와 개인적으로 관련된 조그만 오해로, 거대하고 본질적인 역사적 흐름과 무관한 오해로, 그리고 그런 만큼 완전히 무시해버릴 수 있는 오해로 대수롭지 않게 생각했습니다."

그러나 겉보기에는 사소하기 짝이 없지만, 타우베와 관련해 언급하지 않으면 안 될 사건 하나가 우리의 관심을 끈다. 구월 말, 운동 모자를 눈 위까지 푹 눌러쓰고 숨을 헐떡거리는 청년 한 명이 트베르스코이 대로의 어느 골목에서 불쑥 튀어나와 타우베의 안경이 길바닥에 떨어질 정도로 아주 꼴사납게 그와 부딪쳤다(타우베는 인쇄소에서 돌아오는 중이었다). 청년은 당황한 표정으로 죄송하다는 말을 연발했고, 서두름과 당혹감 때문에 그의 안경을 밟아 산산조각 내버리고는 쏜살같이 사라져버렸다.

카를 타우베 박사, 일명 키릴 바이츠는 이 일이 있은 지 정확히 십사 일 뒤인 1936년 십일월 십이 일 새벽 두 시 삼십오 분에 체포됐다.

무딘 도끼

끝을 육안으로 볼 수 없고 다만 느낄 수 있을 뿐인 복잡한 구조를 가진 운명의 행로가 그럼에도 불구하고 꼭 예측 불가능한 것만은 아니라면, 카를 타우베는 그 운명의 끔찍한 결말에도 불구하고 행운의 별 아래서 태어난 사람이라고 말할 수 있을 것이다(어쨌든 현존의 찰나적 고통이 무의 종국적인 공허보다 값지다는 필자의 주장을 수긍한다면 말이다). 저 머나먼 콜리마[88]처럼 이곳 다하우에서 타우베의 내부에 숨쉬는 혁명적인 기질을 제거하기를 원했던 자들은 그에게서 브라치,[89] 즉 '의사의 노하우' 만큼은 없애려 들지 않았고, 또 그럴 수도 없었다. 하지만 이 대목에서 필자는, 유달리 독재자들의 경우 어느 특정한 세계관의 논리적 귀결에 따라 질병과 그 그림자인 죽음을 초자연적인 현상의 외화(外化)된 가면으로, 또 의사들을 마법사의 한 무리로 치부하는 경향이 있다는 '이단적이고 위험한 통념' 을 타우베의 사례를 통해 재탕할 뜻이 눈곱만큼도 없다.

우리가 갖고 있는 정보는, 1936년 말 타우베 박사가 무르만스크 강제 노동 수용소에서 잠시 복역했고, 사형을 언도받았다가 이십 년 강제 노역으로 감형되었으며, 교도소 측이 안경을 압수하는 바람에 수감된 후 처음 몇 달 동안 단식 투쟁을 계속했다는 것 등이 전부다. 1941년 봄 우리는 그를 북극의 니켈 광산에서 발견하게 된다. 그때 그는 이미 어떤 의인(義

人)처럼 흰 의사 가운을 걸친 채, 서서히 죽어가고 있는 자신의 수많은 환자들을 치료하고 있었다. 두 번의 수술 집도가 그를 수용소 안에서 유명한 존재로 만들었다. 한 번은 예전에 그를 고문했던 루뱐카 출신의 크리첸코 대위(지금은 수감자 신세가 된)의 수술이었고, 또 한 번은 세기둘린이라는 범죄자의 수술이었다. 세기둘린은 니켈 광산의 끔찍한 고통에서 해방되기 위해 무딘 도끼를 놀려 자신의 손가락 네 개를 잘랐고, 타우베 박사는 그중 두 개를 살려냈다. 이 전직 강도의 반응은 의외의 것이었다. 수술이 성공적으로 끝났음을 알게 된 그는 응분의 대가를 치르게 하겠다고, 목을 잘라놓겠다고 타우베 박사를 위협했다. 그와 한 감방을 쓰는 또 다른 범죄자가 '사회적 형제'의 임박한 복권에 대한 소문(그 소문들은 사실로 판명됐다)을 귀띔해준 뒤에야 세기둘린은 마음을 고쳐먹고 자신의 엄숙한 위협을 철회했다(최소한 잠정적으로나마). 도둑이라는 직업상 자신의 그 두 손가락이 요긴하게 쓰이리라는 것을 깨달았던 것이다.

운명의 게임에 관한 논설

그 혹독한 지옥의 섬에 대한 증언 자료가 날로 늘어가고 있지만, 그래도 운명의 게임에 담긴 메커니즘에 대해 기술한 자료는 여전히 드물다. 나는 삶과 죽음의 우연성을 말하고 있는 것이 아니다. 잃어버린 대륙에 관한 방대한 문헌 전체는 사실, 승자는 매우 드물고 패자가 대부분인 이 '그레이트 로터리'[90]의 확장된 메타포 그 자체였다. 따라서 현대 사상을 연구하는 학자들에게는 그 두 메커니즘 사이의 공통점을 연구해보는 것 또한 흥미로운 과제가 될 것이다. 신화적인 악한 신성(神性)이 육화된 원칙처럼 로터리의 바퀴가 무자비하게 돌아갈 동안, 이 지옥 같은 회전목마의 희생자들은 이상적이면서도 지옥 같은 어떤 환각imitatio의 유령에 사로잡힌 채 거대한 운명의 원칙을 열심히 모방했다. '사회적 형제들'이라는 귀 간지러운 특권적 명칭을 달고 다니는 범죄자 도당은 돈, 날개 달린 모자, 장화, 수프 한 대접, 빵 한 조각, 육각형 설탕, 얼린 토마토, 담배, 문신 새긴 피부 한 조각(자신의 몸 또는 타인의 몸에서 베어낸), 강간, 단검, 매운 담배, 목숨 등 판돈으로 걸 수 있는 것은 뭐든지 걸면서 한량없는 극지(極地)의 밤들을 보냈다.

그러나 수인들이 벌이는 카드 도박의 역사, 새로운 아틀란티스에서 벌어지는 위험한 도박의 역사 역시 아직 씌어진 바 없다. 따라서 이런 기괴한 도박의 원칙, 즉 이 이야기와 어떤 면에서 관련된 원칙들 가운데 일부를 (타라셴코의 말에 근거해) 간략하게 설명하는 편이 유용하리라는 생각이 든다. 타라셴코는 그가 '가라앉은 세계'의 여러 지역에서(대부분 콜리마에서) 십 년 동안 머물며 보아온 범죄자들의 무수한 도박 기술을 나열하고 있다. 그중에서 기괴함의 정도가 가장 낮은 것은 아마도 이(蝨)를 가지고 하는 도박일 것이다. 이것은 열대 지방에서 파리를 가지고 하는 도박과 아주 비슷하다. 노름꾼들 모두가 육각형 각설탕 한 개씩을 앞에 놓고서 파리가 그 각설탕들 가운데 하나에 내려앉을 때까지 무거운 침묵을 지키며 기다린다. 그렇게 하여 미리 합의한 바에 따라 승자와 패자가 결정된다. 이도 마찬가지 역할을 한다. 다만 차이가 있다면 이 경우에는 노름꾼 자신이 미끼가 된다는 것이다. 각자의 몸에서 풍기는 악취와 '개인적인 행운' 외에 어떤 인공적인 보조물도 사용되지 않는다. 물론 여기서는 행운이 제일 중요하다. 왜냐하면 이가 기어든 자에게는 조금도 즐겁지 않은 임무, 즉 게임의 승자가 희생양으로 점찍은 사람의 멱을 따야 하는 임무가 매우 자주 부과되곤 했기 때문이다. 수인들의 도박 목록과 그들 특유의 도상학(圖像學)[91] 역시 어느 것 못지않게 흥미롭다. 타라센코가 말하듯, 비록 1940년대부터 이미 범죄자들의 손에서 진짜 카드 한 벌(훔쳤거나 교도소 밖의 외부인을 통해 사들인)을 발견하는 것이 더 이상 놀랍지 않은 일이 돼버렸지만, 가장 인기 있고 일반적인 도박 형태는 신문 쪼가리들을 여러 겹 붙여 만든 수제 카드(물론 숫자가 표시돼 있는)로 하는 도박이었다. 스카트, 포커, 블랙잭 같은 가장 단순한 것에서부터 신비로운 타로 카드까지, 온갖 위험한 게임들이 펼쳐지고 있었다.

악마

'악마' 또는 '엄마'라는 게임은 완전히 상징적이고 암호화된 언어이며, 마르세유 타로 카드와 흡사하다. 흥미로운 점은, 관록이 붙은 범죄자들, 즉 남들보다 형기가 긴 수인들이 그들만의 독특한 의사 소통 수단으로 그 수제 카드를 이용해 왔다는 것이다. 즉, 그들은 대화를 하는 대신 카드 한 장을 뽑아 든다. 그런 다음에는 약속이나 한 듯 칼날이 번뜩이고 피가 흐른다. 필자를 믿고 얘기를 털어놓은 어느 살인범에게서 들은 바로는, 동양과 고대 러시아의 상징 체계 중 일부 요소가 중세에 이 카드의 도상학 속으로 섞여 들어갔다고 한다. 이 카드의 가장 흔한 종류는 숫자가 스물여섯 개로 축소돼 있는 것이다.

타라셴코는 이렇게 말한 바 있다.

"셈을 통해서(삼과 이로 칠십팔을 나눔으로써) 그것이 고전적인 타로 조합의 축소판에 지나지 않는다는 것을 확인할 수는 있지만, '어쨌든' 나로서는 완전한 일흔여덟 장짜리 한 벌을 만져볼 기회가 전혀 없었지. 나는 이렇게 단순화된 것이 순전히 기술적 편의 때문이라고 확신하고 있어. 만들고 감추기가 더 쉬우니까."

색깔(때로 머리글자로만 표현되는)만 하더라도 분홍, 파랑, 빨강, 노랑의 네 가지로 줄었다. 자주 굵직한 윤곽선으로 표현되는 표의 문자적 상징들은 이렇다. 막대기(질서, 명령,

머리. 또한 쪼개진 두개골의 의미도 갖고 있다), 술잔(어머니, 보드카, 방탕함, 동맹), 단검(자유, 동성애, 잘린 목), 금화(살인, 고문, 외로움). 그 밖의 상징과 변형들은 또 어떠한가. 매춘부, 여왕, 황제, 아버지, 69, 트로이카, 권력, 교수대에 걸린 남자, 무명의 사신(죽음), 창자, 악마, 바보, 별, 달, 해, 심판, 작살(또는 닻). 악마 또는 엄마로 불리는 게임은 근본적으로, 아시아 문화를 접했던 중세의 먼 신화적인 지역으로부터 오늘날의 우리에게까지 이르게 된 그 인간 중심적인 도박의 일종일 뿐이다. 악마의 카드를 펼치면 나타나는 동그라미는 행운의 바퀴를 상징하고, 광신자에게는 운명의 손가락이라는 의미를 지닌다. 타라셴코는 이렇게 결론짓는다.

"암, 유럽식 타로 카드에서 발견되는, 수상술(手相術)[92]의 상징과 십이 궁도[93] 상징 간의 연관성이 여기서도 나타나고 말고. 죄수들의 가슴, 등, 궁둥이에 새겨진 문신들은 유럽인들에게서 십이 궁도 기호들이 갖는 의미와 똑같은 의미를 지니며, 같은 원칙에 의해 '악마'라는 게임과도 관련될 수 있는 거야."

테르츠[94] 또한 문신과 신화적 상징 간의 그런 연관성을 형이상학적인 차원으로까지 끌어올린 바 있다.

'문신 하나. 앞쪽에는 부리로 프로메테우스의 가슴을 쪼고 있는 독수리 한 마리, 뒤쪽에는 숙녀와 함께 기묘한 성교 자세를 취하고 있는 개 한 마리. 동일한 주화의 양면. 빛과 어둠. 비극과 희극. 자신의 위엄에 대한 패러디. 섹스와 웃음. 섹스

와 죽음의 친화성.'

마카렌코의 사생아들

연기구름이 나선형으로 피어오르고 있는 감방의 푸른 어스름 속에서 네 명의 노름꾼-강도가 빈대가 득실대는 침상 위에 귀족처럼 기대어 앉아, 누레진 이 사이에 더러운 지푸라기 조각을 감아 돌리거나 두껍게 말아놓은 담배를 빨아대고 있다. 그들의 주위에서는 잡다한 구경꾼 무리가 탄성을 발하며 악명 높은 살인범들의 얼굴, 문신이 새겨진 가슴과 팔을 구경하고 있다(왜냐하면 그들은 카드를 볼 수 없기 때문이었다. 카드는 왕초들만 만질 수 있었다. 그들은 실제로 게임을 할 때 외에는 감히 카드를 볼 수 없었다. 이를 어겼다가는 비싼 대가를 치를 수도 있었다). 그러나 숙연하기까지 한 침묵 속에서, 자기 손 안에 타인의 운명(즉 마법의 패에 의해 구경꾼들의 시야에서 우연과 악운의 신기루로 변하게 될 운명)을 쥐고 있는 이 범죄자들 가까이에 있다는 것, 그들의 올림포스에 함께 올라 있다는 것은 그 자체만으로도 커다란 특혜였다. 그래서 그들을 위해 난로에 불을 때고, 그들에게 물을 가져다주고, 그들을 위해 수건을 한 장 훔치고, 그들의 셔츠에서 이를 잡아주고, 혹은 그들의 윙크 한 번에 아래층에 사는 가련한 정치범들 중 한 명에게 떼거리로 달려들어서는, 잠을 자더라도 잠꼬

대하지 말며 깨어 있더라도 하늘을 욕하는 소리로 게임(피와 불을 상징하는 숫자 십삼이 찍힌 무명의 아르칸만이 어떤 몽상이든지 간단히 요절내며 잿더미로 만드는 게임)의 잔혹한 흐름을 방해하지 말라고 윽박질러 그를 단번에 조용하게 만드는 등 별별 시중을 다 들었다. 범죄자들의 유일한 성물(聖物)인 어머니를 개나 악마 따위로 비속화하는 그들의 욕설과 신비로운 '기술'을 접할 수 있다는 것, 독수리, 뱀, 용, 원숭이 등의 문신을 새긴 '신'들과 가까운 곳에, 위층의 침대 위에 있다는 것 등은 대단한 행운이 아닐 수 없었다. 그렇게 푸른 어스름으로부터 범죄자들, 아니 마카렌코의 사생아들의 형체가 드러난다. 이미 그들은 지난 오십 년 동안 '사회적 형제들'이라는 신화적인 이름 하에, 프롤레타리아의 모자를 비뚜름하게 눌러쓰고 잇새에 붉은 카네이션을 문 채 유럽의 유수한 메트로폴리스들의 극장에 출연해왔다. 그들은 장차 발레극 〈숙녀와 건달〉[95]에서 강도를 음유 시인 내지 어느 손바닥 위의 물을 온순하게 핥아먹는 한 마리 양으로 변형시키는 그 유명한 회전 장면을 연기하게 될 불한당들이었다.

원숭이와 독수리

세기둘린은 왼손의 잘려나가고 남은 두 손가락 밑동 사이에(이렇게 손가락 두 개가 없는 손은 경찰의 전과자 파일에서 검지와 중지의 지문을 아리송하게 누락시킬 수 있는 '이점'을 주는 동시에, 다른 한편으로는 '배우'를 식별해내는 데 더없이 간편한 영구적인 코드로 이용될 소지가 있었다) 카드를 끼워 들고 있었고, 웃통을 벗은 상태로 털 없는 가슴 위에 그려진 수음하는 원숭이 문신을 자랑스럽게 내보이고 있었다. 그는 핏발 선 눈으로 코르슈니제를 노려보며 복수를 궁리하고 있었다.

위층에 사는 흉악범들뿐 아니라, 아래층에 수감된, 그들이 저지른 죄보다 수백 배나 '위험한' 것으로 간주되는 사상적인 죄 때문에 재판을 받은 수인들 사이에도 잠시 동안 무덤 속 같은 정적이 감돌았다. 구경꾼들은 숨을 멈추었고, 눈 한번 깜빡이지 않고 시선을 고정시키고 있었다. 입술 위에서 시커멓게 타들어가는 담배꽁초를 이로 짓이기면서, 하지만 감히 그것을 뱉지도, 머리나 입술을 움직이지도, 털이 북슬북슬한 자신의 가슴 위를 기어오르는 이를 잡지도 못하면서 바싹 얼어붙은 채 허공을 응시하고 있었다. 조금 전까지 수군거림이 그치지 않았던, 반송장에다 만신창이가 된 아래층 정치범들 사이에도 찬물을 끼얹은 듯한 침묵이 찾아왔다. 틀림없이 무슨 일이 벌어지고 있었다. 강도는 오히려 조용할 때 위험한 법이다. 행운의 바퀴가 멈춰 섰다. 누군가의 어머니는 슬피 울리라. 그것이 그들이 알고 있고 또 알 수 있는 전부였다. 이런 침묵과 욕설의 오싹한 언어를 제외하면 정치범들에게 강도들만의 암호화된 언어는 완전히 생소한 것이었고, 그들이 알고 있는 의미의 낱말들은 강도들의 대화를 이해하는 데 눈곱만치도 도움이 되지 않았다. 도둑들의 은어에서는 말의 의미가 뒤바뀌어버리기 때문이다. 신이 악마를 뜻하고, 악마가 신을 뜻하는 식이다. 세기둘린은 왕초가 카드를 펴 보이기만을 기다렸다. 왕초의 차례가 온 것이다. 함께 카드를 했던, 역시 지하세계의 역사에 길이 남을 인물인 크루민슈와 가디야시빌리까지도 카드를 팽개친 채 흐뭇한 전율을 느끼면서 원숭이와 독수리의 결투를 지켜보고 있었다(세기둘린은 전에는 왕초였지만, 그가 병원에 입원해 있는 사이에, 배우라고 불리거나 혹은 친구들 사이에서 독수리라고 불리는 코르슈니제가 그 자리를 가로챘다).

아래층에는 불안한 기운이 감돌았다. 도적들의 나무 침상에서 지나치게 오래 침묵이 이어졌기 때문이다. 모두들 비명과 욕설을 기다리고 있었다. 그러나 결투는 두 왕초, 즉 전직 왕초와 현직 왕초 사이에서 벌어지고 있었고, 그래서인지 게임 규칙이 약간 달랐다. 첫째, 경쟁심을 부추기고 약 올리는 말투를 아끼지 않는 것이었다. 독수리가 시작했다.

"좋았어, 원숭이. 최소한 이제부터 네가 아예 왼손을 호주머니 속에 구겨 넣고 다니도록 해주겠어."

옛날 왕초인 악명 높은 살인범 세기둘린이 그 끔찍한 모욕에 대꾸하는 사이 또 몇 초가 흘러갔다.

"독수리, 그건 두고 볼 일이야. 이제 네 카드를 까봐."

누군가가 마른기침을 했다. 틀림없이 같이 카드를 했던 자들 가운데 한 명이었다. 그들 말고 누가 감히 그런 '경거망동'을 할 수 있단 말인가?

"원숭이, 어느 손으로 뒤집을까? 왼손이 좋아, 오른손이 좋아?"

코르슈니제가 물었다.

"새대가리야, 다시 한번 말하겠다. 부리에 물고만 있지 말고 어서 까라."

순간 온 침상들이 삐걱거리더니 일제히 잠잠해졌다. 이어서 갑자기 코르슈니제가 맞수의 불구자 엄마, 제아무리 흉악한 강도일지라도 신성시하는 유일한 존재인 엄마에 대해 듣기 민망한 쌍소리를 늘어놓기 시작했다. 모두가, 심지어 도적들의 은어에 익숙지 않은 사람들까지도 알 수 있었다. '왕초'가 패했다는 것을, 어떤 이의 엄마가 슬피 울리란 것을.

암캐

한 사람이 죽게 돼 있는 그 유명한 카드 게임이 교활한 원숭이가 행운의 도움으로 제왕 독수리, 배우 코르슈니제를 침몰시키는 것으로 끝났고 또 그 자리에서 타우베 박사에게 사형이 언도되었다는 것을 타우베 박사 본인에게 귀띔해준 사람이 누구인지는 아마 앞으로도 밝혀지지 않으리라. 가장 그럴듯한 추측은, 도둑-스파이들 가운데 한 명이 당국에 밀보

일 것인가 아니면 동료 죄수들의 미움을 살 것인가 하는 끔찍한 딜레마 속에서 운명의 주사위를 굴린 끝에 마침내 자신의 임시 왕초들에 대한 위선적이고 배신적인 변호 쪽을 선택했고, 그래서 그 사실을 수용소 당국에 고발했다는 설이다. 가혹하기로 유명한 파노프라는 교도소장이 베푼 약간의 호의 덕분에 타우베 박사는 수감자들을 실은 일 호 수송선을 타고 북동쪽으로 삼천 킬로미터가량 떨어진 콜리마로 떠났다. 필자로선, 세기둘린 자신이 '부하' 한 명을 시켜 타우베에게 정보를 흘린 것이라는 타라셴코의 가설이 대체로 그럴듯해 보인다. 그런 세기둘린의 행동에 대해 원숭이가 독수리를 실컷 모욕하기를 원해서였을 것이라고 보는 설명 역시 논리적인 것으로 여겨진다. 그날 행운을 맞아들이는 데 실패한 독수리는 게임의 승자인 세기둘린이 최대한 희열을 만끽할 수 있도록, 완수하지 못할 경우 '암캐'라는 수치스런 별명을 오랫동안 달고 다녀야 한다는 조건이 딸린 신성한 책무, 즉 타우베의 멱을 따는 임무를 맡게 되었다. '암캐'가 되는 것은 모든 수인들에게 조롱당하는 것을 뜻했다. 왕초였던 자에게 그런 상황은 상상조차 할 수 없는 것이었다.

'배우' 또는 독수리로 불렸던 코스틱은 벌써 이튿날부터 발을 질질 끌고 다녔고, 나병에 걸린 암캐처럼 짖어대기 시작했다. 광산(거기서 그는 작업반 십장이자 '채찍'으로 임명되었다)에서 돌아온 그는 타우베가 떠났다는 사실을 알게 되었다. 새 왕초인 세기둘린이 치찰음(齒擦音)이 도드라진 소리로 그에게 말했다.

"네가 찍었던 색시는 다른 데로 시집가버렸어."

코스틱은 허깨비처럼 창백해졌다.

"원숭이, 너, 거짓말하지 마!"

그러나 그의 얼굴에 나타난 표정을 통해서 그가 세기둘린의 말을 믿고 있다는 것을 확인할 수 있었다.

쇠 지렛대

한때 이름난 금고털이이자 '왕초'였던 초라해진 독수리 코스틱은, 그의 간을 쪼아먹는 독수리를 품 안에 꽁꽁 숨긴 채 여러 교도소와 교도소 병원을 전전하게 되었다. 그는 그렇게 팔 년 동안이나 나병에 걸린 개처럼 구부정한 모습으로 발을 질질 끌며 돌아다녔다. 그동안 교도소 내 병동의 의사들은 그의 위장에서 열쇠, 작은 전선 꾸러미, 스푼, 녹슨 못들을 건져 올렸다. 팔 년 동안이나 세기둘린의 그림자는 악령처럼 그를 따라다녔다. 세기둘린은 그를 그의 본명이 돼버린 '암캐'라고 부르는 메시지들을 그가 들르는 역(驛)마다 보냈다. 그러던 어느 날, 이제 자유의 몸이 된 그는(끔찍한 굴욕의 짐을 지고 살고 있는 사람을 '자유인'이라고 부를 수 있다면) 자신의 비밀을 잘 알고 있는 어떤 사람으로부터 편지 한 통을 받았다. 모스크바에서 부친 편지가 열흘 걸려 마클라코프에 도착한 것이었다. 1956년 십일월 이십삼 일자 소인이 찍힌 봉투 속에는, (날짜가 없는데다 뒤죽박죽된 문장으로 씌어진) 오려낸 뉴스 기사 하나가 들어 있었다. 거기서 코르슈니제의 눈에 들어온 것은 그에게 꼭 필요한 정보였다. 바로, 오래된 당원이자 전 코민테른 위원으로 일명 키릴 바이츠라고 불리는 타우베 박사가 복권됐고, 출소 후 튜멘의 한 병원 원장으로 취임했다는 소식이었다(그 기사를 오려 보낸 자 역시 세기둘린일 것이라는 타라센코의 추측에 필자는 다시 한번 전적으로 공감한다. '곰 조련사'는 살인자가 되거나 계속 '암캐'로 남거나 둘 중 하나를 선택해야 했다. 그것은 그에게 여러 해 동안 실컷 분풀이를 해온 자를 완전히 만족시켜줄 마지막 볼거리였다). 코르슈니제는 같은 날 바로 길을 떠났다. 그가 필요한 증명서도 없는 상태에서 어떻게 아르항겔스크[96]에서 튜멘까지 불과 사흘 만에 갈 수 있었는지는 여기서 별로 중요하지 않다. 그는 튜멘의 기차역에서 병원까지 도보로 이동했다. 조사 과정에서 도어맨은, 살인 사건이 일어났던 그날 밤에 한 사내가 타우베 박사의 거처를 물었던 것을 기억해냈다. 그러나 사내가 운동 모자를 눈 위까지 푹 눌러쓰고 있었기 때문에 도어맨은 그의 얼굴까지는 기억해낼 수 없었다. 이 년 동안 노릴스크 수용소 내 병원에서 자유인의 신분으로 근무한 뒤 얼마 전 튜멘에 당도한 타우베는 병원 내에 묵고 있었고, 사건 당일 밤에는 야간 당직을 섰다. 코르슈니제가 들어왔을 때 타우베는 당직실에서 책상 위로 몸을 숙인 채 참치 통조림을 따고 있었다.

방 안에 은은히 흐르고 있는 라디오 소리 때문에 타우베는 패드를 댄 문이 열리는 소리를 듣지 못했다. 코르슈니제는 소매 속에서 침입 강도의 필수품인 쇠 지렛대를 꺼내, 얼굴도 보지 않고 그의 정수리를 강하게 세 번 내리쳤다. 그런 다음 그는 서두르지 않고(그는 아마 안도감을 느꼈을 것이다) 도어맨 옆을 지나갔다. 카자크인 도어맨은 보드카에 만취해, 안장에 올라앉은 듯 곧추선 자세로 휘청거리면서 졸고 있었다.

마지막 여정

타우베 박사의 시신을 운구한 사람은 볼가 강 인근에 사는 그의 독일인 가정부 프라우 엘제(그녀는 생존하는 희귀한 인간 표본들 가운데 하나였다)와 장례식이 있을 때마다 빠지는 법이 없는, 헌신적이고 약간 정신이 불안정한 튜멘 출신의 부인 한 명, 이렇게 단둘뿐이었다. 프라우 엘제는 타우베가 러시아에 처음 왔던 아득한 모스크바 시절부터 그를 모셨었다. 타우베가 사망할 당시 그녀는 거의 칠순이 다 되어 있었다. 타우베와 마찬가지로 그녀도 독일어를 모국어로 갖고 있었지만, 그들은 항상 러시아어로 서로 대화했다. 모든 점을 고려해볼 때 거기에는 두 가지 이유가 있었던 것 같다. 첫째는 새로운 환경에 한시라도 빨리 적응하고자 하는 타우베 일가의 바람 때문이었고, 둘째는 두려움의 좀더 우아한 형식에 불과

한 일종의 지나친 격식 때문이었다.

이제 박사의 가족 중에 생존해 있는 사람이 한 명도 남지 않게 되었으므로(그의 아내는 수용소에서 숨졌고, 아들은 전사했다) 프라우 엘제는 자신의 모국어로 전환했다. 그녀의 파랗게 마른 입술은 이제 독일어로 열렬하게 기도문을 속삭이고 있었다. 또 튜멘 출신의 헌신적인 부인은, 병원 직원들이 망인을 위해 주문해놓은 화관 위에 금박 글자로 씌어진 대로 '주님의 종' 카를 게오르기예비치의 영혼의 안식을 위해 러시아어로, 코맹맹이 소리를 내면서 기도를 올렸다.

장례식은 진저리를 치도록 추웠던 1956년 십이월 칠 일 오후에 튜멘의 묘지에서 거행되었다.

그루지야 출신의 살인범과 타우베 박사를 맺어주는 길은 멀고도 신비롭다. 그리스도의 길만큼이나.

보리스 다비도비치의 무덤

레오니드 셰이카를 회상하며

역사는 그를 노프스키(명명백백히 그것은 가명에 지나지 않는다. 아니, 좀더 정확히 말하면 그가 사용했던 여러 가명들 중 하나일 뿐이다)라는 이름으로 기록하고 있지만, 당장 이런 의심이 든다. 정말로 그는 역사 속 실존 인물일까? 《그라나트 엔치클로페디야》[97]의 색인에 올라 있는, 혁명에 참여했던 거물들과 혁명 추종자들에 대한 246개의 권위 있는 전기 및 자서전 항목들 중에 그의 이름은 빠져 있다. 위 백과사전의 서평을 맡은 하우프트[98]조차, 그 백과사전에는 혁명과 관련된 중요한 인물들이 대부분 소개돼 있는데 다만 포드보이스키[99]가 누락된 것만이 놀랍고도 납득할 수 없는 점이라고 한탄함으로써, 러시아 혁명에서 노프스키의 역할이 모든 면에서 포드보이스키보다 월등했음에도 불구하고 노프스키의 이름조차 언급하지 않는 우를 범하고 있다. 그리하여 '놀랍고도 납득할 수 없는 경로로' 이 사나이, 즉 엄격한 윤리적 가치를 정치적 신조로 삼았던 이 철저한 인터내셔널리스트는 얼굴도 목소리도 없는 인물로 혁명사에 남게 되었다.

여기서 필자는, 부분적이고 불완전하지만 노프스키라는 기이하고 수수께끼 같은 인물의 삶을 복원해내는 시도를 할 것이다. 특히 그의 인생의 가장 중요한 몇몇 시기, 즉 혁명과 그 직후 몇 년의 세월에 대한 기록이 누락된 것은 위의 서평자가 다른 인물들의 전기와 관련해 둘러대고 있는 것과 같은 이유로 설명될 수 있다. 먼저, 1917년 이후 노프스키의 생애는 공적인 삶에 용해되었고, '역사의 일부'가 되었다. 다른 한편, 하우프트가 지적했듯이 그 백과사전에 수록된 전기들이 1920년대에 씌어졌다는 것을 인식해야 한다. 따라서 중요 인물들의 누락은 임의적이고 성급한 취사 선택에서 비롯된 것이다. 덧붙이자면 '임종 직전의 성급함'이었던 것이다.

고대 그리스인들에게는 존경할 만한 풍습이 하나 유지되고 있었다. 그들은 불에 타 죽거나 화산에 삼켜지거나 야수에게 갈가리 찢기거나 상어 밥이 되거나 사막에서 독수리에게 뜯긴 사람들을 위해 이른바 '세노타프'라는 빈 무덤을 희생자의 고향에 지어주었다. 그들은 인간의 육체란 불과 물과 흙에 지나지 않지만 영혼은 알파와 오메가이기에 그것을 위해 성소를 지어줘야 한다고 믿었던 것이다.

1885년 성탄절 직후 차르의 제2기병대는 숨을 가다듬고 주현절을 축하하기 위해 드네프르 강 서쪽 기슭에 멈춰 섰다. 기병대장 뱌젬스키 공작이 그리스도의 형상이 새겨진 은십자가를 치켜들고 얼음물 속에서 솟구쳐 올랐다. 이에 앞서 병사들은 약 이십 미터 근방의 두꺼운 얼음판을 다이너마이트로 깨뜨려놓았다. 강물은 금속 빛을 띠고 있었다. 젊은 공작 뱌젬스키는 허리에 로프를 감으라는 부하들의 간청을 뿌리쳤다. 그는 성호를 그었고, 그의 푸른 눈은 청명한 겨울 하늘을 응시했다. 이윽고 그는 물 속으로 뛰어들었다. 소용돌이치는 얼음 구덩이에서 솟구쳐 나온 그는 처음에는 예포로, 다음에는 초등학교 건물에 임시로 설치된 막사 안에서 샴페인 터뜨리는 소리로 축하를 받았다. 또 병사들 각각은 축일 특식으로 러시아 코냑 칠백 그램씩을 받았다. 그것은 제2기병대에게 보내는 뱌젬스키 공작 개인의 하사품이었다. 그들은 마을 교회에서 예배를 본 후 마시기 시작해서 오후 늦게까지 계속 마셔댔다. 예배에 빠진 사람은 다비드 아브라모비치뿐이었다. 그동안 그는 따뜻한 마구간의 여물통 속에 누워, 탈무드(풍부한 문학적 연상 때문에 의심스러운 책으로 오인되는)를 읽고 있었다고 사람들이 증언했다. 병사 한 명이 그가 없어진 것을 알아차리고 곧 수색을 시작했다. 그는 어느 오두막에서(어떤 이의 말에 의하면 마구간에서) 따지 않은 코냑 병을 옆에 두고 누워 있는 모습으로 발견됐다. 그들은 차르의 은총으로 하사된 그 술을 그에게 강제로 먹였고, 제복을 더럽히지 않도록 옷을 허리춤까지 벗긴 뒤 그를 채찍으로 후려갈기기 시작했다. 마침내 그들은 의식을 잃은 그를 말에 매달아서 드네프르 강까지 끌고 갔다. 조금 전 얼음을 깨뜨렸던 곳에는 벌써 얇은 얼음 막이 돋아나 있었다. 그들은 그가 빠져 죽지 않도록 말고삐를 그의 허리에 맨 다음 그를 얼음물 속으로 처넣었다. 마침내 그들은 시체처럼 얼굴이 새파래진 그를 물 속에서 끌어낸 뒤 그의 입 속에 남은 코냑을 들이부었고, 이어 그의 이마 위에 은십자가를 대고 성가곡 〈태중의 복된 열매〉를 합창했다. 초저녁, 온몸이 불덩이가 된 그는 마구간에서 살로몬 말라무드라는 마을 학교 교사의 집으로 옮겨졌다. 말라무드의 열여섯 살 먹은 딸은 이 불쌍한 병사의 등에 난 상처에 간유를 발라주었다. 이튿날, 반란을 진압하기 위해 새벽부터 출정 준비를 하고 있는 부대로 떠나기에 앞서, 여전히 열이 내리지 않은 다비드 아브라모비치는 소녀에게 다시 돌아오겠다고 맹세했고, 그 서약을 지켰다. 사실 여부를 의심할 필요가 없는 이런 낭만적인 만남에서 보리스 다비도비치, 역사에 노프스키라는 이름으로 기록될 인물 비 디 노프스키가 태어난 것이다.

오흐라나[100]에 보관된 경찰 파일에는 그의 출생일이 1891년, 1893년, 1896년, 세 가지로 기록돼 있다. 이것은 단지 혁명가들이 흔히 서류를 위조한 데서 비롯된 결과만은 아니다. 차라리 그것은 서기나 사제에게 돈 몇 푼만 쥐여주면 사건이 말끔히 처리되는 관료주의적 부패에 대한 증거이다.

그는 이미 네 살 때 읽고 쓸 줄 알았다. 아홉 살 때 그의 아버지는 그를 '사라토프 여관' 옆의 유대인 가게로 데려갔고, 그 가게의 한쪽 구석에 테이블을 놓고 도자기처럼 생긴 타구(唾具)를 옆구리에 낀 채 변호사 업무를 시작했다. 그곳의 단골손님은 유대인식 걸음걸이(삼천 년 동안의 노예 생활과 긴 포그롬[101]의 전통은 게토 생활자들에게 독특한 걸음걸이를 만들어놓았다)와 어울리지 않게 러시아식 이름을 갖고 있고 길고 매끈한 카프탄을 입은, 인근 식품점의 개종한 유대인 상인들, 그리고 타는 듯한 붉은 수염과 움푹 파인 눈을 가진, 차르 군대의 퇴역병들이었다. 어린 보리스 다비도비치는 이미 아버지보다 박식했기 때문에 고소장 쓰는 일을 도맡았다. 저녁이면 어머니는 아들의 귀에다 시편을 찬송가처럼 음을 붙여 읽어주었다고 한다. 그가 열 살이 되었을 때 영지 감독자인 어느 노인이, 채찍, 군도, 교수대가 정의와 불의의 양면적인 역할로 등장하는, 1846년의 농민 반란에 대한 잔혹한 동화를 그에게 들려주었다. 열세 살이 되었을 때 그는 블라디미르 솔로비요프의 작품 《적그리스도》[102]에 감명받아 집을 뛰쳐나갔으나, 멀리 떨어진 어느 기차역에서 경찰에게 붙들려 집으로 끌려오게 된다. 그 다음에는 설명이 불가능한 갑작스러운 공백이 나타난다. 우리는, 시장에서 개당 이 코페이카[103]씩에 빈 병을 팔고 밀수한 담배, 성냥, 레몬을 사라고 권유하는 그를 발견하게 된다. 그 당시 그의 부친이 니힐리즘에 깊이 빠져 가족들을 재난의 벼랑 끝까지 몰고 갔다는 것은 잘 알려져 있다

(어떤 이들은 그의 부친이 앓고 있던 폐결핵에서 반역적이고 조직적인 니힐리즘의 증상들을 발견해, 그 질병이 그의 기행에 커다란 영향을 미쳤을 것이라고 주장하기도 했다).

열네 살이 되자 그는 코셰르 정육점[104]의 도제로 일하게 된다. 일 년 반 뒤 우리는 과거에 그가 고소장을 작성했던 바로 그 여관에서 접시와 사모바르를 닦고 있는 그를 발견하게 된다. 그는 열여섯 살 때는 파블로그라드의 병기고에서 대포 탄피를 분류하는 일을 하고, 열일곱 살 때는 리가에서 선창 인부로 근무하면서 파업 기간 동안 레오니드 안드레예프[105]와 셸레르 미하일로프[106]를 읽게 된다. 같은 해, 우리는 일당 오 코페이카를 받고 '테오도르 키벨' 이라는 종이 상자 공장에서 일하는 그를 발견하게 된다.

그의 전기에서 문제가 되는 것은 정보의 부족이 아니라 연대 추정의 어려움이다(그의 무수한 가명과 현기증을 일으킬 정도로 계속 엎치락뒤치락하는 장면들의 연쇄는 그런 상황을 더욱 어렵게 만든다). 1913년 이월 바쿠[107]에서 우리는 증기엔진 화부의 조수로 일하고 있는 그를 발견하게 된다. 같은 해 구월에는 이바노보보즈네센스크[108]에 있는 제지 공장의 파업 주도자들 사이에서, 그리고 시월에는 페트로그라드[109] 가두시위의 주도자들 가운데서 그를 보게 된다. 역사적인 디테일 또한 풍성하다. 기병도(刀)와 검은 가죽 채찍으로 시위대를 해산시키고 있는 기마 경찰, 융커[110]식 태형 등등. 그 당시 '베즈라보트니' [111]라는 이름으로 불리는 보리스 다비도비치는 돌고루코프스카 거리의 어느 갈보집 쪽문을 통해 간신히 빠져나가는 데 성공한다. 그는 보수 공사 중인 어느 공중목욕탕에서 부랑자들과 함께 몇 달을 지낸 뒤, 폭탄 암살을 모의 중인 어느 테러 단체에 가입한다. 1914년 초봄, 우리는 앞서 말한 공중목욕탕의 야간 경비원으로 불리는 그(노프스키)가 발목에 쇠사슬을 감은 채 험난한 길을 따라 블라디미르[112] 중앙교도소로 가고 있는 것을 보게 된다. 고열에 시달리면서 그는 구름 속을 헤치고 가듯 몇 가지 단계를 거치게 된다. 나르임[113]에 이르러 감각이 사라진 가는 발목에서 쇠사슬이 벗겨졌을 때, 제방 위에 노 없는 소형 보트 한 척이 묶여 있는 것을 발견한 그는 그것을 타고 탈출하는 데 성공한다. 그는 배를 빠른 물살에 맡겨보았지만, 인간의 본성과 마찬가지로 자연의 본성도 꿈과 저주에 꿈쩍도 하지 않는다는 것을 바로 깨닫게 된다. 소용돌이에 의해 내던져진 그는 오 마일쯤 떠내려간 뒤에 발견된다. 얼음장 같은 물 속에서 몇 시간을 바들바들 떠는 동안 어쩌면 그는 자기 가족의 내력이 되풀이되고 있다고 생각했는지도 모른다. 강둑 위에는 얇은 얼음 조각이 아직도 남아 있었다. 유월에 그는 야콥 모제르라는 이름으로 동료 재소자들과 함께 비밀 테러 단체를 조직했다는 죄목으로 다시 육 년 형을 선고받는다. 톰스크 감옥에 석 달간 갇혀 있으면서 그는 사형수들의 비명 소리와 최후의 유언을 듣는다. 교수대의 그림자 밑에서 그는 사적 유물론의 개념을 설명하는 안토니오 라브리올라의 책[114]을 읽었다.

1912년 봄, 점점 커져가는 우려 속에서 라스푸틴[115]에 관한 쑥덕거림이 들리기 시작했던 우아한 페트로그라드의 살롱에, 최신 유행의 밝은색 양복을 입고 옷깃에 검은 난초를 꽂고 신사용 중절모를 쓰고 보행용 지팡이를 들고 외알 안경을 쓴 제믈랴니코프라는 젊은 기술자가 나타났다.

훌륭한 몸가짐, 넓은 어깨, 적은 턱수염, 숱 많은 까만 머리의 이 신사는 자신의 연줄을 자랑하고 조롱 섞인 투로 라스푸틴에 대해 얘기했으며, 자기가 레오니드 안드레예프와 개인적으로 잘 아는 사이라고 나불댔다. 여기서부터 이야기는 고전적인 도식에 따라 전개된다. 처음에는 이 젊은 허풍선이를 미더워하지 않았던 숙녀들조차, 그가 자신의 얘기들 가운데 최소한 한 개의 정확성을 입증하는 데 성공한 다음부터는, 그에게서 뿌리칠 수 없는 매력을 발견했고, 숱한 초청으로 그에게 지분대기 시작했다. 어느 날 교외에서 차르 고관의 부인 마리아 그레고로브나 포프코 여사는, 검게 래커를 칠한 마차에 들어앉아 허리를 구부리고 설계 도면을 들여다보며 조목조목 지시를 내리고 있는 그를 보게 됐다. 제믈랴니코프가 페트로그라드의 전선과 전력 시설의 설치를 총괄하는 수석 기사라는 소식(이것은 역사적으로 사실로 입증된 바다)은 그의 인기를 더해주었고, 초대장의 수를 늘려주었다. 제믈랴니코프는 정해진 시간에 검은색 마차를 타고 도착해서 샴페인을 마셨고, 숨김없는 동정심과 어떤 향수(鄕愁)를 내비쳐가며 빈의 사교계에 대해 떠들어댔다. 그러나 정각 열 시가 되면 어김없이, 반쯤 취해 비틀거리는 숙녀들의 무리를 떠나 마차에 올랐다. 제믈랴니코프가 사교계에 첩(그리고 몇 사람의 증언에 따르면 아이도 한 명)을 두고 있을지도 모른다는 그럴듯한 의혹, 열 시 정각이면 돌연 자리에서 일어나는 반복적인 행동을 통해 그 스스로 부추긴 측면도 없지 않은 그 의혹은 결코 풀리지 않았다. 그러나 특히 그가 게라시모프 집안의 살롱에서 한바탕 큰 실수를 저지른 뒤부터는 많은 이들이 그런 행위를 그의 기벽의 일부로 여기게 되었다. 당시 그 살롱에서 제믈랴니코프는, 올가 미하일로브나가 아리아를 열창하는 중에 자신의 은제 회중시계를 힐끗 쳐다본 뒤 결국 공연이 끝날 때까지 기다리지 못하고 연주회장을 박차고 나감으로써 모든 이들을 놀라게 했던 것이다.

때때로 제믈랴니코프는 홀연히 페트로그라드 사교계 살롱에 발을 끊곤 했는데, 이에 대해서는 누구도 놀라지 않았다. 수석 기사인 만큼 그가 자주 해외 출장을 가리라는 것은 상식이었다. 그리고 여태껏 그는 최신 유행의 장신구로 자기 차림새에 변화를 주거나 그럴듯한 선물을 가져오거나, 아니면 러시아 밖의 최신 유행에 대해 귀동냥하는 기회로 출장을 이용함으로써 사교계에 대한 자신의 의무를 지혜롭게 넘겨왔었다. 그리하여 1913년 가을밤의 어느 유명한 야회에 그가 불참한 것은 그저 사람들에게서 안타까움을 자아내는 정도에서 그칠 수 있었다. 더구나 제믈랴니코프가 자신의 불참 사실을 미리 전보로 통지했던 만큼 더욱 대수롭지 않게 여겨지는 분위기였다. 그러나 이번에는 그의 출장이 조금 길어졌고, 따라서 제믈랴니코프의 페트로그라드 살롱 출입은 단지 찰나적인 계절의 동화(童話), 쏜살같은 망각의 서글픈 영광을 맛보게 하는 그런 동화들 중 하나였을 뿐이라는 주장이 이미 힘을 얻고 있었다(제믈랴니코프의 빈자리는, 그와 달리 어디에도 매여 있지 않으며, 그 때문에 라스푸틴의 최측근에게서 입수한 따끈따끈한 이야깃거리로 동석한 무리의 흥을 새벽녘까지 계속 돋워줄 어느 미남 청년 장교가 대신하고 있었다). 따라서 여왕처럼 자가용 마차를 타고 시내를 돌아다니는 것이 취미였던 마리아 그레고로브나 포프코 여사가 스톨핀스카에서 거리를 청소하고 있는, 추위에 동태가 된 굶주린 죄수들 사이에서 낯익은 얼굴을 발견했을 때의 놀라움이란 이루 말할 수 없이 컸다. 그녀는 사내에게 다가가 그의 손에 동전을 한 닢 떨어뜨렸다. 그는 바로 제믈랴니코프였다.

그렇게 기사 제믈랴니코프는 유령으로나마 살롱으로 돌아왔고, 라스푸틴의 명성을 잠시나마 위협했다. 그와 관련해 몇 가지 사실들을 어렵지 않게 밝혀낼 수 있었다. 먼저 제믈랴니코프는 자신의 잦은 출장을 완전히 불순한 목적에 이용해왔다. 또 그가 가장 최근 출장지였던 베를린에서 귀환할 때 국경수비대 경찰이 그의 검은색 가죽 옷가방 안의 실크 셔츠와 비싼 양복 밑에서 독일제 브라우닝 권총을 오십 정가량 발견했다. 그러나 마리아 그레고로브나가 전혀 알 수 없었던 사실, 약 이십 년 뒤에야(즉 말라코프 대사가 훔친 오흐라나의 문서들이 발견된 후에야) 드러나게 된 사실은 훨씬 더 충격적인 것이었다. 즉 수백만 루블의 돈이 혁명가들의 손으로 굴러들어온 것과 거의 같은 시간에 현금 수송 차량이 통째로 증발해버렸던 희대의 사건에서 제믈랴니코프가 총책 겸 활동책을 맡았었다는 사실, 그가 압수된 브라우닝 권총 외에 다른 폭탄과 무기를 세 차례에 걸쳐 러시아로 운반한 전과가 있다는 사실, 그가 비밀 인쇄소에서 담배 종이 위에 인쇄되는《동방의 여명》지 주필의 신분으로서 다루기가 몹시 까다로운 인도산 고무 형판을 검은색 옷가방 속에 담아 직접 운반했다는 사실, 최근 오륙 년 동안 일어난 끔찍한 암살 테러가 전부 그의 소행이라는 사실(그것들은 다른 저격 사건들과 확연히 구별됐다. 제믈랴니코프의 비밀 공장에서 생산된 폭탄은 희생자들이 제아무리 튼튼한 방탄 장비를 입고 있어도 그들을 피투성이의 살점과 쪼개진 뼈 무덤으로 바꿔놓을 만큼 파괴력이 대단했다), 그의 거드름 피우는 태도(누군가를 흉내 내는 것임이 분명한) 때문에 그의 부하들이 그를 증오했다는 사실, 그 스스로 고백한 것처럼 그가 크기는 호두알 정도밖에 안 되지만 파괴력은 어마어마한 폭탄을 만들기를 꿈꿔왔다는 사실〔사람들 말에 따르면 그는 그 이상(理想)에 위험하리만치 가까이 접근했다고 한다〕, 경찰이 폰 라우니츠 지사의 암살 사건 이후 그가 죽었다고 믿었고 세 명의 증인이 알코올이 가득 담긴 유리 항아리 속의 머리가 제믈랴니코프의 것이라고 확인해주었으나, 악마 같은 아제프[116]가 나타나 알코올에 전 머리가 이미 약간 주름져 있는데다 제믈랴니코프의 '아시리아인 두상'과는 일치하지 않는다는 것을 확인해주었다는 사실, 그가 감옥에서 두 번, 강제 노동 수용소에서는 한 번 탈출했었다는 사실(첫 번째에는 동료 수인들과 함께 교도소 감방의 벽을 깨뜨려 도망쳤고, 두 번째에는 목욕 시간을 틈타 교도소장을 발가벗긴 뒤 그의 옷으로 갈아입고 달아났다), 마지막으로 체포된 후에는 그가 여행 중인 상인으로 변장한 채 말 한 필이 끄는 유대인들의 마차에 동승해 밀수꾼들에게 유명한 비우코미르스키 도로를 타고 국경을 넘었다는 사실, 그가 엠 브이 제믈랴니코프라는 이름이 적힌 위조 여권을 가지고 살았지만 본명은 보리스 다비도비치 말라무드, 일명 비 디 노프스키였다는 사실 등등…….

우리 자료에서 누락되었음이 분명한 한 군데 빈자리를 건너뛰고 나면(왜냐하면 이 이야기가 다른 이야기들과 다를 바 없이 일반적으로 작가의 상상력과 동일시되는 픽션이라는 것을 확인함으로써 생겨나는, 유쾌하지만 거짓된 만족을 독자가 즐기고 있는 만큼, 필자 역시 독자를 자료의 홍수 속에 빠뜨림으로써 정신을 혼란스럽게 만들고 싶진 않기 때문이다) 우리는 다시 그를, 말리노프스크 정신 병원의 위험한 중증 미치광이들의 틈바구니에서 부대끼는 모습으로 발견하게 된다. 그는 고등학생으로 변장해 다시 그곳에서 빠져나와 자전거를 타고 바툼[117]으로 도주한다. 두 명의 저명한 의사가 발급한 진단서에도 불구하고 그가 정신병자로 가장했던 것임이 분명하다. 이들 두 의사를 이 혁명가의 공범으로 수사 대상자 명단에 올려놓았던 경찰들 역시 그 점을 잘 알고 있었다.

이후의 그의 행적은 어느 정도 알려져 있다. 1913년 구월 초의 어느 새벽, 동이 트기가 무섭게 노프스키는 어느 화물선에 뛰어올라 수천 톤의 계란 사이에 몸을 숨긴 채 콘스탄티노플을 경유해 파리로 향했다. 파리에서는, 낮에는 데 고블랭 거리의 러시아 도서관과 기메 박물관[118]에서 역사와 종교 철학 연구에 흠뻑 빠져 있는 그를 발견하게 되고, 저녁에는 몽파르나스의 라 로통드[119]에서 '당시 파리 전체에서 가장 우아한 중절모'를 쓴 모습으로 맥주를 한 잔 걸치고 있는 그를 보게 된다(그러나 당시에 노프스키가 쓰고 다녔던 모자에 대한 브루스 록하트[120]의 이런 암시 속에는 정치적 함의가 있다. 노프스키가 프랑스 내의 막강한 유대인 모자 제조업 협회 직원이었다는 설이 널리 유포돼 있기 때문이다). 선전포고 후 그는 몽파르나스를 떠났다. 포도 수확기에 경찰은 몽펠리에[121] 근방의 포도원에서 잘 익은 포도 한 바구니를 안고 가는 그를 발견하게 된다. 이번만큼은 그의 손목에 수갑을 채우기가 어렵지 않았다. 노프스키가 베를린에서 도주했는지 아니면 추방당했는지는 알 수 없다. 그러나 우리는 곧 그가 비 엔 돌스키, 파라벨룸, 빅토르 트베르도흘레보프, 프롤레타르스키, 엔 엘 다비도비치 등의 가명으로 사회민주주의 신문 《노이에 차이퉁》과 《라이프치히 폴크차이퉁》의 공동 편집인으로 일했고, 무엇보다 막스 시펠[122]의 저서 《설탕 생산의 역사》에 관한 유명한 평론을 남겼다는 것을 알게 된다. 오스트리아 사회주의자 오스카 블룸은 이렇게 적고 있다.

'그는 부도덕성과 냉소, 그리고 사상, 책, 음악, 인간 존재에 대한 본능적인 열광의 어떤 기이한 혼합물이었다. 아니, 차라리 교수와 강도의 절충물에 가깝다고 말하는 편이 나을 것이다. 그러나 그의 지적인 활기는 타의 추종을 불허했다. 볼셰비키 언론의 거두로서 그는 그의 사설만큼이나 폭발물로 충전된 화술을 구사할 줄 아는 달변가였다.' (이 '폭발물' 이라는 낱말은, 블룸이 노프스키의 비밀스러운 사생활에 대해 뭔가 알고 있었던 게 아니냐는 대담한 추측을 낳는다. 만약 그 낱말이 우연적인 메타포가 아니라면!)

개전 초기 베를린에서, 깃발 아래 운집한 노동자들이 유령처럼 흐느적거리고 짙은 담배 연기 속의 카바레가 여인들의 비명으로 진동하고 적의 포화에 제물로 바쳐질 비운의 병사들이 두려움과 절망 모두를 맥주와 네덜란드 진 속에 익사시키려고 버둥거리는 동안, 노프스키는 그런 유럽의 '정신 병원' 에서 정신을 잃지 않고 명쾌한 통찰력을 유지하고 있는 유일한 인물이었다고 블룸은 덧붙이고 있다.

어느 눈부신 가을날, 신경 질환과 결핵 기미가 있는 폐 때문에 바젤[123]에 있는 유명한 다보스 요양소에서 치료를 받고 있던 노프스키는 그곳 살롱에서 점심 식사를 하던 중 레빈이라는 인터내셔널 소속 요원의 방문을 받았다. 융의 제자이자 친구로서 자기 분야의 권위자인 스위스인 그륀발트 박사가 그들에게 다가갔다. 레빈의 진술에 따르면, 그때 오간 대화는 날씨(햇빛 가득한 시월), 음악(어느 여성 환자가 최근에 가진 연주회), 죽음(그녀의 음악적 영혼이 전날 밤 호흡을 다했다는 소식)에 관한 것이었다. 흰 장갑을 낀 제복 차림의 웨이터가 시중을 드는 가운데, 고기 코스와 마르멜로 설탕 찜 코스 사이에서 그륀발트 박사는, 대화의 끈을 놓쳐 순간적으로 찾아든 고통스러운 침묵을 깨뜨리기 위해 코맹맹이 소리로 이렇게 말했다.

"상트페테르부르크에서 혁명이 일어났다지요?" (멈칫거림.)

레빈의 손에 들린 숟가락이 공중에서 멈췄다. 노프스키는 움찔하더니, 담뱃갑 쪽으로 손을 가져갔다. 그륀발트 박사는 약간의 불편함을 느꼈다. 노프스키는 목소리에 가능한 한 많은 무관심을 실으려 애쓰면서 호흡을 가다듬었다.

"그래요? 그런데 그 얘긴 어디서 들으셨나요?"

그륀발트 박사는 용서를 빌듯, 그날 아침 시내 전화국의 유리문에 붙은 호외를 보았다고 말했다. 시체처럼 창백해진 노프스키와 레빈은 커피를 기다리지 않고 재빨리 살롱을 떠나, 택시를 타고 시내로 내달렸다. 레빈은 이렇게 쓰고 있다.

'멍한 상태에서 나는 들었다. 살롱 안에서 접시들이 부딪쳐 나는 종소리 비슷한 울림, 그리고 그 사이사이의 수군거림……. 나는 우리가 떠나온 세계를 어떤 안개를 통해서 보듯 보았다. 그 세계는 희뿌연 흙탕물처럼 돌이킬 수 없는 과거 속으로 가라앉고 있었다…….'

일부 자료는 우리로 하여금 민족주의의 기쁨과 분노의 파도에 휩쓸린 노프스키가 '그럼에도 불구하고' 휴전 소식을 충격으로 받아들였을 것이라고 결론짓게 한다. 이와 관련해 레빈은 노프스키에게 불어닥친 미묘한 위기에 관해 논하고 있고, 마이스네로바는 공범자 특유의 조바심을 내비치면서 이 시기에 대한 언급을 생략하고 있다. 하지만 노프스키는 커다란 저항 없이 자신의 모제르총을 손에서 내려놓고 뉘우침의 표시로 자신의 암살용 폭탄과 칠십 미터 사거리 화염 방사기의 도면을 불사른 뒤 인터내셔널리스트 진영으로 옮겨 간 것으로 보인다. 곧 우리는 브레스트 리토프스크 평화 조약[124] 지지자들 사이에서 사방팔방으로 쉴 새 없이 뛰어다니면서 반전(反戰) 내용이 담긴 전단을 뿌리거나, 포탄 상자 위에 석고상처럼 뻣뻣하게 올라서서 군인들 사이에서 맹렬하게 선동 활동을 펼치는 그를 발견하게 된다. 노프스키의 이런 신속하고, 소위 고통 없는 변신에 한 묘령의 여인이 가장 커다란 역할을 했던 것으로 보인다. 혁명 연대기에는 그녀의 이름이

'지나이다 미하일로브나 마이스너' 라고 기록되어 있다. 그녀와 사랑에 빠지는 불행을 겪었던 레프 미쿨린이라는 사내는 비석에나 새김 직한 말들로 그녀의 초상을 그리고 있다. '자연은 그녀에게 모든 것을 주었다. 지성과 재능, 그리고 미모를.'

1918년 이월에 우리는 그를 툴라,[125] 탐보프,[126] 오룔[127]의 밀밭에서, 볼가 강의 제방에서, 그리고 하리코프[128]에서 발견하게 된다. 하리코프에서 그의 감독 아래 징발된 밀을 실은 호송선이 모스크바로 이동하고 있었다. 번쩍거리는 장화, 관등 표시 없는 가죽 모자, 검은 가죽 제복의 인민위원 차림으로 그는 마지막 대형 보트가 안개 낀 저편 기슭으로 사라질 때까지 모제르총에 손을 얹은 채 지켜보고 있었다. 이듬해 오월, 침투복을 입은 그는 데니킨[129]의 전위대를 끊는 임무를 띤 저격병이 되어 있었다. 남서부 전선에서의 불가사의하고 소름 끼치는 뜻밖의 폭발음은 현장을 거대한 도살장으로 바꾸어놓았다. 글씨체가 그 주인을 말해주듯 그곳에는 노프스키의 흔적이 흠씬 배어 있었다. 구월 말, 노프스키는 붉은 깃발을 휘날리는 어뢰정 스파르타쿠스를 타고 정찰을 위해 레발[130] 쪽으로 달려가고 있었다. 그런데 돌연 스파르타쿠스가, 이십오 밀리 기관총으로 무장한 일곱 대의 경보트로 편성된 막강한 영국 함대의 틈바구니를 향해 달려드는 게 아닌가. 잠시 후 영국 함대의 사정권에서 벗어난 어뢰정은 어둑어둑 내려오는 밤의 검은 외투 아래서 목이 부러질 듯 아슬아슬한 솜씨로 크론시타트[131)]에 닿는 데 성공한다. 올림스키 대위의 증언을 믿는다면, 어뢰정의 승무원들은 자신들의 운 좋은 구사일생과 관련해 노프스키보다는 지나이다 미하일로브나 마이스너라는 한 여인의 기지에 먼저 감사해야 할 것이다. 그녀야말로 깃발 신호를 통해 영국 함대와의 협상을 성사시킨 주역이기 때문이다.

그 당시 노프스키가 쓴 한 통의 편지는, 혁명의 열정과 관능적인 사랑이 깊고 신비로운 끈으로 결합해 있는 독특한 사랑에 관해 증언하는 단 하나의 인증된 자료이다.

'대학에 들어가자마자 나는 감옥 신세를 지게 됐소. 나는 정확히 열세 번 체포됐다오. 최초의 구금에 뒤이은 십이 년의 세월 중에서 절반 이상을 강제 노역으로 보낸 거지. 게다가 나는 세 번의 고통스러운 유형(流刑)을 겪었고, 이로써 내 인생에서 또 삼 년을 빼앗겼소. 그 사이사이의 짧은 '자유'의 시간 동안 나는 침울한 러시아 농촌, 도시, 인간, 사건이 마치 영화처럼 빠르게 지나가는 것을 보았다오. 말을 타든 배를 타든 마차를 타든 언제나 나는 도주의 몸이었소. 한 침대에서 두 달 이상을 자본 적이 없소. 바실리옙스키 섬의 창백한 불빛이 가까스로 깜박거리고, 달빛 아래서 러시아의 시골 마을이 거짓되고 기만적인 아름다움을 발하는 길고 고통스러웠던 어느 겨울밤, 나는 마침내 러시아 현실의 끔찍함을 절감했소. 아무튼 나의 유일한 열정은 이 고통스럽고 열정적이며 신비로운 혁명가의 직업이었다오. 용서해주오, 지나. 당신의 가슴속 깊이 나를 묻어주오. 비록 담석처럼 고통스러울지라도.'

결혼식은 1919년 십이월 이십칠 일 크론시타트 항에 정박해 있던 어뢰정 스파르타쿠스의 선상에서 치러졌다. 이와 관련된 자료는 극소수인데다 모순되기까지 한다. 어떤 이들에 의하면 지나이다 미하일로브나는 '죽음과 미를 결합하는 창백함' (미쿨린의 표현)을 지닌 죽도록 창백한 여자였고, 막 죽음의 위기를 간신히 모면한 혁명의 뮤즈라기보다는 사형을 집행하는 사격 중대 앞에 선 아나키스트에 더 가까웠다. 미쿨린이 구시대적 관습의 유일한 상징물인, 지나이다의 머리 위에 씌워진 흰 결혼식 화관을 언급하고 있는 데 반해, 올림스키는 자신의 회상기에서 '결혼식 화관처럼' 보인 그것은 실은 마이스너의 상처 입은 머리를 동여맨 흰 붕대였다고 말하고 있다. 요란한 미쿨린의 진술보다 훨씬 객관적인 것으로 판명된 올림스키의 증언은, 사적인 순간에 포착된 정치 담당 인민위원의 초상을 거의 도식적으로 그려 보인다.

'그 엄숙한 때조차 수도사처럼 차려입은, 잘생긴 얼굴과 굳은 표정의 그는 맹렬한 전투에서 막 돌아온 인민위원이라기보다는 차라리 결투에서 승리한 젊은 독일인 대학생처럼 보

였다.'

그 밖의 세부 묘사에 있어서는 모두의 견해가 대체로 일치하고 있다. (어쨌든) 함정은 신호 깃발로 장식되고 빨간색, 녹색, 청색 전구들로 밝혀졌다. 상큼하게 면도한 분홍 뺨의 승무원들이 무사히 살아 돌아온 자신들과 노프스키의 결혼을 동시에 축하하면서, 검열을 받듯 완전 무장을 하고서 갑판 위에 도열했다. 그런데 작전 수행과 운 좋았던 구출의 과정에 대해 본부에 알리는 해저 전보를 접하게 된 붉은 함대의 사관들이 흰 여름 제복 위에 청색 외투를 입고서 어느 틈엔가 도착해 있었다. 어뢰정의 승무원들은 그들을 휘파람 소리와 환호 속에서 맞이했다. 무전병이 숨을 가쁘게 몰아쉬면서, 아스트라한에서 엔젤리[132]에 이르기까지 모든 소비에트 항구들로부터 날아든 축전을 해독해 신혼부부가 머물러 있는 사령탑으로 가져갔다.

'신혼부부 만세!', '붉은 함대 만세!', '스파르타쿠스의 용맹스런 대원들 만세!'

크론시타트 혁명 회의는 전날 무정부주의자들한테서 압수한 것으로 전해지는 프랑스 샴페인 아홉 상자를 장갑차에 실어 보냈다. 크론시타트 해군 수비대의 브라스 밴드는 결혼 행진곡을 연주하면서 이동 트랩을 타고 갑판 위로 올라갔다. 영하 삼십 도쯤 되는 날씨라 악기는 얼음장 깨지는 듯한 이상한 소리를 냈다. 순찰정들이 경적을 울리며 승무원들에게 인사하면서 주위로 몰려들었다. 굳은 표정의 체키스트 삼인조가 권총을 빼 든 채 세 번이나 갑판 위로 올라와, 보안상의 문제를 들먹이며 축하 예식을 당장 멈출 것을 요구했다. 그러나 이들은 매번, 노프스키의 이름만 언급되면 총을 총집에 도로 넣고 '고리코! 고리코!'[133]를 외쳐대는 사관들의 합창대에 합류했다. 빈 샴페인 병들이 이십오 밀리 구경 포탄처럼 갑판 위에서 사방으로 뒹굴고 있었다. 새벽녘, 먼 불빛처럼 태양이 겨울 아침 안개를 뚫고 나오자, 어느 만취한 체키스트가 새날의 탄생에 경의를 표한답시고 대공화기로 예포를 발사했다. 갑판 위 여기저기서 승무원들은 깨진 유리잔, 빈 병, 색종이 가루 위에, 피 같은 장밋빛 프랑스 샴페인이 얼어붙어 생긴 조그만 웅덩이 위에 마치 죽은 듯 너부러져 있었다(여기서 독자는 이미지즘의 추종자인 레프 미쿨린의 어설픈 리리시즘을 뚜렷이 확인할 수 있을 것이다).

이 결혼이 열여덟 달 뒤에 깨졌고, 지나이다 미하일로브나가 불법적인 유럽 외유시 소련 외교관 에이 디 카라마조프의 여행 친구가 되었다는 것은 잘 알려져 있다. 노프스키와 그녀의 짧은 결혼 생활과 관련해 몇몇 자료는 고통스러운 질투의 장면들과, 정열적인 화해의 장면들을 묘사하고 있다. 그러나 노프스키가 질투의 발작 속에서 지나이다 미하일로브나를 구타하곤 했다는 주장은 또 다른 질투 어린 공상, 즉 미쿨린의 공상의 산물일 가능성이 있다. 지나이다 미하일로브나는 자서전《파도 뒤의 파도》에서 마치 물 위에 써나가듯 자신의 내밀한 기억들을 훑고 지나간다. 여기서 그런 구타는 고유한 역사적, 은유적 맥락 속에서 러시아 민중의 얼굴을 무자비하게 후려갈기는 '태형'의 의미로 풀이되고 있다(지나이다 미하일로브나 마이스너는 1926년 팔월 페르시아에서 말라리아로 사망했다. 서른이 채 안 된 나이였다).

앞서 언급했듯이, 내전 기간과 그 직후의 노프스키의 삶에 대해 정확한 연대기를 복원해내는 것은 불가능하다. 1920년에 그가 폭압적 전제 정치를 일삼는 투르케스탄[134]의 왕족들과 싸우고, 교활함과 잔인함이라는 그만의 무기로 그들이 무릎을 꿇도록 만들었다는 이야기는 잘 알려져 있다. 또한, 인간의 피를 빨아먹기 위해 몰려든 말라리아 모기들과 쇠등에의 공격이 극심했던 것으로 연감에 기록되어 있는 1921년의 무더운 여름날 그가 탐보프 일대의 도적 소탕 작전을 지휘했고, 그때 기병도 내지 단검에 의해 그의 얼굴에 용장(勇壯)의 잔인한 훈장이 새겨졌다는 일화는 유명하다. 우리는 유럽 국민의회에서 노랗게 변색된 이 사이에 연신 담배를 물어가며 따로 떨어진 의장석에 앉아 있는 그를 발견하게 된다. 그의 연설은 박수갈채를 받았다. 그러나 어느 기자는 한때 '볼셰비키의 햄릿'이라 불렸던 이 사내에 대해 열정의 부재와 혼미한 시선을 지적하기도 했다. 우리는 또한 그가 한동안 캅카스-카스피 해 해군 혁명위원회 소속의 정치 담당 인민위원으로 일했고, 붉은 군대의 포병 군단 소속 장교, 아프가니스탄과 에스토니아의 외교관을 거쳤다는 것을 알게 된다. 1924년 말 그는 언제나 음흉한 대영제국과 협상을 벌이게 될 외교 사절의 일원으로 런던을 방문했고, 그 당시 헐[135]에서 열릴 차기 대회에 그를 초청한 노동연맹 대표들과 자원해 접촉을 가졌다.

주지하다시피 그가 카자흐스탄에서 마지막으로 맡았던 직위는 '통신 및 연락 담당 본부'에 소속된 것이었다. 업무에 진력이 난 그는 자신의 사무실에서 다시 설계도를 그리고 수식(數式)을 늘어놓기 시작했다고 한다. 크기는 호두알만 하지만 어마어마한 파괴력을 가진 폭탄이 분명 생애 말년까지 강박관념처럼 그를 집요하게 따라다녔으리라…….

통신 및 연락 담당 인민위원회의 서기 비 디 노프스키가 체포된 것은 1930년 십이월 이십삼 일 새벽 두 시 카자흐스탄에서였다. 그의 체포는 훗날 서방 세계에 보도된 것처럼 그렇게 극적이진 않았다. 그의 누이의 믿을 만한 증언에 의하면, 무장 저항이나 계단 위에서의 격투는 전혀 없었다고 한다. 노프스키는 본부에 급히 출두하라는 전화 요청을 받았다. 수화기의 목소리는 명백히 당직 기사 부텐코의 것이었다. 아침 여덟 시까지 계속된 조사에서 그의 서재에 있는 책들 거의 전부와 문서, 사진, 원고, 그림, 설계도가 몰수됐다. 이것은 노프스키의 숙청을 향한 첫 단추였다. 노프스키의 누이 에이 엘 루비나에게서 흘러나온 최신 정보에 의하면 그 후의 사건은 이렇게 전개됐다.

노프스키는 '라인홀트' 라는 어떤 사내와 마주하고 있었다. 아이 에스 라인홀트, 그는 노프스키가 영국 간첩이며, 지령을 받아 경제적 사보타주를 벌여왔다고 자백했다. 노프스키는 쉰 목소리와 흐리멍덩한 시선의 이 애처로운 사나이를 알지도 못하고 본 적도 없다고 계속 주장했다. 생각을 다시 하라는 뜻에서 주어진 보름의 시간이 지난 뒤 노프스키는 수사관 앞으로 다시 불려 나갔고, 샌드위치와 담배를 제공받았다. 노프스키는 호의를 거절했고, 고위 인사들에게 연락할 수 있도록 연필과 종이를 달라고 부탁했다. 이튿날 동틀 무렵 그는 감방에서 끌려 나와 수즈달로 보내졌다. 그 얼음장 같은 일월의 아침 노프스키가 탄 기차가 역에 도착했을 때 플랫폼은 인적 없이 황량했다. 가축 수송 차량 한 대만이 측선에 대기해 있었고, 노프스키는 바로 그 열차로 끌려갔다. 큰 키에 집요하기로 악명 높은 고문 수사관 페두킨은 그 가축 수송 차량 안에서 노프스키와 다섯 시간 남짓 대면하면서 허위 자백을 해주지 않으면 안 되는 도덕적 당위성을 그에게 납득시키려고 노력했다. 협상은 완전히 실패했다. 그런 뒤 수즈달 감옥의 '개집' 이라 불리는 축축한 돌 벽의 독방 안에서 보내는 낮 없는 긴 밤이 이어졌다. '개집' 이 지닌 설계상의 주된 이점은 수인에게 생매장된 듯한 느낌을 줌으로써, 돌과 시간의 영원성에 비하면 자신의 지상적 존재는 무시간의 대양 위를 떠다니는 한 점의 티끌과 다를 바 없다는 절망감을 안겨주는 것이었다. 노프스키의 건강은 이미 무너져 내린 지 오래였다. 피와 땀을 빨아먹는 수년간의 중노동과 혁명적 열정은 그의 폐, 콩팥, 관절을 상하게 했다. 이제 그의 육신은, 고무 곤봉의 타격에 터지면서 무익한 고름과 함께 귀중한 피까지도 흘려 내보내고 있는 종기로 온통 뒤덮여 있었다. 그럼에도 불구하고 노프스키는 자신의 살아 있는 무덤의 돌에 몸을 비비면서, 인간은 무시간의 대양 위를 떠도는 한 점의 티끌일 뿐이라고 생각하는 자들과 그다지 다를 바 없는 어떤 형이상학적 결론에 이른 듯이 보였다. 그러나 이는 '개집'의 건축자들이 예견할 수 없었던 또 다른 결론——무(無)를 위한 무——을 낳게 했다. 시간 속에서의 자기 존재의 무상함을 알려주는 이런 이단적이고 위험한 사상을 자신의 마음속에서 발견한 사내는, 그러나 또 다른 (최후의) 딜레마에 봉착하게 되었다. 그 딜레마란, 비싸게 얻은 그 귀중한 깨달음(모든 도덕성을 배제하는 절대적 자유와 다를 바 없는)을 위해 존재의 덧없음을 수동적으로 받아들일 것인가, 아니면 바로 그런 깨달음을 위해 공허의 품 안으로 자발적으로 투신할 것인가 하는 것이었다.

페두킨에게는 노프스키를 꺾는 것이야말로 명예가 걸린 문제이자, 가장 큰 도전이었다. 왜냐하면 수사관으로서의 그의 오랜 경력 내내 그는 가장 완강한 죄수들일지라도 그들의 등골을 꺾어놓음으로써 죄수들의 의지를 꺾는 데 성공했지만

(그런 이유로 그에게는 항상 가장 악질이 맡겨졌다), 지금 노프스키는 일종의 과학적인 수수께끼 내지, 페두킨의 모든 경험을 통틀어 전혀 종잡을 수 없고 비전형적으로 움직이는 미지의 유기체처럼 그의 앞에 서 있기 때문이었다(페두킨의 하급보다 약간 높은 교육 정도를 고려해볼 때 존경할 만한 그의 이런 추측 속에는 현학적인 태도가 조금도 들어 있지 않았으며, 따라서 모든 합목적적 추리의 끈이 그를 피해 갔음은 의문의 여지가 없다. 그는 자신이 아주 단순하게 공식화하고 누구든지 이해할 수 있게 만든 하나의 원칙——'심지어 돌멩이도 그것의 이빨을 부러뜨려놓으면 입을 열게 되어 있다'——의 창시자로 스스로를 평가할 뿐이었다).*

일월 이십팔 일부터 이십구 일 사이의 밤에 그들은, 비록 지금은 단지 존재의 텅 빈 껍질, 한껏 고문당한 채 흉하게 썩어가는 살덩어리에 지나지 않지만 아직 노프스키라는 이름을

* 잡지 《노동》은 '제2의 전선' (1964년 8월호와 11월호)이라는 제목으로 페두킨의 회고록 가운데 일부를 실었다. 이 자전적인 '오체르크'[136]는 지금으로선 페두킨의 '배후 활동' 의 가장 초기만을 소개하고 있지만, 그의 생생한 실천의 흥미진진함이 지나치게 도식적인 관조로 대체되어 있는 이 자료를 토대로 판단하건대, 필자는 그의 회고록 전집이라 해도 그의 천재성의 신비를 환히 보여주지 못할 것 같아 염려가 된다. 필자가 볼 때 생생한 실천을 빼면 페두킨은 이론적인 면에서 제로였다. 그는 심층심리학이 존재한다는 사실을 모르면서도 그것의 가장 심오한 법칙에 따라 자백을 끄집어냈다. 나아가 인간의 영혼과 그 신비를 알지 못하면서도 그것들을 다룰 줄 알았다. 그러나 지금 페두킨의 회상에서 정말로 관심을 끄는 것은 자연 묘사다. 시베리아 풍경의 잔혹한 아름다움, 결빙된 툰드라 위의 해돋이, 홍수를 몰고 오는 비, 침엽수림에 상처를 내는 의심스러운 급류, 금속 빛깔의 먼 호수로부터 전해져 오는 고요함, 이 모든 것들이 부인할 수 없는 그의 문학적 재능을 말해준다.

간직하고 있는 인간을 감방에서 끌어냈다. 그러나 정기가 빠져나간 노프스키의 시선 속에서 영혼과 삶의 유일한 표상으로서, 고통을 참아내겠다는 결의, 온전한 의식 아래 자신의 의지로써 마지막 유언을 하듯 자기 전기의 마지막 장을 완성시키겠다는 결의를 읽을 수 있었다. 그는 자신의 생각을 이렇게 짤막하게 표현했다.

"나는 이미 원숙함에 도달했다. 무엇 때문에 더 살아서 나의 '전기'를 망쳐놓는단 말인가?"

그러므로 그는 이런 마지막 시련조차 그가 의식이 깨인 뒤 사십 여 년간 피와 뇌로 써온 자서전의 마지막 장일 뿐 아니라, 이것이 실로 그의 삶의 총합, 모든 것의 사활이 걸려 있는 최종 결론이며, 나머지 전부는 이 종속적인 작용들에 의미를 부여하는 최후의 한마디에 비하면 미미한 가치밖에 없는 부차적인 담론 내지 숫자 놀이에 불과하며, 또 불과했다는 것을 확실히 깨닫고 있었다.

노프스키는 교도관 두 명에 의해 감방에서 끌려 나왔다. 그들은 양옆에서 그를 부축해, 감옥의 지하 삼층까지 어지럽게 굽이돌아 내려가는 어두운 계단을 걸어 내려갔다. 그는 갓 없는 알전구가 천장에 혼자 덩그러니 매달려 불을 밝히고 있는 방으로 인도됐다. 교도관들이 손을 놓자 노프스키의 몸이 힘없이 비틀거렸다. 그의 등 뒤에서 철문이 닫히는 소리가 꽝 하고 들렸다. 그러나 그는 처음에는 그의 의식 속을 고통스럽게 파고드는 불빛 외에는 아무것도 분별할 수 없었다. 문이 다시 열리더니 예의 두 교도관이——페두킨은 이들의 뒤를 따라 들어왔다——젊은이 한 명을 데리고 들어와 노프스키에게서 일 미터 떨어진 곳에 똑바로 세워놓았다. 노프스키는 그 무수한 거짓 대질심문들 중 또 하나가 시작됐나 보다고 생각했고, 그래서 자신의 이 빠진 입을 꽉 다문 채 젊은이를 살피려고 고통스러운 긴장감 속에 부어오른 눈꺼풀을 벌렸다. 그는 이번에도 (라인홀트처럼) 눈에서 빛이 꺼져버린 시체를 보게 되리라고 추측했다. 그러나 불안한 추측 때문에 전율하면서 그는 바로 코앞에서, 인간적인, 너무도 인간적인 두려움으로 가득 찬 젊고 싱싱한 두 눈동자를 목도했다. 젊은이는 허리춤까지 발가벗겨져 있었다. 노프스키는 이 낯선 자에 대해 놀라움과 두려움을 느끼면서, 그의 근육질 체구와 푸른 멍 자국 하나, 타박상 하나 없는 건강한 검은 피부를 쳐다보았다. 그러나 노프스키를 가장 많이 놀라게 하고 두렵게 한 것은 의미를 헤아릴 수 없는 그의 시선과, 이미 최대한 이상적인 방향으로 모든 것이 마무리되었다고 생각하고 있는 지금에 와서 뒤늦게 자신이 끌려 들어가고 있는 듯한 그 미지의 게임이었다. 페두킨의 천재적이고 악마 같은 직관이 그를 상대로 무슨 일을 꾸미고 있는지 무슨 수로 그가 헤아릴 수 있었겠는가? 페두킨은 그의 등 뒤에 서 있었다. 보이진 않지만 분명히 그 자리에 와 있었다. 숨죽인 채 입을 다물고 서 있었다. 노프스키 스스로가 인기척을 느끼며 소스라치게 만들려고, 그리고 공포로부터 태어난 부정의 정신이 그것은 불가능한 일이라고 노프스키의 귀에 속삭이는 순간 그의 면전에 벼락 같은 진리를 깨우쳐주려고. 노프스키의 뒤통수를 날려버릴 수 있는 그 구원의 총알보다 더 의미심장한 진리를…….

공포에서 태어난 부정의 정신이 노프스키에게 그것은 불가능하다고 속삭여대고 있던 바로 그 순간, 그의 귓전에 페두킨의 목소리가 메아리쳤다.

"만일 노프스키가 자백하지 않는다면 우리는 네놈을 죽여버릴 테다!"

젊은이의 얼굴은 공포로 일그러졌고, 그는 노프스키 앞에 무릎을 꿇었다. 노프스키는 차라리 눈을 감았다. 청년의 애원을 듣는 것이 괴로웠지만, 수갑 때문에 귀를 막을 수도 없었다. 그 울부짖음은 어떤 기적의 힘을 빌린 듯 단단한 바위 같은 그의 결심을 흔들고 그의 의지를 허물기 시작했다. 젊은이는 자기 목숨을 위해 낙담한 떨리는 목소리로, 필사적으로 자백을 간청하고 있었다. 노프스키는 교도관들이 철컥 하고 장전하는 소리를 똑똑히 들었다. 질끈 감은 눈꺼풀 안쪽에서, 그의 내면에서, 고통의 각성과 실패의 예감, 그리고 증오심이 고개를 쳐들었다. 그로서는, 자신의 속내를 페두킨이 줄곧 꿰뚫어 보고 있었고, 그 스스로 가장 강하다고 자부해온 것, 즉 그의 자기중심성을 페두킨이 꺾어놓기로 작정했다는 것을 그간 충분히 인식할 수 있었던 것이다. 설사 노프스키 자신이 존재와 고통의 무상함을 주장하는, 유익하면서도 위험한 사상을 발견했다 할지라도, 이것은 여전히 도덕적인 선택일 수밖에 없기 때문이었다. 페두킨의 가히 천재적인 직관은 결국 이런 선택이 도덕성을 배제하지 않으며 오히려 그 반대라는 것을 정확히 꿰뚫어 보았다는 데 있다. 총에는 소음기가 달려 있는 게 분명했다. 노프스키는 총알이 발사되는 소리를 전혀 들을 수 없었기 때문이다. 그가 눈을 떴을 때, 그의 앞에는 쏟아진 뇌와 피 웅덩이 속에 젊은이가 드러누워 있었다.

페두킨은 부질없이 말을 낭비하지 않았다. 그는 노프스키가 자신의 말뜻을 이해했다는 것을 잘 알고 있었다. 그는 노프스키를 데려가라고 교도관들에게 신호를 보냈고, 그들은 노프스키의 팔을 붙잡아 일으켜 세웠다. 페두킨은 매우 안전한 독방에서 다시 생각해보라고 그에게 스물네 시간을 주었다. 그곳에서 '돌로 만든 수의를 걸친'* 노프스키는 그의 전기가 조각품만큼이나 완벽하고 흠집 하나 없이 매끈하게 완성되었다고 그의 귀에 악마처럼 속삭여대는 자신의 도덕적 입장을 다시 확인할 수 있었다. 그 이튿날인 일월 이십구 일과 삼십 일 사이의 밤에도 똑같은 장면이 되풀이됐다. 교도관들이 현기증을 일으키는 원형 계단을 따라 노프스키를 깊은 지하 감

* 이 표현은 1936년 무렵 레프 미쿨린이 자신의 전기를 불후의 명작으로 만들기 위해 써먹었던 것이다. 이 메타포는 첫인상에서 느껴지는 것보다는 덜 작위적이다. 미쿨린은 수즈달 감옥의 독방에서 심장마비로 죽은 것이다(물론 어떤 문서들은 그가 교살당했다고 주장한다).

옥으로 끌고 내려갔다. 노프스키는 이런 반복이 우연이 아니라 지옥 같은 어떤 계획의 일부라는 사실을 직감했다. 그는 삶의 하루하루를 다른 이의 피값으로 지불해나가고 있었다. 그의 전기의 완성이 좌절되거나 그의 일생의 역작(《보리스 노프스키의 생애》)이 마지막 장 때문에 추하게 망쳐질지도 모를 일이었다.

페두킨의 연출은 완벽했다. 미장센은 지난밤과 똑같았다. 똑같은 페두킨, 똑같은 지하 감방, 똑같은 전구, 그리고 똑같은 노프스키. 낮과 밤의 교차가 불가피하듯, 이것들은 하나의 반복적인 행동에 동일성과 불가피성의 의미를 부여하기에 아주 충분한 요소들이었다. (같은 감방 안에서 보낸 연속적인 두 날이 서로 다르듯이) 오직 그의 앞에서 덜덜 떨고 있는 이 웃통 벗은 청년만이 달랐다. 페두킨은 지하 감방에 잠시 찾아든 정적 속에서, 어제의 심문보다 오늘의 심문이 노프스키에게 얼마나 더 힘든가를 분명하게 간파하고 있었다. 노프스키가 미지의 젊은이와 눈과 눈을 마주하고 있는 오늘, 그에게 도움이 될 수 있는 어떤 생각, 즉 어떤 외적인 분명한 기호들에도 불구하고 '그것은 불가능하다' 라고 그의 귀에 속삭여줄 그런 생각 속으로 피신하는 것도, 한 조각의 희망도 그의 도덕성 속에는 남아 있지 않았다. 지난밤의 빠르고 효과적인 '실물 시연' 은 그에게 그런 종류의 사고가 무익하다는 것, 그런 사고가 위험한 것이라는 것을 깨우쳐주었다(내일, 그리고 모레, 아니 사흘이나 열흘 뒤면 그런 생각은 훨씬 더 무의미해지고 훨씬 더 무기력해질 것 같았다).

노프스키는 자기 앞에 서 있는 이 젊은이를 어디선가 본 것 같았다. 주근깨투성이의 흰 피부, 건강치 못한 안색, 숱 많은 검은 머리, 약간 사시처럼 보이는 눈. 아마 평소에 안경을 쓰는 것 같았다. 노프스키의 눈에는 그의 콧날 위에 안경 자국이 아직 생생하게 남아 있는 것처럼 보였다. 이십 년 전의 자기와 이 청년이 정말 닮았다는 생각이 들자 우스웠고, 그래서 그는 그런 생각을 떨쳐버리려고 애썼다. 그럼에도 불구하고 그는 문득, 이런 유사성(만일 사실적이고 의도적인 것이라면)이 페두킨의 수사를 일부분 위태롭게 하며, 어떤 점에서는 페두킨의 연출에서 옥에 티로 지적될 수 있으리라는 생각을 했다. 그러나 한편 페두킨 쪽에서는, 이런 유사성이 다분히 의도적인 것이고 그 자신의 세심한 선택의 열매인 만큼, 노프스키가 그런 유사성, 동일성의 느낌을 가짐으로써 불가피하게 하나의 근본적인 차이 역시 자각하게 될 것이라고 확신하고 있었다. 즉 자신과 비슷한 인간들을 죽이고 있다는 사실을 노프스키에게 확실하게 각인시키리라는 것이었다. 그의 전기처럼 미래에 일관되고 매끈하게 완성될 수 있는 잠재적인 씨앗을 가지고 있는 다른 전기의 주인공들이 그의 과실로 인해 시초에, 소위 싹이 나오고 있는 순간에 벌써 끊어지고 파멸당하고 있다는 사실을 그에게 일깨워주리라. 협력을 완강히 거부함으로써 노프스키는 이미 그의 이름으로 자행되는 긴 악행의 서두에 서게 되리라(아니 그는 이미 거기에 서 있었다!).

노프스키는 장전된 권총을 들고 한쪽 옆에 서서 '그의 손을 빌려' 살인을 저지를 준비가 되어 있는 교도관들의 보이지 않는 존재를 느끼는 동시에, 등 뒤에서 페두킨이 숨을 죽인 채 그의 생각과 결정을 염탐하고 있다는 것을 알아차렸다. 지극히 논리적인 작용의 결과를 예견하듯 페두킨의 음성은 차분했고 위협적이지 않았다.

"당신은 죽을 거요, 이사예비치. 노프스키가 자백하지 않는다면."

노프스키가 무슨 말을 할 기회를 갖기도 전에, 또 그가 굴복하는 대신 받아낼 수 있는 수치스러운 조건들을 제시할 기회를 갖기도 전에, 젊은이는 근시의 눈으로 아주 가까이에서 그를 위아래로 훑어본 다음 그의 코앞으로 다가와 그를 진저리 치게 만드는 목소리로 속삭였다.

"보리스 다비도비치, 저 개새끼들에게 굴복하지 마시오!"

바로 그 순간, 샴페인 병에서 코르크 마개가 펑 하고 터져 나갈 때처럼, 들릴 듯 말 듯한 두 발의 총성이 거의 동시에 울렸다. 그는 '자신의' 범죄 사실을 확인하기 위해 질끈 감은 눈을 뜨지 않을 수 없었다. 교도관들은 이번에는 총신을 청년의 두개골 쪽으로 향하게 한 뒤 뒷덜미를 정조준해 다시 한번 쏘았다. 젊은이의 얼굴은 이미 알아보기 힘든 상태가 돼 있었다.

페두킨은 말 한마디 없이 방에서 나갔고, 교도관들은 노프스키를 데려가 돌바닥 위에 팽개쳤다. 노프스키는 쥐들에게 둘러싸인 채 감방에서 악몽 같은 시간을 보냈다.

이튿날 저녁 교도관들의 세 번째 교대 후 그는 수사관과의 면담을 요청했다.

바로 그날 밤 그는 돌 감방에서 교도소 병원으로 옮겨졌고, 거기서 교도관들과, 이런 불쌍한 찌꺼기들을 재료로 삼아 이름값을 하는 제대로 된 인간으로 개조시키는 임무를 띤 어느 병원 직원의 감시를 받으면서 거의 의식불명 상태로 열흘을 보냈다. 페두킨은 노프스키보다 강하지 못한 재료로 만들어진 인간들조차, 명예로운 죽음만이 문제가 되는 경우, 모든 한계를 뛰어넘어 생각지도 못한 힘을 발휘하게 된다는 것을 경험을 통해 분명히 알고 있었다. 그런 자들은 죽어가는 동안 완강한 결심(필시 신체적 쇠약 때문에 아주 빈번하게 영웅적인 침묵으로 위축되어버리곤 하는)을 통해 죽음으로부터 가장 큰 이윤을 뽑아내려고 애쓴다. 또 페두킨은 회복된 신체 기능, 정상적인 혈액순환과 고통의 소멸이 회복기의 환자와 이미 사형선고를 받은 환자에게 어떤 신체적 완전성의 느낌을 가져다준다는 것을, 하지만 그것은 역설적이게도 그의 의지를 약화시키고 영웅적 허세를 점진적으로 누그러뜨린다는 것을 실제 경험에서 체득해왔다.

그러는 사이, 특히 라인홀트와의 대질심문이 실패한 후, 노프스키가 대영제국 간첩 조직의 요원이었다는 모함은 취하되었다(영국 노동연맹이 유럽 언론을 통해 노프스키 체포 사건을 지나칠 정도로 요란하게 부각시키고 그 당시 공식 언론에 게재된 전혀 근거 없는 부조리한 모함을 비난한 것이 이에 크게 기여했던 것 같다. 노프스키가, 유다처럼 은 서른 냥에 매수되었다는 혐의를 받고 있던 리처드라는 이름의 사나이와 베를린에서 접촉했다는 주장은 그 리처드의 완벽한 알리바이에 의해 논박당했다. 그날 리처드는 헐에서 열린 노동연맹 회의에 참석하고 있었다). 노동연맹의 이런 예기치 못한 개입은 페두킨에게, 기소의 정확성을 입증하고 그럼으로써 훨씬 넓은 국제적 차원에서 자신의 명예를 보전해야 하는 결코 녹록지 않은 과제를 안겨주었다.

협상은 이월 팔 일부터 이십일 일까지 계속됐다. 노프스키는 자신의 고통스러운 최후의 몰락을 완화시킬 수 있는 어떤 문구를, 아니 더 나아가, 이 자백 전체가 명백히 고문에 의해 강압적으로 쥐어짜낸 거짓말을 토대로 하고 있다는 것을 교묘히 짜 맞춰진 모순들과 과장들을 통해 미래의 수사관에게 입증해 보이는 데 단서가 될 만한 어떤 문구를 자신의 진술서 문안(아마도 그의 사후에 그에 관한 유일한 문서로 남게 될)에 포함시키려고 끙끙대면서 수사를 질질 끌었다. 그 때문에 그는 낱말 하나, 어구 하나를 놓고도 자기에게 유리하게 만들기 위해 상상을 초월하는 힘을 발휘하며 싸웠다. 페두킨 쪽에서도 이에 질세라 단호하고 신중하게 최대한의 요구를 꺼내놓고 있었다. 길고 긴 여러 밤 동안 두 사나이는 피로로 녹초가 된 채 숨을 헐떡이며 까다로운 진술서 문안을 가지고 씨름을 벌였다. 두터운 담배 연기 속에서 종잇장 위로 고개를 숙인 채, 그들은 각각 자신의 열정, 고유한 신념, 어떤 높은 견지에서 바라본 자신의 세계관 등등의 파편을 그 속에 끼워 넣으려고 애썼다. 노프스키만큼이나 페두킨도 이 모든 것이, 열 장에 걸쳐 빽빽하게 타이핑된 진술서 전체가, 자기 혼자서 어떤 허구적 추측을 토대로 논리적인 결론을 이끌어내려 애쓰면서 밤새 손가락 두 개를 사용해 서툴게 느릿느릿 짜깁기한(그는 모든 일을 혼자서 하는 것을 좋아했다) 지극히 평범한 픽션이라는 것을 너무도 잘 알고 있었다(나아가 그는 노프스키가 그런 사실을 알 수 있게 했다). 따라서 그는 소위 사실이니 인물이니 하는 것에는 관심이 없었다. 그에게 중요한 것은 그런 허구들과 그것들의 논리적 기능이었다. 따라서 그의 그러한 행위의 동기와, 이상적이고 이상화된 또 다른 도식에서 출발해 어떤 허구적 추측이든 앞질러 파기하려 했던 노프스키의 동기는 마지막 지점에서 결국 하나로 수렴되었다. 마지막으로 필자는, 두 사나이가 모두 좁은 개인적 이기심을 초월한 동기에서 출발했다고 믿는다. 노프스키는 자신의 죽음과 추락 속에서 일신상의 위신뿐 아니라 모든 혁명가들의 위신까지 지켜내려고 투쟁했고, 반면 페두킨은 허구와 픽션을 추구하는 과정에서 혁명적 정의, 그리고 이런 정의를 실행하는 자들의 엄격함과 일관성을 보존하려고 애썼다. 왜냐하면 소위 유일무이한 단독자, 하나의 보잘것없는 유기체 때문에 높은 이익과 원칙이 의심을 받기보다는 그 단독자의 진리가 고통을 당하는 편이 낫기 때문이었다. 만일 이후의 수사 과정에서 페두킨이 자신의 고집 센 희생자들을 공격했다면, 이는 일각에서 믿는 것과 달리 신경증 환자나 코카인 중독자의 발작이 아니고, 그의 희생자들처럼 그 자신이 이타적이고 불가침적이고 신성한 것으로 생각하는 그의 고유한 신념을 지키기 위한 투쟁이었다. 페두킨의 분노와 충직한 증오심을 불러일으킨 것은 바로 피의자들의 이런 감상적인 자기중심성, 자신의 '결백'과 자기만의 조그만 '진리'——단단한 두개골의 자오선에 둘러싸인 채, 소위 사실이라고 불리는 것들의 원을 따라 빙빙 돌아가는 신경 물질의 회전에 불과하다고 말할 수 있는——를 입증하고 싶어 하는 그들의 병적인 욕구였다. 그를 분노케 한 것은 그들의 이런 맹목적인 진리가 보다 높은 유일 가치의 체계, 즉 희생 제물을 요구하며 인간의 유약함을 참작하지 않고 또 참작해서도 안 되는 보다 높은 유일 진리의 체계 속으로 편입될 수 없다는 것이었다. 바로 이 때문에 '공공을 위하여' 조서에 서명하는 것은 이성적인 행위일 뿐 아니라 윤리적인 행위이며, 따라서 존경받을 가치가 있는 행위라는 그런 지극히 단순하고 분명한 사실을 이해하지 못하는 사람은 페두킨에게는 모두 철천지원수인 셈이었다. 노프스키의 경우는 그에게 더욱 큰 실망을 안겨주었다. 페두킨은 노프스키를 혁명가로서 존경했고 또 십 년 전쯤에는 그를 이상적인 모델로 생각했기 때문이었다. 그날 수즈달 역의 측선에 서 있던 가축 운반차 안에서 그는 아무것도 신경 쓰지 않고 그의 인격에 대한 마땅한 존경심과 신뢰감으로 충만해 그에게 다가갔다. 그러나 그 후 그는 한 혁명가의 신화가 눈앞에서 완전히 허물어지는 어떤 환멸을 맛봐야 했다. 그것은, 노프스키가 자기 내부에서 자기중심성(틀림없이 찬사와 아첨으로부터 생겨났을)이 공적인 의무감보다 강하게 작용하고 있다는 것을 자각하지 못하고 있기 때문이었다.

이월 말의 어느 새벽에 노프스키는 암기해야 하는, 편집된 자신의 진술서를 손에 들고서, 녹초가 됐지만 흡족한 기분으로 감방으로 돌아왔다. 원고는 온통 피처럼 붉은 잉크로 고쳐져 있었고 변조까지 되어 있었다. 그의 진술서는 사형선고를 피할 수 없을 만큼 무겁게 느껴졌다. 노프스키는 미소를 지었다. 아니, 미소 짓고 있다고 생각했다. 영광스러운 전기의 마지막 장을 준비하겠다는 그의 비밀스러운 소원을 페두킨이 나서서 성취시켜준 것이었다. 이런 부조리한 기소장의 차가운 잿더미 아래서 미래의 수사관들은 한 인생의 파토스와, (어쨌거나) 완성된 전기의 일관성 있는 종장(終章)을 볼 수 있을 것이기에…….

그리하여 기소장이 이월 이십칠 일에 최종적으로 수정됐고, 파괴 분자 그룹에 대한 공판이 삼월 중순으로 예정됐다. 오월 초, 긴 유예 끝에 수사 계획에 갑작스럽고 예기치 못한 변화가 생겼다. 노프스키는 달달 외운 진술서 문안에 대한 최종 리허설을 위해 페두킨의 취조실로 끌려갔다. 페두킨은 그에게 기소장이 바뀌었다고 속삭이면서, 새로 타이핑한 기소장을 건넸다. 노프스키는 두 명의 교도관 사이에 서서 문서를 읽었고, 갑자기 껄껄 웃기 시작했다. 아니, 껄껄 웃고 있다고 생각했다. 그는 다시 '개집'으로 질질 끌려가 투실투실한 쥐들 가운데 팽개쳐졌다. 노프스키는 감방의 돌벽에 머리를 찧어 깨뜨리려고 안간힘을 썼다. 그 후 그에게는 질긴 마로 짠 구속복이 입혀졌고, 그는 병원 입원실로 호송됐다. 모르핀 주사의 작용이 분명한 섬망 상태에서 깨어난 그는 수사관과의 면담을 요청했다.

그사이, 두 건의 수사를 동시에 진행하고 있던 페두킨은 파레샨이라는 사내로부터 자백을 받아내는 데 성공했다. 파레샨은 위협과 어떤 언질만으로도(그리고 아마도 물 몇 모금 마시게 해주는 것만으로도), 노프스키와 함께 노보시비르스크의 전선 공장에서 일했던 1925년 오월에 이미 자신이 직접 그에게 자금 중 일차분을 건넸다는 내용의 진술서에 서명했다. 거기에 적힌 파레샨의 주장에 따르면, 그 돈은 파레샨 자신과 티텔하임이라는 또 다른 사내를 통해 노프스키가 어느 외국 기업, 무엇보다 독일과 영국 회사를 위해 마련해준 유리한 협상에 대한 대가로 베를린으로부터 석 달에 한 번씩 정기적으로 받는 사례금의 일부였다는 것이었다. 염소 수염처럼 짧은 흰 턱수염을 기르고 코안경을 낀, 구식 원칙과 낡은 신념을 고수해온 티텔하임은 어째서 일면식도 없는 낯선 사람들을 자신의 진술 속에 끌어들여야 하는지 도통 이해하지 못했다. 그러나 이미 페두킨은 그를 설득할 한 가지 방책을 마련해놓고 있었다. 티텔하임은 오랫동안 저항한 후 영예롭게 죽기로 마음먹었지만, 옆방에서 들려오는 오싹한 비명 속에서 자기 외동딸의 목소리를 확인하게 되자 딸의 목숨을 살려주겠다는 약속을 받아낸 뒤 페두킨이 제시하는 모든 조건에 동의했고, 조서를 다 읽지도 않은 채 허겁지겁 서명했다(티텔하임의 가족에 관한 진실이 밝혀진 것은 여러 해가 지난 뒤였다. 어느 이동 수용소에서 아주 우연하게 노인은 긴즈부르그라는 이름의 여죄수로부터, 그가 수사를 받고 있을 때 그의 딸은 이미 불귀의 객이 되어 있었다는 놀라운 사실을 알게 되었다).

그 두 사내와 노프스키 사이에 대질심문이 이루어진 것은 오월 중순이었다. 노프스키가 느끼기에는 파레샨에게서 보드카 냄새가 나는 것 같았다. 그는 두툼한 혀를 놀려 노프스키를 향해 형편없는 러시아어로, 오랜 세월에 걸친 그들의 협력에 관한 환상적인 사항들을 조목조목 나열했다. 파레샨의 진지한 분노를 보며 노프스키는, 자백을 받아내는 데 귀재인 페두킨이 파레샨의 경우에는 모든 모범적인 심문의 목표인 '공모'라는 이상적인 수준까지 이뤄냈다는 것을 알아차렸다. 페두킨의 창조적인 천재성 덕분에 파레산은 그런 허구를 뒤엉켜 있는 사실들의 타래보다 더 사실적이고 생생한 실재로 받아들였고, 그런 허구를 참회나 증오 같은 감정적인 요소들로 채색했음이 분명했다. 먼 사후의 세계에 시선이 쏠려 정신이 나간 티텔하임은 자신이 서명한 조서에 진술된 자세한 내용을 기억해낼 수 없었고, 그래서 페두킨은 그에게 훌륭한 행동 규칙을 엄하게 깨우쳐주었다. 티텔하임은 돈의 액수를 느릿느릿 기억해냈고, 무수한 숫자와 장소와 날짜를 느릿느릿 나열했다. 노프스키는 마지막 구원의 기회가 점차 멀어지고 있고, 페두킨이 모든 죽음들 가운데서 가장 불명예스러운 죽음을, 즉 유다처럼 은 서른 냥에 자신의 영혼을 판 강도로서 생을 마감하게 되는 그런 죽음을 자기에게 예비해놓았다는 것을 직감했다(이것이 단지 노프스키한테서 진심 어린 협력을 얻어내기 위해 페두킨이 사전에 의도한 계획의 일부였는지, 아니면 불명예스러운 죽음에 대해 손사래를 치는 자를 염두에 둔, 또 한 번의 기소장 수정에 불과했는지는 영원한 비밀로 남게 될 것이다).

그날 밤 대질심문 뒤에 노프스키는 다시 자살을 기도했고, 그로써 전설적인 명예의 일부를 살려냈다. 그러나 교도관들의 경계의 눈초리와 개 뺨칠 정도의 청력은 죽어가고 있는 자의 감방에서 들려오는 안도의 한숨에서 어떤 미심쩍은 소리를 감지했다. 노프스키는 동맥이 절단된 채 병원 수감실로 옮겨졌으며, 거기서 줄기차게 붕대를 잡아 뜯었다. 그는 정맥

주사로 영양을 공급받았다(이 역시 노프스키의 최종적인 제거를 향한 순차적인 조치였다).

그런 완강함 앞에서 페두킨은 한발 물러섰다. 그는 (먼젓번 고소장에 근거해) 노프스키를 음모 집단의 지도자로 지목했다. 미래의 핵심 파괴 분자들로 추정되는 자들(이들은 페두킨의 감독 아래 소집되었다)과 함께 차례로 대질심문을 받는 과정에서 노프스키는 시체의 눈처럼 공허한 난시의 눈으로 응시하는 겁먹은 낯선 얼굴들 속에서, '그와 함께 군수 산업과 관련된 매우 중요한 시설물을 날려버릴 대담한 계획을 모의했던' 사람들을 알아볼 수 있었다. 노프스키는 암기한 시나리오에 씌어 있었던 몇 가지 사항들까지도 덧붙였다. 마침내 노프스키에게서 유능한 동료의 모습을 발견하게 된 페두킨은 얽히고설킨 기소장 원고의 몇 가지 모순점과 비일관성을 매끈하게 다듬는 작업을 노프스키 개인에게 일임했다(여기서 노프스키는 제정 러시아 시대의 감옥에서 얻은 오랜 체험, 그리고 예리한 검사들과의 싸움에서 얻은 요령을 십분 활용했다).

이런 순조로운 협력의 과정에 단 한 번 흠집이 났는데, 그것은 노프스키가 라비노비치라는 자와 대질심문을 벌인 오월 말의 일이었다. 아이 아이 라비노비치는 아주 옛날 파블로그라드 시절부터 쭉 노프스키의 정신적 조언자 역할을 해온 사람이었다. 또한 그는 노프스키에게서 재능을 발견하고 그에게 폭탄 제조 비법을 전수한 기술자였다. 여러모로 노프스키는 이삭 라비노비치 아래서 비정규적이지만 누구 못지않은 교육을 받았다. 그는 청년 노프스키에게 조언과 전문(기술) 서적을 제공했을 뿐 아니라, 또한 자신의 중재와 신망을 통해 수차례 그를 구출하고 그를 위해 많은 보석금을 물었다(1910년경 페트로그라드를 뒤흔들었던 몇 차례 폭발 사건으로 인한 지옥 같은 참사는 당연히 라비노비치에게 의혹의 눈길이 쏠리게 만들었고, 한동안 그를 지나칠 정도로 재능 있는 제자에게서 떼어놓았다). 노프스키는 라비노비치에 대해 키워온 진실한 존경심의 발로인 듯, 그에게서 입은 많은 호의를 내전 기간 동안 갚는 데 성공했다. 즉 노프스키는 라비노비치를, 폭발물 제조 비법을 알고 있다는 이유로 그를 잠재적인 암살자로 지목하고 몹시 의심했던 열성적인 체키스트들의 마수로부터 구해냈다. 그러나 노프스키와 라비노비치의 관계는 무엇보다 사랑의 관계, 이상적인 아버지가 자신과 비슷한 기질을 가진 어느 청년을 만나게 되고 그 청년의 내면에서 자신의 은밀한 소망을 발견하게 된다는 어느 시시한 동화 속에 나오는 것과 같은 그런 관계이지 않았나 싶다. 노프스키는 라비노비치와 관련된 기소장에 서명하기를 거부했다(그러나 기소장의 라비노비치에 대한 언급은, 태생, 인종, 환경 등 그의 프로필 때문에 수사에서 일차적인 중요성을 지녔다). 이렇게 되자 페두킨은 마지막 카드를 꺼냈다. 그는 책상 서랍에서 파레샨과 티텔하임의 진술서가 포함된 문건을 꺼냈다. 그새 그 문건은 거대한 공금횡령으로 불리는 사건의 추가 가담자 세 명한

테서 새로운 세부 진술과 자백을 받아냄으로써 두툼해져 있었다. 그들 세 사람은 모두 노프스키를 주모자로 지목했고, 그의 혁명적인 활약상을 돈과 재물에 대한 부도덕한 탐심으로, 또 그의 전설적인 고행을 희극적인 가면과 속임수로 일축하면서 그의 인격에 관해 속속들이 묘사했다. 몇몇 진술은 노프스키의 초기 파리 시절과 페트로그라드 시절을 언급하면서, 그가 오흐라나의 깊숙한 금고에서 타낸 돈으로 값비싼 중절모와 붉은 조끼를 산 게 분명하다는 식으로 그 젊은 혁명가의 사치스러운 생활을 분명히 암시했다.

노프스키는 자신에게 아무런 선택권도 없음을 깨달았다. 페두킨에게서 대가를 받는 조건으로 그는 라비노비치 교수가 폭탄을 만드는 데 자신과 협력해왔다는 취지의 진술서에 서명했다. 유산탄과 뇌관의 종류, 화약 · 다이너마이트 · 등유 · 티엔티의 파괴력, 위장 폭탄의 설치 장소와 방법, 특정 조건 아래서의 폭탄의 파괴력, 이 모든 사항을 노프스키가 직접 구술해 진술서에 넣었다. 페두킨은 그 대가로 노프스키가 보는 앞에서 취조실의 큰 무쇠 난로 속에 횡령범과 투기꾼 무리에 관한 음해성 문서(이제는 필요 없게 된)를 던져 태워버렸다.

사월 중순, 스무 명이 연루된 핵심 파괴 분자들에 대한 재판이 비공개로 열렸다. 스나세레프라는 사내의 증언에 따르면 노프스키는 종종 있는 특유의 건망증에도 불구하고 정열을 갖고 변론했으며, 스나세레프는 이러한 열정을 높은 체온 탓으로 돌렸다.

'그것은 내가 아는 한 그의 정치 연설들 중 최고였다' 고 그는 악의 없이 덧붙였다(노프스키가 언변이 부족한 사람이라는 잘못된 소문을 노골적으로 지적하면서——한편 그런 소문은 노프스키로 명명된 신화의 파괴를 알리는 최초의 조숙한 징조였다). 이 공판에 참석했던 또 다른 생존자(카우린)는 노프스키가 여러 달에 걸친 심문 과정에서 당한 무서운 고문에도 불구하고, '우리 모두를 제압했던' 그 날카로움을 조금도 잃어버리지 않았다고 칭찬했다. 그는 또 이렇게 말했다.

"그 옛날 그는 빠르고 총기 넘치는 눈을 가진 기민한 사람이었습니다. 하지만 이제 그는 발을 질질 끌며 걷고, 말라비틀어졌으며, 눈은 움푹 패었고, 때로는 완전히 실성한 사람처럼 보입니다. 그는 온전한 인간이 아니라 유령처럼 보입니다. 적어도 그가 입을 열기 전까지는요. 입을 열자마자 그는 다시 인간이 아니라 악마로 돌변합니다."

그러나 여기서 인정하지 않으면 안 될 것은, 이 공판에서 노프스키가 맡은 역할이 국제 노동연맹과 망명 언론에 의해 상당 부분 사전에 결정되어 있었다는 사실이다. 그들은 이 공판 자체에 혁명가들과 하등 관계가 없는 경찰 끄나풀들이 위장 잠복을 하고 있다고 주장했다. 그래서 의분이 격동한 노프스키는, 그의 전기와 그의 최후를, 그가 제일 염려했던 결말이자 그 몇 달 동안 생과 사의 피맺힌 싸움을 벌여가면서까지 그가 피하고자 했던 결말로 되돌릴 위험이 있는 멘셰비키들과 국제 노동연맹의 이런 주장들을 분쇄하려 애쓰면서 그들을 향해 자신의 치명적인 화력을 가진 웅변의 총을 겨누었다.

국가 반역죄에 관한 전문가인 정부 측 검사 브이 엔 크리첸코는 처음 다섯 명의 피고에 대해서는 가장 무거운 처벌을 구형했지만, 카우린이 말하는 것처럼, 마무리 발언에서 '노프스키를 시궁창으로 끌어들이지는' 않음으로써 모두를 놀라게 했다(필자로서는 이 공판에서 노프스키의 역할이 그 정도 가격에 구매되었던 것이라고 생각하게 된다). 어떤 점에서 그는 노프스키의 인격을 신뢰하기까지 했다. 노프스키는, 수사에 대한 그의 진정한 협조를 통해 입증되었듯이, 모든 난관에도 불구하고 끝까지 일관성을 유지했다는 이유에서였다. 크리첸코는 노프스키가 어느 숙명적인 전환점에서 반혁명과 국제적인 부르주아 음모에 사상과 신념을 바쳤고, 그런 신념을 줄곧 광신적으로 지켜왔다는 점을 강조한 뒤 그를 '구닥다리 혁명가'라고 비아냥거리기까지 했다. 그런 노프스키의 도덕적인 일탈을 과학적으로 설명하려고 애쓰면서 크리첸코는 피고의 소부르주아적 출신 성분과, 그로 하여금 정치보다 문학 나부랭이에 더 관심을 갖게 만들었던, 서방 세계로의 잦은 외유가 끼친 파멸적인 영향 속에서 그 실마리를 발견했다. 라비노비치 노인은, 반쯤 장님이 된 채 괴혈병으로 몸져누워 있던 콜리마 병원에서 숨을 거두기 전 타우베 박사에게, 공판이 끝난 뒤 법정 대기실에서 노프스키와 만났던 일을 이야기했다. 그는 노프스키에게 이렇게 말했다고 한다.

"보리스 다비도비치, 나는 당신이 혹시 미친 것이 아닌지

두렵소. 설마 최후 변론으로 우리 모두를 매장시키려는 것은 아니겠지요?"

노프스키는 조롱의 그림자와도 같은 좀 기이한 표정을 지으면서 이렇게 대꾸했다고 한다.

"이삭 일리치, 당신은 유대인들의 장례 풍습을 잘 알고 있을 겁니다. 회당에서 묘지로 시체를 옮기려고 준비할 때, 주의 종이 망인에게 몸을 숙인 채 그의 이름을 부르고, 커다란 목소리로 그를 향해 '네가 죽었다는 것을 알지어다!' 라고 외치는 것을요."

노프스키는 잠시 뜸을 들였다가 이렇게 덧붙였다고 한다.

"정말로 훌륭한 풍습 아닙니까?"

감사의 표시로, 그리고 아마도 살아 있는 인간으로서 할 수 있는 최선의 것을 죽음으로부터 건져 올렸다고 확신하여, 노프스키는 최후 변론에서, 지은 죄를 생각해볼 때 자신은 사형을 언도받아 마땅하고, 검사의 결정이 너무 가혹하다고 생각하지 않으며, 목숨을 구하기 위해 항소하는 일 따위는 하지 않겠다고 주장했다. 그는 흔들거리는 교수대의 올가미는 수치스러운 것으로 여겨 거부했고, 사격 분대 앞에서의 죽음을 명예롭고 이상적인 행복한 결말로 간주했다. 그러나 이런 도덕적 맥락을 차치하더라도 틀림없이 그는 자기가 강철탄환과 납탄환에 의해 죽기를 어떤 높은 정의가 바라고 있다고 생각했을 것이다.

그러나 그들은 그를 죽이지 않았다(삶보다 죽음을 선택하기가 더 어려운 것처럼 보인다). 그는 '시커먼' 빵을 씹으면서 일 년을 더 보낸 뒤 다시 고된 유형 길에 오르게 된다. 1934년 초 우리는 돌스키(이 이름은 그가 차르의 감옥에 마지막으로 투옥되었을 때 직접 지은 것이다)라는 이름을 사용하고 있는 그를 막 식민화된 투르가이에서 발견하게 된다(그러나 이런 개명 속에서 미래에 대한 메시지, 반항과 도발의 기호를 찾을 필요는 없을 것이다. 왜냐하면 노프스키는 주로 실용적인 동기에 의해 움직였기 때문이다. 그의 신분증 가운데 일부에는 노프스키라는 이름이 여전히 남아 있었다). 같은 해에 그는 정부로부터 훨씬 더 먼 곳, 악튜빈스크[137]에 정착해도 좋다는 허가를 받아냈다. 그곳에서 그는 의심 가득한 눈초리로 쏘아보는 원주민들에게 둘러싸여 어느 사탕무 농장에서 일했다. 십이월에 그의 누이는 그를 방문해도 좋다는 허가를 받았고, 병든 그를 보았다. 노프스키는 신장이 아프다고 호소했다. 한편 그때까지도 그는 녹슬지 않는 주석으로 만든 영구 틀니를 하고 있었다(타우베 박사의 주장처럼 정말 그의 이가 심문 과정에서 부러진 것인지는 단정하기 어렵다). 노프스키는 모스크바 이주 허가를 받기 위해 힘써보겠다는 누이의 제안을 거절했다. 그는 육안으로 속세를 보길 원치 않았다. 그녀는 이렇게 쓰고 있다.

'이른 새벽, 동생은 죽음을 기다리고 있었다. 바로 그때 그의 체포가 이루어졌다. 뻣뻣한 몸과 흐리멍덩한 눈으로 그는 평소에 잠가두지 않는 문 쪽을 쳐다보고 있었다. 새벽 세 시가 지났을까? 그가 갑자기 기타를 집어들더니 도무지 뜻을 알 수 없는 노래를 작은 소리로 불렀다. 동생은 환청 증세까지 얻어, 현관에서 사람의 목소리와 발소리가 난다고 착각하기도 했다.'

(그 몇 년 동안 모스크바에서는 이런 이야기가 나돌았다.

"우리의 노프스키는 뭘 하고 있는 거야?"

"그는 건포도 잼을 넣은 차를 마시면서 기타로 〈인터내셔널가〉를 연주하고 있지."

"단, 소음기를 단 채로 말이야."

어떤 이가 짓궂게 덧붙였다.)

노프스키가 1937년 혹한의 겨울에 다시 체포되어 알지 못하는 곳으로 끌려갔다는 사실은 잘 알려져 있다. 이듬해에 우리는 머나먼 인술마에서 그의 흔적을 발견하게 된다. 그가 쓴 마지막 편지에는 솔로베츠키 섬[138] 인근에 있는 켐 지방의 소인이 찍혀 있다.

노프스키 개인사의 연장부와 결말부는 카를 프리드리히호비치의 진술에 근거한 것이다(다만 그는 노프스키를 돌스키가 아니라 포돌스키로 잘못 부르고 있다). 먼 북빙양의 노릴스크가 사건의 무대로 설정되어 있다.

노프스키는 불가사의하게, 묘연히 수용소에서 사라졌다.

필시 감시탑의 헌병들과 기관총, 그리고 독일 군견들을 하나같이 맥 못 추게 만든 끔찍한 눈보라가 휘몰아쳤던 그 며칠 중의 하루에 일어난 일이었을 것이다. 추적자들은 '푸르가'[139]가 잠잠해지기를 기다렸다가, 군견들의 피에 굶주린 본능에 의지해 탈주자 수색에 나섰다. 사흘 동안 재소자들은 '밖으로 집합!' 이라는 명령이 떨어지기를 헛되이 기다렸다. 군견들은 사흘 동안 거품을 문 채 씩씩거리면서, 녹초가 된 수색대원들을 푹푹 빠지는 눈 더미 위로 끌어당기고, 몸에 채워진 철제 개목걸이로부터 벗어나려고 발버둥을 쳐댔다. 넷째 날 교도관 한 명이, 철공소 인근에 있는, 불순물들을 액체 상태로 완전히 용해시키는 거대한 용광로 옆에서 수염이 텁수룩한 유령 같은 얼굴로, 몸을 녹이고 있는 노프스키를 발견했다. 그들은 그를 포위하고 경비견들을 풀었다. 개 짖는 소리를 따라 추적자들이 주물 공장 안으로 들이닥쳤다. 화염으로 얼굴이 환히 밝혀진 채 탈주자는 용광로로 올라가는 사다리 꼭대기에서 있었다. 열성적인 교도관 한 명이 사다리를 오르기 시작했다. 그가 가까이 다가가자 탈주자는 펄펄 끓는 쇳물 속으로 뛰어들었다. 교도관들은 바로 코앞에서 그가 사라지는 것을 넋 놓고 보아야 했다. 자신들의 명령에 아랑곳하지 않고 군견들로부터, 추위로부터, 열기로부터, 형벌로부터, 양심의 가책으로부터 벗어나 한 줄기 연기로 피어오르는 노프스키를…….

이 용감한 사나이는 1937년 십일월 이십일 일 오후 네 시에 세상을 떠났다. 담배 몇 대, 칫솔 한 개가 유품의 전부였다.

1956년 유월 말, 유구한 영국의 훌륭한 전통에 따라 여전히 유령의 정체를 믿는 듯한 런던의 《타임스》는 모스크바의 크렘린 담장 부근에서 노프스키가 목격되었다고 대서특필했다. 목격자들이 철제 틀니로 그의 신원을 확인했다고 했다. 이 뉴스는 음모와 스캔들에 목말라 있던 모든 서구 부르주아 언론을 통해 퍼져 나갔다.

개들, 그리고 책들

필리프 다비드에게

서력 기원 1330년 열두 번째 달의 스물세 번째 날, 존경스런 교부이자 신의 은총으로 충만한 파미에르의 주교 몬시뇨르[140] 자크의 바짝 곤두서 있는 귀에 몇 가지 소식이 들려왔다. 독일에서 탈출한 피난민이자 과거에 유대인이었던 바루흐 다비드 노이만이 유대교의 맹목성과 배신행위를 청산하고 기독교로 개종했다는 것, 또 충직한 파스투로[141]가 개종을 요구하던 박해 시기에 툴루즈[142] 시에서 그가 성스러운 세례식을 받아들였다는 것, 그런 뒤 그 바루흐 다비드 노이만이 마치 '토해낸 것을 도로 삼키는 개처럼' 파미에르 시에서 그 후로도 계속 다른 유대인들과 더불어 유대인 식으로 살면서 불경스럽기 짝이 없는 이단 종교와 자신의 옛 유대 관습으로 돌아갔다는 것 등이었다. 대주교는 이야기를 다 들은 뒤, 그를 체포해 지하 감옥에 처넣으라고 명령했다.

마침내 주교는 그를 자기에게 데려오라고 명령했고, 바루흐 노이만은 왼쪽 문을 열면 고문실로 통하게 되어 있는 주교용 대집무실에서 그의 앞에 나타났다. 몬시뇨르 자크는 바루흐를 데리고 올 때 고문실을 통과할 것, 그래서 신이 성스러운 믿음에 대한 봉사와 인간 영혼을 구원하기 위해 우리의 손에 은총으로 허락한 갖가지 연장들을 그에게 보여줄 것을 명했다.

몬시뇨르 자크는 카르카손 이교도 심문관의 대리인인 포미에의 제라르 수사를 자기 조수로 옆자리에 앉혀놓았다. 또 그곳에는 파미에르의 종교재판소 판사인 베르나르 페세시에 박사와 유대인 학자 다비드 트루아 박사가 와 있었다. 트루아는 바루흐가 뻔뻔스럽게 교리와 율법을 물고 늘어질 경우에 대비해 주교의 통역관 자격으로 그 자리에 불려 온 것이었다. 바루흐는 구약, 유대인 율법, 그리고 '악마의 책'*에 통달한 전문가로 익히 알려져 있었기 때문이다.

---

* '악마의 책' 이란, 그 이름 못지않게 유명한 탈무드를 지칭하는 유명한 메타포들 가운데 하나일 뿐이다. 서력 기원 1320년 교황 요한네스 22세는 이 이단 서적의 사본을 모조리 압수해 장작 더미 위에서 태우라고 명령했다. 당시 기독교 군도(群島) 전역의 세관 통행로에서 군인들이 실크, 가죽, 향신료 같은 밀수품들을 샅샅이 뒤져가며 그러한 물품들에는 관심을 쏟지 않은 채(개인적인 욕심을 부리는 경우를 제외하고는) 유대인 대상(隊商)들을 수색하고, '악마의 책' 의 글자 냄새를 맡는 신기(神技)를 지닌 성 베르나르의 개들이 턱수염 무성한 상인들의 미끄러운 카프탄에 코를 들이대고 킁킁거리거나 놀란 부녀자들의 스커트 아래로 주둥이를 처넣었던 일은 잘 알려져 있다. 결국 개들은 심각한 공수병을 일으켜 기독교도 상인들

따라서 몬시뇨르 자크는 위에서 이야기된 모든 것에 관해 바루흐에게 물어보기 시작했다. 그 유대인은 일차적으로 자신에 관해서뿐만 아니라 참고인으로 거명될, 살아 있거나 고인이 된 타인들에 관해서도 오직 진실만을 말할 것을 맹세했던 것이었다.

서약의 절차를 마친 다음 그는 다음과 같이 진술하고 자백했다.

"올해(지난 목요일로 그 사건이 일어난 지 정확히 한 달이 됐습니다) 투철한 신앙심의 파스투로들이 장검, 투창, 채찍으로 무장하고 염소 가죽으로 만든 십자가를 윗옷에 꿰맨 채, 반역의 깃발을 휘날리고 유대인들의 씨를 말리겠다고 협박하면서 그르나드[143]에 도착했습니다. 유대인 청년 살로몬 부다스는 그르나드의 위대한 수호자가 유대인 율법사 엘리자르와

까지 물어뜯기 시작했으며, '악마의 똥' 이라고 민간에 알려진 카망베르 치즈와 말린 생선을 카탈루냐에서 밀수하고 있던 선량한 순례자, 사제, 수녀의 옷자락 아래로까지 주둥이를 디밀어대기 시작했다. 그러나 탈무드에 대한 수색은 이것만으로 끝나지 않았다. 1336년 '앙 페르en fer' (무쇠로 만든)라는 별명을 가진 사나이 장기만 해도 그 죄스러운 책을 마차 두 대 분이나 태웠다. 그러나 유감스럽게도 그 전과 후의 그의 활동에 대해서는 현대의 연구자들에게 알려져 있지 않다. 이 '앙 페르' 장 기는(그의 적들 가운데 일부는 그런 별명이 주는 음성적 연상과 질투심에 사로잡혀 심지어 그것을 지옥을 뜻하는 '앙페르Enfer' 로 발음하고 쓰기까지 했다) 필요 이상으로 열심히 했던 것 같다. 그는 교황이 내린 공식적인 지침에서 벗어나 탈무드 외에 다른 책들과 사람들까지 불태우기 시작했던 것이다. 그 결과 한동안 그는, 그를 대단히 두려워했고 교황과 신의 지침에 따라 행동했던 성직자들에게서 박해를 당했다. 그러나 '앙 페르' 장 기가 이런 피비린내 나는 싸움에서 승리했고 그의 적수들 대부분이 화형에 처해졌다는 것은 잘 알려진 사실이다. 훗날 그는 자신의 승방에서 개들과 책들에 둘러싸인 채 반미치광이 상태로 죽었다고 전해진다.

함께 있는 것을 발견했고(엘리자르는 그의 서기였습니다), 훗날 제가 그에게 들은 바로는, 그 수호자에게, 광신적인 파스투로들에게서 자신을 보호해줄 의지가 있는지를 물었더랍니다. 수호자는 그렇게 하겠다고 말했답니다. 그러나 그곳에 도착하는 파스투로의 수가 점점 더 늘어나고 그들이 기독교도들과 세도가들의 저택까지 뒤지기 시작하자 수호자는 살로몬에게 자신은 더 이상 그를 보호해줄 수 없다고 말하면서, 가론강[144]에서 보트를 타고 베르됭으로, 그의 친구가 살고 있는 보다 크고 안전한 성으로 피신하라고 충고하더랍니다. 그래서 살로몬은 보트를 타고 베르됭을 향해 내려갔습니다. 하지만 파스투로들이 둑에서 그를 발견했고, 보트 한 척과 노를 구해 그를 물에서 끌어내고 포박한 다음 그르나드로 끌고 갔습니다. 그들은 개종하지 않으면 죽여버리겠다고 줄곧 그를 윽박질렀습니다. 이마에 손을 얹은 채 이 모든 광경을 강둑 위에서 지켜보고 있던 우리의 위대한 수호자는 그들에게 다가가, 만일 살로몬을 죽이면 수호자 자신의 목을 베는 것이나 다름없다고 말했고, 그들은 그렇다면 소원을 들어주겠다고 대꾸했습니다. 그 모든 얘기를 들은 살로몬은 어떤 경우든 수호자가 자기 때문에 다치는 것은 원치 않는다고 말했고, 그래서 파스투로들에게 자기한테 원하는 게 뭐냐고 물었습니다. 그들은 똑같이 말했습니다. 개종하든지 죽든지 선택을 하라는 것이었습니다. 살로몬은 차라리 개종하겠다고 선언했습니다. 예식 절차를 잘 알고 있는 젊은 사제 한 명이 함께 있었기 때문에 즉시 그들은 시커먼 가론 강물 속에서 율법사 엘리자르와 그에게 세례식을 베풀었습니다. 신실한 여인 두 명이 염소 가죽 십자가를 그들의 옷 위에 꿰매주었고, 그런 뒤 그들은 풀려났습니다.

이튿날 살로몬과 엘리자르는 저를 만나러 툴루즈로 찾아왔고, 사건의 전말을 들려주면서, 자신들이 개종했으나 자유의지로 그런 것은 아니기에 만약 할 수만 있다면 원 상태로 돌아가고 싶다고 말했습니다. 그들은 또한, 어느 날 창조주가 당신의 자비로써 자기들의 눈을 뜨게 하여 새 율법이 옛날 것보다 낫고, 새로운 믿음의 날개 안에 거할 때 영혼이 타인과 동물에 대해 죄를 덜 저지른다는 것을 보여준다면 자기들은 자유의지로, 또 진심으로 개종을 받아들일 것이라고 말했습니다. 저는 그들에게 무슨 위로의 말을 해야 할지 모르겠다고 대답했습니다. 결국 저는 그들에게, 만일 그들의 영혼이 기독교의 법에서 풀려난다면 어떤 벌도 받지 않고 유대교의 품 안으로 돌아갈 수 있을 것이며, 틀림없이 그들에게 도움의 말과 사면을 베풀어줄, 툴루즈 이교도 심문관의 보좌관 레몽 레나크 신부에게 내가 자문을 구하겠다고 답했습니다. 그런 다음 저는 아쟁[145] 출신의 유대인 보네옴과 함께 레몽 신부와 툴루즈 이교도 심문관의 서기인 자크 마르케즈 변호사를 찾아갔습니다. 저는 살로몬에게 닥친 불행을 얘기했고, 자기 의지와 바람에 반하는 개종이 적법한지, 또 생명의 원초적인 위기 속에서 받아들여진 믿음이 과연 가치가 있는 것인지를 물었습니다. 그들은 저에게 그런 개종은 무효라고 말했습니다. 그 즉시 저는 살로몬과 엘리자르에게 돌아가, 그들의 개종은 진정한 신앙의 힘을 갖고 있지 못하며, 따라서 모세의 신앙으로 돌아가도 상관없다고 레몽 신부와 자크 변호사가 분명히 말했다고 전했습니다. 그러자 살로몬은 결국 자신의 심복을 툴루즈 시 참의원의 수하에게 보내, 이 개종의 효력에 관한 로마 교황청의 의견을 받아 오게 했습니다. 살로몬은 유대교로 복귀하는 것이 표리부동한 행위로 해석되지 않을까 염려했던 것입니다.

이 모든 일을 거쳐 살로몬과 엘리자르는 모세의 신앙으로 복귀했고, 탈무드의 규례에 따라 뾰족한 가위로 손톱과 발톱을 깎고 삭발을 했으며, 이방 여인이 유대인 남자와 혼인하기 전에 율법에 따라 몸과 영혼을 씻듯이 전신을 샘물로 씻었습니다.

그 다음 주에 툴루즈 부시장 알로데 씨가 마차 스물네 대에 달하는 민간인과 파스투로를 체포했습니다. 이들은 카스텔사라잭[146]과 그 일대에서 다양한 연령층의 유대인 152명을 살해한 혐의를 받고 있었습니다. 그들을 실은 마차가 나르본[147]에 있는 어느 백작의 성에 도착해 마차 스무 대가 이미 대문 안으로 들어섰을 때, 툴루즈 주민들이 떼를 지어 그곳으로 몰려들었습니다. 뒤쪽의 마차들에 탄 파스투로들은 자신들이 하늘 끝까지 복수를 외쳐대는 그리스도의 피를 위해 보복했을 뿐 아무 죄도 짓지 않았는데 이렇게 감옥으로 끌려가고 있다고 투덜대면서 시민들에게 도움을 호소하기 시작했습니다. 그러자 불의가 자행되고 있다고 생각한 격노한 군중은 칼을 들어 그 보복자들을 결박하고 있던 밧줄을 끊었고, 그들을 마차에서 끌어낸 다음 그들과 함께 목청이 터져라 외쳐대기 시작했습니다. '유대인 놈들을 죽여라!' 그러고는 유대인촌으로 물밀듯이 쳐들어갔습니다. 엄청난 수의 사람들이 채찍만큼이나 가혹한 무지와 칼날만큼이나 예리한 증오심으로 무장한 채 저의 방으로 쳐들어왔을 때 저는 읽고 쓰느라 분주한 상태였습니다. 그들의 눈에 핏발이 서게 만든 것은 저의 비단옷이 아니라 책장에 꽂혀 있던 책들이었습니다. 그들은 비단옷은 자기들의 망토 안에 둘둘 말아 넣었고, 책은 마루 위로 내던져, 제가 보는 앞에서 발로 짓이기고 갈가리 찢어놓았습니다. 가죽으로 제본되고 번호가 매겨진, 박식한 학자들에 의해 씌어진 책들이었습니다. 만일 그들이 그 책들을 읽었다면 그 안에서 당장 저를 죽여야 할 이유를 수천 개나 발견할 수 있었을 그런 책들이며, 또한 만일 그들이 그 책들을 읽었다면 그 안에서 자신들의 증오심을 삭일 수 있는 진통제와 치료제를 너끈히 얻을 수 있었을 그런 책들이었습니다. 저는 그들에게 단 한 권만이 위험할 뿐 나머지는 위험하지 않으니 책을 찢지 말라고 부탁했습니다. 또 단 한 권의 책을 읽으면 분노와 증오심으로 무장한 우악함에 이르게 되지만, 많은 책을 읽으면 지혜에 이르게 되니 책을 찢지 말라고 부탁했습니다. 그러나 그들은 신약 성경 안에 모든 것이 적혀 있고, 모든 시대의 모든 책들이 들어 있으며, 다른 책들 전부를 합친 것보다 많은 내용이 담겨 있으니 다른 책들은 불태워져 마땅하다고 말했습니다. 설령 그 '한 권'에 들어 있지 않은 무엇이 다른 책들에 있다고 할지라도, 그것들은 이단일 것이므로 더더욱 불태워져야 한다는 것이었습니다. 자기들에게 학자의 충고 따위는 필요 없다면서 그들은 이렇게 소리쳤습니다.

'개종해라. 그렇지 않으면 네놈이 모든 책에서 얻은 지혜가 네놈의 뒤통수 밖으로 튀어 나가게 만들어줄 테다!'

이 같은 군중의 맹목적인 분노를 목격하고, 또 그들이 개종을 거부하는 유대인들(어떤 이들은 믿음 때문에, 또 어떤 이들은 때때로 위험을 초래하는 자존심 때문에)을 제 눈앞에서 죽이는 것을 본 뒤, 저는 죽임을 당하느니 개종을 당하겠다고 대답했습니다. 어쨌든, 존재의 순간적인 고통조차 무의 궁극적인 공허보다는 소중한 것 아니겠습니까? 그런 다음 그들은, 실내복을 외출복으로 갈아입는 것조차 허락하지 않고 저를 우악스럽게 낚아채 집 밖으로 밀어내더니, 생테티엔 성당으로 끌고 갔습니다. 두 사제가 교회 앞마당에 나동그라져 있는 유대인의 시체 몇 구를 보여주었습니다. 몸뚱이는 넝마로 변해 있었고, 얼굴은 피범벅이었습니다. 이어서 그들은 교회 앞에 놓인 바위 하나를 가리켰습니다. 그 광경을 보고 저는 돌같이 굳어버렸습니다. 바위 위에는 피투성이의 공을 닮은 심장 하나가 놓여 있었던 것입니다. 그들은 제게 말했습니다.

'똑똑히 보아라, 이것이 개종을 거부한 무리 중 한 놈의

심장이다.'

군중이 그 심장 주변에 몰려들어 놀라움과 역겨움을 느끼며 그것을 쳐다보았습니다. 제가 보지 않으려고 눈을 감았을 때 주변에 있던 자들 가운데 누가 돌멩이인지 채찍인지로 제 머리통을 후려갈기면서 빨리 결정을 내리라고 윽박질렀습니다. 저는 개종할 거라고, 하지만 내 친구들 중에 '튜턴인' 이라는 별명을 가진 신부 장이 있으며 그가 내 대부가 되기를 바란다고 말했습니다. 저는 가장 좋은 친구이자 예전부터 신앙 문제에 대해 긴 대화를 나누어온 상대인 장 신부의 손에 제가 맡겨지기를 희망하면서, 또 어쩌면 그의 도움으로 개종하지 않고도 죽음을 면할 수 있을지 모른다는 희망을 품고서 그렇게 말했습니다.

두 명의 젊은 사제가 저를 교회 밖으로 데리고 나가 튜턴인 장의 집까지 함께 가주기로 했습니다. 그가 직책상 그들의 선임자였으므로 그들은 혹시 그에게 누를 끼치지 않을까 염려했던 것입니다. 우리가 교회 밖으로 나오니 타는 냄새가 진동했고, 유대인촌 위로 솟아오르는 화염이 보였습니다. 그 순간 저의 눈앞에서 스무 살의 유대인 청년 아세르가 도륙당했습니다. 이런 말도 들렸습니다.

'이 녀석은 너의 가르침과 너의 예법을 따랐던 자다.'

타라스콩[148] 출신이었음을 제가 나중에 알게 된 또 다른 젊은이를 가리키면서 그들은 말했습니다.

'네가 꾸물거릴수록 너의 가르침에 의탁하고 너의 예법을

따르는 자들이 죽게 된다.'

그러고 나서 그들은 청년을 놓아주었고, 청년은 제가 서 있는 쪽으로 얼굴을 땅에 박고 쓰러졌습니다. 제가 여전히 한마디도 하지 않자 그들은 청년의 등을 숨이 끊어질 정도로 세게 내리쳤습니다. 교회 앞에 모여 그 장면을 목격한 툴루즈 시민들은 두 호송인에게 제가 이미 개종했는지 물었고, 그들은 아니라고 대답했습니다. 교회를 나서면서 제가 그들에게, 길을 가는 중에 누가 묻거든 내가 개종했다 말해달라고 미리 부탁을 했건만 그들은 거절했던 것입니다. 군중 틈에서 누군가가 저의 머리를 채찍으로 후려갈겼고, 그 순간 저는 머리에서 눈알이 튀어나오는 줄만 알았습니다. 저는 맞은 부위를 손으로 만져보았습니다. 피는 나지 않고 그냥 부어 있었습니다. 경험상 붕대나 약, 또는 진통제 따위를 쓰지 않고도 저절로 나을 만한 상처였습니다. 그들은 계속 유대인들을 죽였고 저는 유대인들의 비명 소리를 들었습니다. 그러자 두 명의 사제는, 제가 거리에 발을 들여놓기도 전에 죽임을 당할 것이 뻔하다는 이유로, 군중의 분노로부터 저를 보호하거나 '참회자의 집'까지 저를 데려다줄 수 없다고 말했고, 이에 따라 저는 그들에게 조언을 구했습니다. 그들은 이렇게 일러주었습니다.

'우리 모두가 걷는 길로 걸으시오. 그래야 우리가 당신을 도울 수 있소.'

그들은 또 이렇게 덧붙였습니다.

'모든 사람들이 걷는 길이 아니면 가지 마시오.'

그들은 또 이렇게 말했습니다.

'많은 사람들이 당신의 예법을 따랐기 때문에 죽었소.'

그 말을 듣고 저는 대답했습니다.

'교회로 돌아갑시다.'

우리는, 양초가 탁탁 소리를 내며 타들어 가고 있고, 군중들이 신선한 피로 흠뻑 젖은 손을 들고 무릎을 꿇은 채 중얼중얼 기도를 하고 있는 교회 안으로 들어갔습니다. 그때 저는 두 사제에게 조금만 더 기다려달라고 부탁했습니다. 혹시 제 아들들이 끌려 오는 건 아닌지 확인하고 싶었던 것입니다.* 그들은 기다려주었습니다. 아들들이 나타나지 않자 그들은 제게 더 이상은 지체할 수 없으며, 개종을 할 건지 아니면 개종을 결심하지 못한 자들이 아직도 도살당하고 있는 교회 앞뜰로 나갈 건지 최종 결정을 내리라고 말했습니다.

그때 저는, 저의 좋은 친구들 가운데 한 명으로서, 저를 죽음과 개종에서 구해줄 수 있을지도 모르는 법원 집달관 피에르 드 사바르됭을 떠올리면서, 툴루즈의 주교님을 대부로 삼고 싶다고 둘러댔습니다. 그러나 저는, 주교님이 카스텔사라쟁에서부터 인솔한 파스투로들을 이끌고 바로 그날 도착했으

* 현대의 주석가들 가운데 한 명인 디베르누아는 이 문장을 이렇게 풀이하고 있다. '바루흐의 이 진술과 관련해 참고가 될 만한 어떤 정보도 문서상으로는 발견되고 있지 않으나, 나는 그것을 괴롭고 굴욕적인 세례 장면의 유보뿐 아니라 또한 일종의 지혜와 책략으로 해석하고자 한다. 만일 그의 아들들이 이미 세례를 피하는데 성공했다면, 학자 바루흐로서는 그것이 훗날 아들들에게 멸시받지 않을 수 있는 충분한 구실이 될 것이다. 또 만일 그들이 이미 처형되었다면, 그의 결정은 심적인 고통으로 힘을 얻게 될 것이고 그의 죽음은 속죄의 죽음과 비슷한 것이 될 것이다.'

며, 긴 여행의 노독으로 쉬고 있기 때문에 오실 수 없다는 말을 들었습니다. 교회에서 무릎을 꿇고 앉아 있던 사람들 중 몇 명이 자리에서 일어나더니, 사방에서 제 몸을 붙잡아 돌로 지어진 세례당 쪽으로 떼밀었습니다. 그들이 강제로 저의 머리를 물 속에 처박기 전, 저는 간신히 '주교님!' 하고 외칠 수 있었습니다. 그 뒤에는 저는 아무 말도 할 수 없었습니다. 그들 손에 제가 세례당의 성스러운 물 속에서 개처럼 익사당할 거라는 무서운 생각이 들 지경까지 그들이 한참 동안 저를 물 속에 처박아두고 있었기 때문입니다. 그런 다음 그들은 저를 돌계단으로 데려가, 거기서 이미 무릎을 꿇고 앉아 있는 사람들 틈에 강제로 무릎을 꿇게 했습니다. 저는 그곳에 사람이 얼마나 있었는지, 어떤 사람들이 있었는지 전혀 알지 못합니다. 바닥에 깔린 돌에 시선을 떨군 채 누구의 얼굴도 똑똑히 보지 못했으니까요. 실제로 그랬는지 아니면 제가 그렇게 생각하는 건지 모르겠지만, 사제는 세례와 관련된 예식들을 빠짐없이 집행했습니다. 그러나 사제가 세례식에 적당한 글귀를 읽기에 앞서 수사 한 명이, 고분고분 세례를 받지 않으면 죽을 것이라고 제 귀에 대고 속삭였습니다. 그래서 저는, 비록 속으로는 그렇게 생각하지 않았지만, 내가 지금 하고 있는 모든 일이 나의 자유의지에 의한 것이라고 확인해주었습니다. 그들은 저에게 요한 또는 장이라는 이름을 주었습니다. 제 곁에서 있던 사람들이 모두 자리에서 일어나 물러갔습니다.

모든 예식이 끝난 뒤 저는 두 수사에게, 저의 세간 가운데 남아 있는 게 있는지 보러 갈 수 있도록 집까지 동행해달라고 부탁했습니다. 그들은 자신들이 지쳤고 땀투성이라서 그럴 수 없다고 했고, 그 대신 자신들의 처소로 돌아가 저의 세례식을 축하할 겸 지하실에서 와인을 꺼내 같이 마시자고 제의했습니다. 저는 한마디도 하지 않고 술을 홀짝거렸습니다. 그들이 저에게 계속해서 시비를 걸어왔지만 저는 신앙 문제로 그들과 실랑이를 벌이고 싶지 않았습니다. 결국 그들은 무엇이 남아 있는지 보기 위해 제 집까지 같이 가주었습니다. 우리가 발견한 것은 찢어지고 불타버린 책들이었습니다. 남은 것이라곤 일곱 개의 천 두루마리뿐이었지요. 그중 일부는 제게 담보로 맡겨진 것이었고 또 일부는 제 것이었으며, 나머지 하나는 마바르 비단으로 만든 침대보였습니다. 돈은 다 도둑맞고 없었습니다. 바로 얼마 전에 저의 대부를 자청했던 수사가 자루 속에다 천 두루마리들을 욱여넣고 있었습니다. 그곳을 떠날 때 우리는 집 앞에서, 새로운 대부와 안면이 있고 아직 살아 있는 유대인들을 보호하는 임무를 띤 무장한 툴루즈 시청 관리를 만났습니다. 저의 대부는 이 군인 내지 사내에게 이렇게 말했습니다.

'이자는 개종했소. 훌륭한 기독교도가 됐지.'

군인은 고개를 끄덕였고, 저는 그와 좀더 가까워질 방법을 발견했습니다. 그가 속삭이는 소리로 제게 물었습니다.

'당신은 좋은 유대인이 되길 원하시오?'

제가 대답했습니다.

'그렇소.'

그러자 그가 말했습니다.

'한데, 그럴 만한 충분한 돈을 갖고 있소?'

제가 대답했습니다.

'아니오, 하지만 여기 이것을 가지시오.'

저는 천 두루마리들이 담긴 자루를 그에게 주었습니다. 그는 부하 한 명에게 자루를 넘기면서 말했습니다.

'음, 그래, 좋아요. 당신은 아무것도 겁낼 필요 없소. 만일 누가 묻거든, 당신이 훌륭한 기독교인이라고 말하시오. 그렇게만 하면 목숨은 보전할 수 있을 거요.'

집에서 좀 멀어졌을 때 대부와 저는 무장한 위병들 여럿과 함께 걸어가고 있는 열 명의 시청 관리들을 만났습니다. 그들 가운데 한 명이 저를 한쪽 구석으로 데려가 속삭이듯 물었습니다.

'당신은 유대인이오?'

수사의 귀에 들리지 않게 저는 그렇다고 속삭였습니다. 그러자 그 시청 관리는 수사에게 저를 놓아주라고 일렀고, 수사는 경사의 견장을 단 군인 한 명에게 자기 몸처럼 저를 지키라고, 그것도 시 정부의 명예를 걸고 보호하라고 단단히 이른 뒤 저를 넘겨주었습니다. 그러자 경사는 저의 팔을 붙들었습니다. 시청 부근을 걸어가고 있을 때 저는 제게 유대인이냐고 묻는 사람들 모두에게 유대인이라고 대답했습니다. 그러나 비좁고 음산하기로 악명 높은 거리를 지날 때나 사람들이 저를 가리켜 혹시 세례를 거부한 유대인이 아니냐고 경사에게 물을 때면, 그는 제가 미리 일러둔 대로 제가 세례받은 훌륭한 기독교인이라고 대꾸했습니다.

유대인들에 대한 살인과 약탈은 늦은 밤까지 계속됐습니다. 시내는 환하게 불이 밝혀져 있었고, 사방에서 개들이 짖어댔습니다. 저녁이 되어 거리에 인파가 잦아드는 듯한 느낌이 들자 저는 경사에게, 양심이 괴로우니 툴루즈의 주교님을 찾아가 죽음의 위협 아래 받아들인 개종이 적법한지 아닌지를 묻고 싶다고 털어놓았습니다. 우리가 주교님의 숙소에 도착했을 때 그분은 한창 저녁을 들고 계셨습니다. 경사가 저 대신 말했습니다.

'여기 이렇게 주교님께 직접 세례받기를 간절히 바라는 유대인 한 명을 데려왔습니다.'

주교께서 대답하셨습니다.

'우리는 지금 저녁을 먹고 있으니, 함께 앉아 좀 드시오.'

저는 먹고 싶은 맘이 없어서 식탁에 앉은 손님들을 둘러보았고, 많은 손님들 중에서 저의 오랜 친구인 피에르 드 사바르됭을 발견했습니다. 저는 그에게 신호를 보냈고, 우리는 한쪽으로 떨어져 나왔습니다. 저는 그에게, 나는 세례를 받아들이지 않을 것이며 또 그런 세례는 적법하지 않으니 주교께 내게 그것을 강요하지 말아주십사 말씀드려달라고 부탁했습니다. 그는 저의 부탁을 들어주어, 제 얘기를 주교님의 귀에 속삭였습니다. 그런 다음 피에르는 경사에게, 자신이 직접 지킬 테니 이제 그만 가라고 명령했습니다. 그는 자신이 신뢰하는 심복들 중 한 명인 또 다른 경사에게 저를 인계했습니다. 저는, 나르본 성의 뜰에 숨겨져 있는 도살당한 유대인 시체들 가운데 제 아들들이 몇이나 포함돼 있는지 살펴보기 위해 나르본 성까지 그 경사와 함께 갔습니다. 우리가 식탁으로 돌아왔을 때 주교께서 제게 물으셨습니다.

'지금 세례를 받을 텐가, 아니면 내일까지 기다릴 텐가?'

그때 피에르 드 사바르뒹이 주교님을 한쪽 옆으로 모시고 가더니 그분과 비밀스럽게 무슨 얘기를 주고받았습니다. 저는 사바르뒹이 주교님께 정확히 뭐라고 했는지는 모릅니다만, 주교께선 이렇게 말씀하셨습니다.

'당연히 나는 유대인이든 다른 누구든 강제로 세례를 주고 싶지는 않소.'

그 말을 듣고 저는 강제로 집행된 세례가 무효로 판정될 수 있을 거라고 결론을 내렸습니다.

이렇게 결론 내린 저는 나르본 성에 계속 머물러야 할지 아니면 떠나야 할지에 관해, 앞서 말한 피에르 드 사바르뒹에게 조언을 구했습니다. 피에르가 성 안에 숨겨진 유대인들은 모두 세례를 받거나 죽임을 당할 것이라고 말해서 저는 툴루즈로 가기로 결정했습니다. 피에르는 제게 삼 실링을 주었고, 몽지스카르로 가는 도로의 출발점인 십자로까지 저를 배웅해 주었습니다. 그는 가능한 한 빨리 걷고 누구를 만나든 독일어로만 말하라고 제게 신신당부했습니다.

그래서 저는 가능한 한 빨리 몽지스카르에 도착하려고 서둘렀습니다. 마침내 그곳에 이르러 시 광장을 가로질러 가고 있을 때 갑자기 채찍과 칼을 든 군중들이 어디선가 봇물처럼 쏟아져 나와 저를 붙잡더니 유대인인지 기독교도인지 다그쳐 물었습니다. 제가 도대체 당신들은 누구냐고 묻자 그들은 이렇게 대답했습니다.

'우리는 그리스도의 신앙을 신봉하는 독실한 파스투로다.'

그들은 또 이렇게 말했습니다.

'천국과 지상 모두의 천국을 위해 우리는 유대인이든 아니든 그의 길을 따르지 않는 자는 모조리 씨를 말려버릴 테다.'

저는 그들에게 제가 유대인이 아니라고 말하면서 이렇게 덧붙였습니다.

'지상의 천국과 하늘의 천국이 피와 화염으로 성취될 수 있단 말씀이오?'

그러자 그들이 대답했습니다.

'옴 오른 양 한 마리가 무리 전체를 너끈히 감염시킬 수 있듯이 불신의 영혼 하나가 우리 모두에게서 천국과 소망을 빼앗아갈 수 있다.'

그들은 또 이렇게 대답했습니다.

'그러니 무리 전체가 더럽혀지도록 놔두는 것보다 옴에 걸린 한 마리를 제거하는 편이 낫지 않을까?'

그리고 그들은 소리쳤습니다.

'저놈을 잡아라! 놈의 말투에서 의혹과 불신의 냄새가 난

다!'

그리하여 그들은 저의 손목을 묶어 끌고 갔습니다. 저는 또 그들에게 물었습니다.

'인간에게서 자유를 몰수할 수 있을 만큼의 권한이 당신들에게 있단 말이오?'

그러자 그들이 말했습니다.

'우리는 그리스도의 병사들이다. 따라서 건강한 자들로부터 병에 걸린 자를, 믿음 있는 자들로부터 의심하는 자들을 솎아낼 결정권을 부여받았단 말이다.'

저는 그들에게 믿음은 의심에서 태어난다고 말했습니다. 또 손이 묶인 채로 그들에게 죽임을 당하고 싶지는 않아서, 의심이 바로 저의 신앙이며 제가 유대인이라는 것을 밝히게 되었습니다. 군중들은 학구적인 토론과 신소리에는 관심이 없었으므로 이미 흩어져버렸고, 그 대신 또 다른 희생자를 포획한 듯이 보이는 어느 어두운 골목으로 우르르 몰려갔습니다. 그들은 저를 어느 대저택으로 데려가, 동굴 같은 지하실에 밀어 넣었습니다. 거기에는 이미 열 명가량의 유대인들이 갇혀 있었고, 그중에는 학자인 베르나르도 루포와 고운 심성 때문에 '라 본' 이라는 별명을 가진 그의 딸도 있었습니다. 거기서 우리는 그날 밤과 이튿날을 꼬박 기도로 보냈고, 가만히 앉아서 속절없이 개종당할 것이 아니라 스스로의 신앙을 지키기로 뜻을 모았습니다. 투실투실 살진 몸으로 밤새도록 구석구석에서 찍찍거리며 지하실을 돌아다니는 쥐를 빼면 우리의 기도를 방해하는 것은 아무것도 없었습니다. 이튿날 우리는 모두 거기서 끌려 나와 감시를 받으며 마제르로 호송되었고, 거기서 다시 파미에르*로 끌려갔습니다."

"당신은 파미에르에서든 다른 어디서든 모세의 율법에 따라 유대교로 되돌아갔습니까?"

"아닙니다. 탈무드 교리에 따르면, 자발적으로, 또 기독교 규례에 의해 개종했을 경우, 만일 자신의 옛 신앙으로 돌아가기를 원한다면 제가 이미 말씀드린 그 예식 절차(손톱 깎기와 삭발, 전신 목욕)를 따라야 합니다. 왜냐하면 그는 불결한 몸으로 간주되기 때문입니다. 하지만 그가 타의에 의해, 그리고 모든 기독교 규례를 따르지 않고 강압적으로 개종했을 경우에는 이런 절차가 적용되지 않으며, 그 개종은 무효로 인정됩니다."

"당신은 그렇게 죽음의 위협 아래서 세례받은 한 명 또는 그 이상의 사람들에게 세례는 무효이며, 처벌받는 일 없이 평화로운 영혼으로 유대교로 돌아갈 수 있다고 말했습니까?"

"그렇지 않습니다. 아까 살로몬과 엘리자르에 대해 말한 것을 빼고는."

---

* 파미에르 교구의 유대인들은 그 구역 이교도 심문관인 아르노 드장의 포고령에 따라 자유롭게 살 권리를 누리고 있었다. 유대인들을 '지나치게 가혹하고 잔인하게' 다루는 것을 거주민들과 행정 당국에게 금지한, 1298년 3월 2일에 발효된 동 포고령은, 험난한 시대에 개인의 꿋꿋한 자세와 시민으로서의 용기가, 비겁한 무리들이 불가피한 것으로 믿으며 숙명 또는 역사적 필연이라고 선전해대기 일쑤인 운명의 수레바퀴를 얼마만큼 크게 돌려놓을 수 있는가를 증명하는 좋은 실례라고 할 수 있다.

"당신은 세례가 단지 죽음을 피하기 위한 것이며, 후에 다시 유대교로 돌아갈 거라고 한 명 또는 여러 명의 유대인에게 말했습니까?"

"아닙니다."

"당신은 개종한 유대인이 모세 신앙의 품으로 돌아가는 예식에 참여한 적이 있습니까?"

"없습니다."

"당신은 당신의 개종을 무효라고 생각합니까?"

"예."

"무엇 때문에 당신은 자발적으로 이단적 사고의 위험에 스스로를 노출시키는 겁니까?"

"왜냐하면 저는 세상과의 평화가 아니라 저 자신과의 평화 속에서 살아가기를 소망하기 때문입니다."

"그게 무슨 소립니까?"

"왜냐하면 저는 기독교도들이 무엇을 믿는지, 왜 믿는지는 모르지만, 유대인들이 무엇을 믿고 왜 믿는지는 알기 때문입니다. 그리고 그들의 믿음이 율법과 예언서들에 의해 입증되었기 때문입니다. 그것들에 대해서 저는 박사의 신분으로 약 이십 년 동안이나 연구를 해왔습니다. 나아가 저는, 제가 가지고 있는 율법서와 예언서들이 유대인들에게 기독교가 합당하다고 말해주기 전에는 기독교 신앙의 날개 안에서 펼쳐질 평안함을 마다하고 그것을 받아들이지 않을 것입니다. 저 개인의 믿음을 포기하느니 차라리 죽는 것이 낫습니다."

특유의 입심으로 버티는 바루흐 다비드 노이만과의 기독교 신앙에 관한 논쟁은 그렇게 시작되었다. 한편, 주님의 신부이자 파미에르의 주교인 몬시뇨르 자크는 그런 바루흐에게 '진리'를 깨우치기 위해 시간과 수고를 아끼지 않으며 무한한 인내심을 보여주었다. 이 유대인은 구약을 고수하면서, 그리고 몬시뇨르 자크가 자비로써 그에게 선사한 기독교 신앙의 환희를 거부하면서 완강하고 꿋꿋하게 자신의 신앙을 지켰다.

서력 기원 1330년 팔월 십육 일, 마침내 바루흐는 갈등 끝에 신앙고백을 했고, 유대교 신앙을 포기하겠다는 뜻의 문서에 서명했다.

심문 기록이 낭독된 후 바루흐 다비드 노이만은 고문을 받는 중에 신앙고백을 했느냐 아니면 고문에서 풀려난 직후에 했느냐 하는 질문에 대해, 오전 아홉 시경 고문에서 풀려난 직후 신앙고백을 했고, 같은 날 저녁에 똑같은 고백을 했으며, 고문실로 끌려가지는 않았다고 대답했다.

본 조사는 신의 은총을 입은 파미에르의 주교인 몬시뇨르 자크, 포미에의 제라르 수사, 베르나르 페세시에 박사, 다비드 트루아 박사, 유대인 바루흐, 그리고 카르카손 이교도 심문관의 서기인 우리, 즉 기욤 피에르 바르트와 로베르 드 로브쿠르의 배석 하에 이루어졌다.

바루흐 다비드 노이만은 같은 법정에 두 번 더 출두한 것으로 전해진다. 첫 번째는 이듬해 오월 중순이었는데, 그때 그는 율법서와 예언서를 다시 읽고 나서 자신의 신앙에 대해 동요를 느꼈다고 진술했다. 히브리 문헌들에 대한 긴 논의가 이어졌다. 몬시뇨르 자크는 끈기 있는 지루한 논증을 통해 바루흐가 유대교를 재차 포기하게 만들었다. 마지막 재판 날짜는 1337년 십일월 이십 일이었다. 그러나 심문 기록은 보존되어 있지 않으며, 디베르누아는 불행한 바루흐가 어쩌면 고문을 당하는 중에 숨을 거두었는지도 모른다는 논리적 가설을 제시하고 있다. 또 다른 자료는, 똑같은 죄목으로 재판을 받고 약 이십 년 뒤에 말뚝에 묶인 채 화형당한 바루흐라는 어떤 인물에 관해 진술하고 있다. 그러나 그를 동일 인물로 보기는 어렵다.

일러두기

실토하건대, 사실 바루흐 다비드 노이만에 관한 일화는, 이 유대인의 법정 자백과 증언 자료들을 양심적으로 상세하게 기록해놓은 이교도 심문관 기록의 제3장 〈유대교로 되돌아간 개종자들〉을, 장차 교황 베네딕투스 12세가 될 자크 푸르니에가 번역한 것이다. 원본은 바티칸 도서관의 '라틴 문헌' 4030번 열에 보관되어 있다. 필자는 성 삼위일체, 그리스도 메시아주의, 율법의 말씀의 성취, 구약의 일부 주장의 파기를 논하고 있는 대목 등 원문에서 불과 몇 군데만을 생략했을 뿐이다. 또한 위 번역문은, 1890년 뮌헨에서 발간된 가톨릭 성서해석학자 이그나츠 폰 될링거 경의 주해서뿐 아니라 로마 산 루이지 성당의 주교였던 몬시뇨르 장 마리 비달의 프랑스어 번역본을 토대로 한 것이다. 학문적이고 유익한 주해가 달린 이 책들은 여러 번 출판됐고, 필자가 알기로 가장 최근 판본은 1965년에 나온 것이다. 만일 우리가 신의 섭리의 잔향으로서 바루흐의 목소리를 번역문에 포함시킨다면, 앞서 언급한 기록의 원본('서적 판매상의 도장이 세로 두 줄로 찍힌 아름다운 양피지')은 멀리서 들려오는 한 목소리, 즉 바루흐에게서 갈라져 나온 삼중의 메아리로 독자들에게 전달될 것이다.

이 문서의 우연하고 갑작스러운 발견, '보리스 다비도비치의 무덤'이라는 제목의 이야기의 행복한 결말과 시간상으로 일치하는 이 발견은 나에게 기적과도 같은 환희의 감정을 심어주었다. 앞의 작품과 이 이야기의 유사성은, 내가 모티프, 날짜, 이름의 일치를 창작 과정에 대한 신의 간여la part de Dieu 내지 악마의 간섭la part du diable으로 간주했을 정도로 분명하다.

도덕적 신념의 일관성, 희생적인 피 흘림, 이름들의 유사성(보리스 다비도비치 노프스키와 바루흐 다비드 노이만), 노프스키와 노이만이 체포된 날짜의 일치(1330~1930년이라는 육백 년의 간격을 사이에 둔, 그 숙명적인 달 십이월의 같은 날), 이 모든 것은 시간의 순환 운동에 관한 고전적 원칙의 확장된 메타포로서 나의 의식 속에 불현듯 파고들었다. '현재를 보는 자는, 가장 멀리 떨어진 과거에 일어난 모든 사건과 미래에 일어날 모든 사건을 볼 수 있다' (마르쿠스 아우렐리우스, 《명상록》, 6권 37장). 보르헤스는 스토아 학파와(그리고 니체와 훨씬 더 많이) 논쟁을 벌이면서 자신의 학설을 이렇게 정식화했다. '때로 세계는 그것을 창조한 불에 의해 파괴되고, 그러고 나서 동일한 역사를 체험하기 위해 다시 태어난다. 이질적인 종자들이 규합해 다시 돌, 나무, 인간, 심지어 덕행과 세월의 형상으로 구현된다. 왜냐하면 그리스인들에게는 실체 없는 명사란 하나도 존재하지 않았기 때문이다. 별별 칼과 별별 영웅, 별별 하찮기 이를 데 없는 불면의 밤이 다시 반복된다.'

이런 관점에서 본다면 변이형들의 순서가 뭐 그리 중요하랴. 그렇지만 필자는 역사적 시간보다는 정신적인 시간의 순서를 택했다. 이미 말한 대로, 보리스 다비도비치의 사건을 쓴 다음에야 다비드 노이만의 생애에 대한 기록을 발견한 것이니만큼…….

에이 에이 다르몰라토프의 짧은 전기
(1892~1968)

지금 이 시대, 즉 많은 시인들의 운명이 시대, 계급, 환경 등의 괴물 같은 표준적 척도에 따라 재단되고, 숙명적인 삶의 편린들(처녀시만의 독특한 매력, 루스타벨리[149] 기념제에 참가하기 위한 이국적인 티플리스[150]로의 여행, 또는 외팔이 시인 나르부트[151]와의 회견 등등)이 모험의 흥취와 피 맛이 결여된 밋밋한 연대기적 나열로 축소되어버린 우리 시대에 비하면, 에이 에이 다르몰라토프의 전기는 비록 다소 도식적이긴 해도 서정성의 본질을 그나마 유지하고 있는 편이라 할 수 있다. 복잡하게 뒤엉킨 편린들의 타래에서 한 인간의 벌거벗은 삶이 천천히 윤곽을 드러낸다.

아마추어 생물학자이자 고질적인 알코올 중독자이면서 시골 학교 교사였던 부친의 영향으로 다르몰라토프는 어릴 때부터 자연의 신비에 매료되었다. 니콜라옙스키 고로드[152]에 있는 그들의 영지(이 땅은 그의 어머니가 결혼 지참금으로 가져온 것이었다)에서 비교적 자유롭게 살았던 것은 개와 새, 고양이뿐이었다. 여섯 살 때 그는 인근 사라토프[153]에서 구입한, 십구 세기 최후의 중요한 동판화 작품들 가운데 하나인 데브리엔의《유럽과 중앙아시아의 나비 도감》을 선물로 받았다. 일곱 살 때는 얼굴에 피를 튀겨가면서, 쥐를 해부하고 개구리를 실험하는 부친의 조수 역할을 하게 된다. 열 살 때는 스페인-미국 전쟁에 관한 소설들을 읽으면서 스페인 국민의 열렬한 옹호자가 되었고, 열두 살 때는 혀 밑에 성체(聖體)를 숨겨 교회 밖으로 가지고 나와서 벤치 위에 꺼내놓음으로써 친구들을 깜짝 놀라게 했다. 또 코르흐[154]의 책을 펼쳐 들고는 현실을 멸시하고 고대 세계를 동경하기도 했다. 따라서 이 벽촌의 환경과 실증주의적인 교육을 받은 이 중산층 가정보다 더 고전적인 것은 없을 것이며, 부친으로부터 물려받은 알코올 중독과 폐결핵이 프랑스 소설의 애독자였던 모친의 멜랑콜리한 우울증과 결합하는 이 유전적인 형질보다 더 진부한 것은 없을 것이다. 그의 가족과 함께 살면서 서서히 치매의 수렁 속으로 빠져들고 있던 그의 이모 야드비가 야르몰라예브나만이 시인의 전기 초반에서 주목할 만한 유일한 역사적 사실이다.

1차 혁명 전야에 그의 모친은 메테를링크가 지은《벌의 일생》을 무릎 위에 펼쳐놓은 채 죽은 새처럼 잠들더니 갑자기 세상을 떠났다. 같은 해에 죽음의 정액으로 잉태된 다르몰라토프의 처녀시들이 사라토프 청년 혁명가 서클에서 발행하는

《인생과 학교》지에 실렸다. 1912년 그는 상트페테르부르크 대학에 입학했고, 부친의 소원에 따라 그곳에서 의학을 공부했다. 1912년과 1915년 사이에 이미 그는 수도의 평론지 《교육과 현대 세계》와 명성에 빛나는 《아폴론》에 작품을 발표했다. 고로데츠키와의 만남, 그리고 마야콥스키[155]의 말마따나 범인(凡人)처럼 살다가 시인처럼 죽은 자살한 시인 빅토르 고프만[156](그는 서정시에 등장하는 어느 키클롭스[157]처럼 작은 숙녀용 브라우닝 권총으로 자신의 미간 사이를 쏘았다)과의 만남을 대략 이때쯤으로 잡아야 할 것 같다. 다르몰라토프의 첫 시집이자 의심의 여지 없이 최고의 시집인 《광석과 크리스털》은 아틀란티스의 풍경을 담은 표지, 구철자법과 함께 1915년에 인쇄되어 나왔다. 《말》지의 한 익명의 평론가는 그것에 대해 이렇게 평했다.

'별로 두껍지 않은 이 시집에는 이노켄티 안넨스키[158]의 거장다운 솜씨 가운데 일부, 또 부닌[159]에게서 발견되는 청년다운 감정의 솔직함이 들어 있기는 하지만, 그 속에서는 진정한 열정도, 진정한 장인 정신도, 진실한 감정도, 또는 반대로, 두드러지게 취약한 부분도 찾아볼 수 없다.'

그러나 필자는 여기서 다르몰라토프의 시적 특성을 면밀히 분석하거나 문학적 명성을 발생시키는 복잡한 메커니즘을 파헤치고픈 의도는 조금도 없다. 시인의 전쟁 모험담 또한 이 이야기에서는 하등 중요하지 않다. 비록 브루실로프[160] 휘하의 공격 작전에서 사관 후보생의 신분으로서 위생 담당 장교로 근무하고 있던 다르몰라토프가 자기 형의 도륙된 시체를 발견하게 되는 사건을 포함해, 갈리치아[161]와 부코비나에서 벌어진 몇몇 참혹한 풍경에 관심이 없지는 않다는 것을 고백하는 바이지만……. (또 그의 베를린 여행이나, 내전 당시 기근에 시달리던 러시아의 비극적인 풍경에 아랑곳하지 않고 키슬로보트스크[162] 온천에서의 밀월여행으로 끝맺음을 하는 그의 감상적인 여행 또한 흥미로운 대목이다.)

비평가들이 뭐라 하든, 그의 시는 오래된 우편엽서나 낡은 앨범 속의 사진처럼, 문학적 유행뿐 아니라 여행, 환희, 열정에 관해서도 증언하는 경험적(시적) 사실들을 풍성하게 제공하고 있기는 하다. 대리석 기둥으로 된 여인상(女人像)의 주름에 끼치는 바람의 이로운 영향, 꽃 핀 보리수가 일렬로 늘어선 티어가르텐,[163] 브란덴부르크 문의 등불, 검은 백조들의 괴물 같은 그림자, 시커먼 드네프르 강물 위에 반사되는 장밋빛 태양, 백야의 주문(呪文), 체르케스[164] 여인의 마법적인 눈, 스텝 늑대의 갈비뼈 속으로 자루께까지 들어간 단검, 항공기 프로펠러의 회전 운동, 이른 황혼녘의 까마귀 울음소리, 황폐한 포볼쥐예[165]의 끔찍한 전경을 담은 스냅 사진(조감도), 황금빛 호밀밭 위를 기어가는 경운기와 탈곡기, 쿠르스크[166] 탄광의 시커먼 창문들, 허공의 바다 한복판을 떠도는 크림 반도의 망루들, 보라색 벨벳이 덮인 극장의 특별석, 폭죽 불꽃 속에서 번뜩이는 청동 조각상의 유령 같은 형상, 비누 거품 같은 발레리나의 회전 곡선, 항구에 정박해 있는 유조선에서 뿜어져 나오는 엄청난 기름 화염, 압운 속에 담긴 끔찍한 최면 효과, 한 잔의 커피와 조그만 은수저, 쫓아내기 무섭게 날아드는 말벌과 고즈넉한 자연 풍경, 복마(卜馬)의 보랏빛 눈동자, 터빈 엔진의 낙천적인 회전음, 마취용 클로로포름 냄새 속에서 수술대 위에 올려져 있는 프룬제 장군[167]의 머리, 루뱐카 정원에 심어진 헐벗은 고목들, 시골 개들의 목쉰 울음소리, 콘크리트 덩어리들이 이루는 신기한 균형미, 눈 위에 난 겨울새 발자국을 슬그머니 쫓는 고양이, 작열하는 포탄 아래의 옥수수밭, 카마[168] 계곡에서의 연인의 이별, 세바스토폴 인근의 군인 묘지…….

뚜렷한 지형도가 결핍된 한 영혼의 사해동포주의적 영토 안에서 오만 잡일이 벌어지고 있었음을 증명해주는, 1918년과 1919년에 씌어진 그의 시들은 그 창작의 원천을 찾아낼 만한 어떤 단초도 던져주지 않는다. 1921년에 우리는 페트로그라드의 유서 깊은 옐리세예프 궁전의 우울한 호화로움 속에서, 혹은 올가 포르슈[169]가 말했듯이, 일정한 수입도 뚜렷한 목적도 없는 굶주린 시인 조합이 모여들었던 그 '광인들의 함선'에서 다르몰라토프를 발견하게 된다. 마야콥스키는 그런 '신의 새'들의 몸뚱이에서 유일하게 살아 있는 것은 광기의 빛을 뿜어대는 눈동자뿐이라고 말한 바 있다. 나아가 마야콥스키는, 비록 자신은 여인들의 입술에 발라진 강렬한 립스틱에도 불구하고 유령들 사이를 걷고 있다는 느낌을 떨칠 수 없었지만, 그들은 자신들이 살아 있는 사람처럼 보이도록 열심히 노력했다고 증언한 바 있다. 한편 바깥에서는 혁명-반혁명이라는 두 극성의 밀고 당김 때문에 연일 사나운 폭풍이 휘몰아치고 있었다. 광기 어린 용맹심을 발휘한 대가로 부하라[170]가 다시 볼셰비키의 수중으로 넘어갔다. 크론시타트 선원들의 반란은 결국 피바다 속에서 진압되었다. 황폐해진 인가 주변으로 인간 모양을 한 껍데기들이 발을 질질 끌며 걸어가고 있었다. 발이 썩어가고 있는 절망적인 여인들, 배가 부풀 대로 부풀어오른 아이들. 말과 개와 고양이와 오이 피클 등이 모두 사라지자 야만적인 식인 행위가 불문율로 등극했다. 레프 룬츠[171]가 소리쳤다.

"세라피온 형제들[172]이여, 우리가 누구와 함께 있는지 아는가? 우리는 은자 세라피온과 함께 있다!"

그런 외침에 대한 응답으로 크루체니흐는 자움zaum의 이론을 천명했다.[173]

"자움은 구체적인 것 어떤 것도 손상시키지 않으면서 창작의 상상력이 자유로이 비상하도록 해준다."

"우리는 시인 동지들이 창작 방법의 선택에 있어 완벽한 자유를 누릴 수 있게 하겠소. 하지만 조건이 있소……." 쿠즈니차 그룹[174]의 시인들이 그렇게 덧붙였다(이 결의는 기권 한 표에 만장일치로 통과됐다).

당시의 사진에서 다르몰라토프는 와이셔츠에 가슴판을 붙

이고 나비넥타이를 맨 채 제법 페트로그라드 신사의 흉내를 내고 있다. '몰락한 로마의 옛터에 고정된 눈', 자상(刺傷)처럼 보조개가 가운데 깊이 패는 뾰족 턱, 질끈 다문 입술의 이미지를 빼면 그의 얼굴은 아무런 인상도 주지 못하는, 돌로 만든 가면과 비슷하다. 그 당시에 이미 청년 다르몰라토프가 누구보다 시인 만델스탐[175]의 영향을 받아 아크메이즘[176] 시인들의 사해동포주의 강령과 그들의 '유럽 문화에 대한 향수'를 지지했다는 확인된 증거들이 나타나고 있다. 두 시인은 똑같이 로마, 안넨스키, 구밀료프를 숭상했으며, 동일한 히스테리적인 욕심으로 선배들의 작품을 사탕처럼 게걸스럽게 집어삼켰다.

같은 해인 1921년의 어느 무더운 팔월 저녁 옐리세예프 궁에서는 요란한 술잔치가 벌어지고 있었다. 이미 말한 올가 포르슈는 여성 특유의 과장법을 사용해 그것을 '역병이 돌 때의 향연'[177]이라고 불렀다. 그 몇 년 동안 그들의 표준적인 식사는 메틸알코올과 자작나무 껍질, 후추를 섞어 연금술 처방에 따라 만드는 얼얼한 사모곤[178] 몇 잔과 소금에 절인 생선이 전부였다. 그날 저녁 갑자기 '카산드라'[179](안나 안드레예브나 아흐마토바[180])는 그녀의 예언적인 직관들 중 하나의 주문에 걸려든 채 엑스터시의 정점으로부터 추락해, 환각 증세와 종이 한 장 차이인 병적인 우울증에 빠져 들었다. '거장'(구밀료프)의 처형 소식을 가져온 이가 누구인지는 밝혀지지 않았지만, 작고 분산적인 자기(磁氣) 폭풍처럼 그 소식이, 뚜렷한 이데올로기적, 미학적 강령으로 분할된 경쟁 그룹들 모두에게 유포되었다는 것만큼은 확실했다. 술에 잔뜩 취해 한 손에 잔을 든 채 쓰러진 다르몰라토프는 카산드라의 테이블에서 일어나, 고(故) 옐리세에프의 것이었던, 덩그러니 놓인 닳아빠진 안락의자에 몸을 던졌다. 그의 옆에는 프롤레타리아 작가 도로고이첸코[181]가 앉아 있었다.

1930년 칠월, 그는 수후미[182]의 한 휴양소에 머물면서 보리스 다비도비치 노프스키의 추천에 따라 문학 잡지 《붉은 처녀지》의 번역 일을 하고 있었다. 노프스키를 알게 된 지 얼마 안 되어 다르몰라토프는 티어가르텐 근처의 한 선술집에서 그와 이른바 '베를린 회견'을 갖게 된다. 그 자리에서 청년 다르몰라토프는 경외심, 놀라움, 두려움을 머금은 채 트베르도흘레보프, 즉 장래의 해군 혁명위원회 소속 인민위원이자 외교관이며, 통신 및 연락 담당 인민 군사위원회 대표가 될 비 디 노프스키의 파격적인 예언을 열심히 청종했다. 대체로 흉년기마다 노프스키가 그의 '연줄' 노릇을 했다고 한다. 이 '연줄'이라는 낱말은, 개인적인 동정심과 청춘의 감상적인 채무를 바탕으로 혁명 노선의 경직성을 완화시키는 데 이용됐던, 시인들과 정부 간의 미묘한 유대 관계를 함축하고 있다(그것은 너무나도 미묘하며, 또 위험천만하다. 만일 어떤 강력한 후원자가 실각하기라도 하는 날이면, 그 불행한 인간의 비명과 함께그의 수혜자들 모두는 그의 뒤를 따라, 흘러내리는 용암에 쓸려가듯 가파른 벼랑 아래로 굴러떨어지게 되는 것이다).

십이월 말, 노프스키가 체포된 지 이틀 뒤 다르몰라토프의 집 전화가 울렸다. 정확히 새벽 세 시였다. 배가 남산만 한 타타르 여인 다르몰라토프 부인이 비틀거리면서 수화기를 들었다. 피를 얼어붙게 만드는 끔찍한 정적만이 감돌았다. 여인은 수화기를 다른 손으로 바꿔 들고 울음을 터뜨렸다. 이후 그의 아파트의 전화기는, 타타르 미녀들의 사치스러운 수다로 가득 메워진, 호화로운 문양으로 뒤덮인 오색 빛깔의 깃털 베개로 계속 눌려 있었고, 원고, 사전, 그리고 그가 '신경과민증을 치료하기 위해' 번역하고 있던 책들 옆에는, 언제라도 바로 떠날 수 있게 하려는 것인 듯 여행 가방이 꾸려져 있었다. 보드카의 훈기로 대담해진 그는 여행 가방을 어느 시인-스파이에게 보여주기까지 했다. 손으로 뜬 따뜻한 스웨터와 면 내의 위에는, 라틴어로 된 오비디우스[183] 비가(悲歌) 모음집의 가죽 장정본이 올려져 있었다. 유형에 대해 노래한 그 유명한 시들은 자신의 시적 운명에 관한 푸시킨의 좌우명처럼 그 며칠 동안 그의 귓전에서 맴돌았음이 분명하다.

이듬해 초, 그는 그루지야로 출장을 떠났다. 오월에 그는 〈휴대용 티플리스 안내서〉라는 연작시를 발표했고, 구월에는 작가들의 추천 명단에 올랐으며, 고리키가 서명한 주문서를 통해 바지 한 벌, 안감을 댄 외투, 비버 모자를 받았다(다르몰라토프가 그 비버 모자를 거절한 것은 그것의 '헤트만[184]적인 생김새' 때문인 것으로 보인다. 알렉세이 막시모비치[185]는 그에게 너무 까탈을 부리지 말라고 주의를 줬다. 고리키가 실제로 뭐라고 했는지는 알기 어렵지만, 이 사건에 대해 항간에 떠도는 소문들 전부를 종합해볼 때 그가 다르몰라토프의 불 같은 성격에 대해 우회적으로 경고했고, 그래서 '체호프의 작품에 등장하는 하급 관리들처럼' 다르몰라토프가 충격으로 쓰러졌던 것만은 분명하다).

1933년 팔월 십칠 일에 찍은 한 장의 사진은 '제이 브이 스탈린 호'에 승선한 그의 모습을 보여준다. 그는 최근 완공된 백해-발트해 운하의 방문을 마친 백이십 명가량의 작가들 가운데 끼어 있다. 다르몰라토프는 하룻밤 사이에 폭삭 늙은 채 푸슈킨처럼 구레나룻을 기르고 있다. 흰 양복을 입고 와이셔츠 단추 몇 개를 끄른 모습으로 그는 갑판의 난간에 기대어 허공을 바라보고 있다. 베라 인베르[186]의 머리칼 사이로 바람이 불고 있다. 브루노 야센스키[187](왼쪽에서 두 번째 남자)는 보이지 않는 안개 자욱한 해안을 향해 손을 치켜들고 있다. 조시첸코[188]는 귀밑까지 손을 잔 모양으로 받쳐 든 채, 악단이 연주하는 멜로디의 의미를 이해하려고 안간힘을 쓰고 있다. 멜로디는 수문 위로 넘쳐흐르는 물소리, 바람 소리 사이로 흩어지고 있다.

이런 겉모습에도 불구하고, 다르몰라토프가 그 당시 정신질환에 시달리고 있었다는 분명한 증거가 있다. 그는 메틸알코올로 손을 씻었고, 모든 사람들을 스파이로 오인했다. 그들은 시 애호가처럼 화려한 색깔의 넥타이를 매거나, 번역가처럼 금박으로 만든 작은 에펠탑 모형을 가지고 다니거나, 아니면 배관공처럼 뒷주머니에 플런저 대신 큼지막한 총을 찔러 넣고 다니면서, 끈질기게 노크도 하지 않고 불쑥 그에게 들이닥쳤다.

십일월에 그는 입원했고, 거기서 수면 요법 치료를 받았다. 그는 삭막한 병동의 풍경 속에서 다섯 주 동안 내리 잠을 잤다. 마치 이후 '속세의 아우성'이 그에게 두 번 다시 미치지 못할 것만 같았다. 칸막이 저편에서 들려오는 시인 키르사노프[189]의 끔찍한 우쿨렐레[190] 멜로디조차 얇게 연고를 바른 탈지면으로 막힌 그의 귀에는 들리지 않았다. 그는 작가 동맹을 통해서 일주일에 두 번 시내 마구간에 들러도 좋다는 허락을 받아냈다. 마구간에서 길들인 말을 속보로 타고 있는, 육중한 체구에 괴물 같은 모습의 그가 가끔씩 목격되었다. 이미 그때부터 그에게는 상피병(象皮病)의 초기 증상이 나타나기 시작했다. 만델스탐이 사마티하(거기서는 감옥과 파멸이 그를 기다리고 있었다)로 떠나기 전, 그와 그의 아내는 작별 인사를 하기 위해 다르몰라토프에게 들렀다. 그들은 승강기 문 앞에서 조그만 유아용 장난감 채찍을 들고 습관대로 우스꽝스러운 기마 자세를 취하고 있던 다르몰라토프와 마주쳤다. 마침 택시 한 대가 도착하자, 그는 어릴 적 친구에게 작별 인사도 하지 않은 채 마구간으로 줄행랑을 쳐버렸다.

1947년 여름 그는《산정의 화환》[191] 기념제에 참석하기 위해(그는 이 서사시의 일부를 러시아어로 번역했던 것 같다) 몬테네그로의 체티네[192]를 방문한다. 그는 나이가 꽤 들어 미련스럽고 꼴사납게 보였지만, 신의 권좌와도 같은 녜고슈[193]의 어마어마한 크기의 의자를 시인들과 유한한 삶의 인간들로부터 분리시키고 있는 붉은색 실크 리본을 청년처럼 사뿐히 뛰어넘었다. 필자(이렇게 이야기하고 있는 나)는 한쪽 옆에 서서 그 시인 사칭자가 녜고슈의 높다란 고행자의 의자에서 꼼지락거리는 것을 보았고, 박물관 큐레이터인 나의 삼촌이 나섬으로써 벌어지게 될 한바탕 소동을 보지 않으려고, 박수 치는 때를 틈타 인물 전시관을 빠져나왔다. 그러나 또렷하게 기억나는 것이 하나 있다. 시인의 나달나달해진 바지 아래쪽 뻗은 다리 사이로 끔찍하게 툭 불거져 나와 있던 그 종기.

그 끔찍한 질병이 그를 침대에 매어놓을 때까지 그는 젊은 날의 달콤한 흥취를 되새김질하면서 조용히 말년을 보냈다. 사람들 얘기에 따르면 그는 안나 안드레예브나를 방문했고, 한번은 그녀에게 꽃 한 송이를 바치기까지 했다고 한다.

후기

그는 러시아 문학사에서 하나의 의학적인 현상으로 남게 되었다. 다르몰라토프의 사례는 모든 최신 병리학 교과서에 빠짐없이 수록되어 있다. 집단 농장의 제일 큰 호박만 한 그의 고환을 찍은 사진은 상피병이 언급되는 모든 외국 의학 서적에 인쇄되어 있으며, 동시에 글을 쓰기 위해서는 커다란

고환 이상의 무엇이 필요하다는 교훈을 작가들에게 심어주
고 있다.

— 작가 인터뷰 —

Danilo Kiš

시간을 뛰어넘는 문학의 힘 :
픽션적 역사 또는 역사적 픽션

이 인터뷰는 키슈의 사후에 편집·출판된 에세이집 《호모 포에티쿠스*Homo Poeticus*》(New York : Farrar, Straus and Giroux, 1995)와 짧은 자서전 〈출생증명서 가운데서 Izvod iz knjige rođenih〉, *Mansarda*(Beograd : Nolit, 1994)를 참조하여 옮긴이가 가상으로 구성한 것입니다.

권력에 대한 개인의 투쟁은
망각에 대한 기억의 투쟁이다.
— 밀란 쿤데라

조준래_ 반갑습니다. 선생님은 한국뿐 아니라, 세계에서 가장 번역 출판이 신속하기로 이름난 일본에서도 아주 최근에야 소개되었을 정도로 아시아권 독자들에게는 너무나 생소한 작가십니다. 하지만 유럽 문단에서는 이미 1970년대부터 선생님의 작품을 높이 평가해왔고, 지금도 계속 연구하고 있지요. 이번에 '책세상'이 유대계 동유럽 작가이신 선생님의 대표작을 소개하게 된 것은, 소수 문학의 세계화라는 시대적 조류 외에 무엇보다 선생님의 작품에 대한 이런 인식이 작용한 때문이 아닌가 생각합니다. 선생님은 조국 유고슬라비아보다는 영미권과 유럽 문단에서 일찍이 인정을 받으셨고, 고국에서 수여하는 닌NIN 문학상, 안드리치 문학상뿐 아니라, 브루노 슐츠 상을 포함해 프랑스, 이탈리아, 독일, 미국의 유수한 문학상을 받으신 걸로 알고 있습니다. 그런 탓인지 선생님의 삶의 반경이 넓고 다채로웠을 것 같은 생각이 드는데, 이 작품의 한 대목에서 환경과 개인의 함수 관계를 일정 부분 인정하셨던 것처럼 선생님의 출생 배경과 창작 세계의 연관성을 설명해주시겠습니까? 이 작품에서 수사관들 앞에서 심문을 받는 주인공들이 그랬던 것처럼 선생님도 저와 독자들 앞에서 솔직하게 자백 아닌 자백을 해주셨으면 좋겠습니다. (웃음)

키슈_ 예. 잘 아시겠지만 가톨릭, 비잔틴, 이슬람의 3대 문명이 공존하면서 역사 속에서 숱하게 전쟁이 되풀이되어온 지역인 발칸 반도에는 늘 '역사와 개인'의 문제를 천착하는 뛰어난 문학가들이 있었습니다. 엄밀한 의미에서 저 역시 그런 선대 작가들의 명맥을 이어가고 있다고 볼 수 있지요. 저는 2차 대전이 일어나기 몇 해 전인 1935년 2월에 헝가리와 루마니아의 국경 부근에 있는 세르비아[194]의 북쪽 도시 수보티차에서 태어났습니다. 유대인이었던 아버지는 제가 아홉 살 때인 1944년에 아우슈비츠 수용소로 끌려가 비극적인 죽음을 맞이했습니다. 저의 가족은 박해를 피해 헝가리로 이주했고, 소년이었던 저는 친척들 손에 양육되며, 헝가리에서 초등학교를 다녀야 했지요. 종전 후 고국으로 돌아온 저는 유명한 역사가이자 유고슬라비아 국민 시인 녜고슈 연구가이기도 한 외삼촌의 집에서 성장하며 고등학교를 마쳤지요. 소년 시절에 저는 유대인과 몬테네그로인 사이에서 태어난 혼혈아라고 손가락질을 받으면서 마음에 적잖이 상처를 입었어요. 알고 보면, 제 작품의 일관된 주제이기도 한 '타인과 다르다는 것에서 오는 불안' (프로이트가 'Heim-lichkeit' 라고 명명했던 것), '사람은 어디서 와서 어디로 가는가' 라는 풀리지 않는 수수께끼, 삶과 죽음에 대한 고뇌는 이미 이때 형성된 것이지요.

조준래_ 이후 선생님은 1958년 베오그라드 국립 대학을 졸업한 뒤 프랑스로 건너가 그곳 대학에서 모국어인 세르보크로아티아어를 가르치며 생활하셨고, 1979년 이후 계속 파리에서 사시다가 1989년 10월 15일 쉰넷이라는 이른 나이에 돌아가셨습니다. 사후 유언에 따라 베오그라드에 안장되셨고요. 한데 선생님의 장례가 기독교(세르비아 정교)식으로 치러졌다고 알려져 있습니다. 선생님의 집안 내력이나 작품을 보면 유대주의에 대한 강한 애착이 느껴지는데 혹시 기독교로 개종한 특별한 이유라도 있습니까?

키슈_ 저의 종교나 '키슈' 라는 저의 성(姓)이나[195] 모두 제 가족이 살았던 시대의 배경을 대변해줍니다. 제가 네 살 때인 1939년에 헝가리에서 반유대주의적인 법이 제정되자 부모님은 자식의 목숨을 구하기 위해 제게 세르비아 정교 세례를 받게 하셨지요. 제가 열두 살 때까지 헝가리에서 산 것도 노비사드에서 벌어진 유대인 대학살을 피하기 위해서였습니다. 또 할아버지가 제 아버지의 성을 '키슈' 로 바꾼 것도 오스트리아-헝가리 제국의 통치자 프란츠 요제프 2세의 자유주의 팽창 정책에 큰 영향을 받은 것이라고 할 수 있습니다. 역시 아들을 살리기 위한 행동이었던 거지요.

조준래_ 그렇다면 이 책의 단편들 중 하나인 〈개들, 그리고 책들〉은 어느 정도 선생님 개인의 체험에 근거한 것이라고 봐도 되겠군요. 다소 진부한 질문입니다만, 삶과 예술의 관계, 즉 작가의 개인적 체험과 예술 창작의 관계에 대해서는 어떤 생각을 갖고 계신지 여쭙고 싶습니다.

키슈_ 그것은 진부한 질문이 아니라 글쟁이라면 언제나 현장에서 부딪히게 되는 중요한 문제입니다. 제 경우, 애수와 아이러니를 아버지에게서 물려받았다고 한다면 사실과 환상을 혼합하는 저의 글 스타일은 어머니의 유산이라고나 할까요. 어머니는 당신이 열두 살 때까지는 소설을 손에서 놓지 않았지만 어느 날 갑자기 소설이란 게 순전히 허무맹랑한 것으로 느껴져 소설 읽기를 영원히 포기해버렸다고 말씀하셨지요. 그런 만큼 예술 창작에 있어서 '순수한 허구'에 대한 저의 공공연한 혐오는 어머니에게서 물려받은 것입니다. 이와 별도로, 저는 대학에서 비교문학을 전공하면서 세계 문학에 대한 폭넓은 지식을 쌓았고, 창조적 글쓰기란 무엇인가에 대해 많이 고민했습니다. 또한 저는 1962년의 처녀작 《지붕 밑 다락방*Mansarda*》 이후 장 · 단편소설을 꾸준히 쓰는 한편 희곡, 텔레비전 · 라디오용 작품을 쓰기도 하고 또 보들레르, 베를렌 같은 프랑스 작가들을 비롯한 외국 작가들의 작품을 번역하기도 했습니다. 저의 처녀작 《지붕 밑 다락방》은 저의 중 ·

후기 작품들의 면모, 나아가 20세기 문학의 특징을 잘 보여주는 대표적 작품이라고 할 수 있습니다. 유고슬라비아의 어느 초라한 지붕 아래 작가인 저와 비슷한 주인공이 살고 있습니다. 그가 들려주는 것은 특별할 것 하나 없는, 조 선생이나 저의 삶과 비슷한, 평범한 일상의 이야기입니다. 빈곤함 가운데의 웃음, 고통 중의 환희 같은 거지요. 그런 까닭에 이 소설은 독자들에게 허구가 아니라, 현실 자체에서 파낸 듯한 인상을 주는 것입니다.

조준래_ 읽어본 사람이면 다 알겠지만, 선생님의 픽션은 촘촘히 짜여진 직물처럼 구성 면에서 치밀합니다. 그러면서도 그것이 작위적인 인상을 조금도 풍기지 않는 것은, 너무도 당연한 얘기겠지만, 선생님 자신, 그리고 유대인 동포들의 몸서리치도록 사실적인 체험이 바탕을 이루고 있기 때문이 아닌가 생각합니다. 어릴 적에 겪은 부친의 죽음, 자기 가족을 포함해 나치에 강점당한 베오그라드의 유대인들이 겪는 고통, 전쟁과 강제 수용소의 공포 등등을 통해 선생님의 소설은 언제나 인간의 고통을, 그중에서도 전쟁에 의해 야기된 인간의 참담한 고통을 다루고 있습니다. 이런 주제와 관련된 선생님의 작품들을 보다 구체적으로 소개해주시지요.

키슈_ '가족 연대기 삼부작' 이라고 부를 수 있는 자전적 소설들인 《동산, 잿더미*Bašta, pepeo*》(1965), 《유년의 슬픔*Rani jadi*》(1969), 《모래 시계*Peščanik*》(1972)는 방금 조 선생이 말한 그런 주제들로 묶여 있습니다. 저와 비슷한 인상의 소년이 나오고, 그의 주변에 어머니, 시집갈 나이에 이른 누이, 또 소년이 마음에 품고 있는 소꿉친구가 있으며, 그렇게 그들의 생활이 '가족의 연대기'를 이룹니다. 그러나 작중 중심 인물은 그들이 아니라, 강박관념처럼 끊임없이 찾아오는, 기억 속의 아버지입니다. 동그란 안경과 지팡이, 검은색 연미복의 에두아르드가 바로 그이지요. 공상가에 가까운 괴짜인 그는 마을에서 가공의 이야기들을 하고 돌아다니다가 얼마 안 있어 강제 수용소로 보내집니다. 그와 함께 끌려갔던 친족 가운데서 살아 돌아온 사람은 고모뿐입니다. 성년이 된 소년은 고모의 입을 통해서 아버지의 비참한 죽음에 대해 알게 됩니다.

조준래_ 작품 속의 소년처럼 선생님도 그렇게 나치 체제의 공포를 피부로 느끼며 사셨던 것으로 알고 있습니다. 제가 읽은 바로는, 가려져 있었던 아버지의 실종과 죽음의 진실, 그로 인한 정신적 쇼크의 모티프는 위 삼부작 외에 《죽은 자들의 백과전서*Enciklopedia mrtvih*》(1983)와 《보리스 다비도비치의 무덤*Grobnica za Borisa Davidoviča*》(1976)의 일부에서도 다시 출현하고 있는 것 같습니다. 선생님은 이러한 글들에서 2차 대전에 의해 인간의 본성에 잠재해 있던 잔인성과 야만성이 하나둘 표면화되는 광경을 몸서리쳐지도록 사실적으로 그려내고 있습니다. 이 대목에서 혹시 역사에 대한 작가의 태도에 관해 논평해줄 수 있으신지요? 그런 얘기를 하다 보면 선생님과 현대 환상 문학의 거장 보르헤스와의 공통점도 자연스럽게 드러날 것 같은데요.

키슈_ 그렇습니다. 제가 '박식함은 현대적 형식의 판타지다' 라고 했을 때 그것은 전적으로 보르헤스를 염두에 두고 한 말이었습니다. 저는 이미 여러 에세이에서, 풍부한 역사적 기록과 자료가 창작에 미치는 중요성을 역설한 바 있습니다. 저는, 낭만주의 미학처럼 예술 창작에서 영감의 역할을 중시하는 태도, 창작을 작가 개인의 고유한 산물로 바라보는 태도에 대해 대단히 회의적이라는 점에서 전형적인 20세기 작가라고 할 수 있습니다. 아무리 탁월한 상상력의 소산도 현실만큼 끔찍하거나 환상적일 수는 없습니다. 글쓰기란 현실적 사건을 '매끈한 가공품' 으로 변형시키는 '연금술의 과정' 이라고 정의할 수 있습니다. 다시 말해 문학이란 작가 인격의 예술적 표현인 동시에 진실한 기록이어야 하는 것입니다.

조준래_ 잘 알겠습니다. 그런데 '기록 문학', 특히 강제 수용소와 나치즘을 다룬 종전 전후의 기록 문학은 굳이 선생님의 작품이 아니더라도 많이 나왔고, 또 앞으로도 나올 것입니다. 그렇다면 선생님의 문학만이 갖고 있는 어떤 차별화된 특성이 있을 것 같은데요, 그 얘기 좀 해주시지요. 이왕이면 창작 기법의 변화라든가 하는 구체적인 측면에서요.

키슈_ 예, 저의 기록 문학은 전통적인 리얼리즘 개념을 고수하는 차원에만 머물러 있지 않습니다. 저는 솔제니친처럼 사실적인 서사에 의존하는 대신 역사적 메타픽션의 장르를 과감히 이용해, 사실과 픽션의 경계선을 교묘하게 지우면서 미학적 형상화를 통해 궁극적으로는 기록을 넘어서는 문학, 기록보다 더 많은 정보와 진실을 깨우쳐주는 문학을 창조하고자 했습니다. 이를 위해 제가 취한 대표적인 방법이 서술 기법의 변화입니다. 일인칭 서술의 중간에 차갑고 객관적인 제삼자의 묘사를 집어넣는다든지, 한 가지 사실을 여러 각도에서 중층적으로 조명한다든지 하는 것이 대표적인 예지요. 덧칠로 보색 효과를 내거나, 같은 주제를 피아노와 바이올린을 섞어서 연주하는 것처럼 현실을 중층적으로 촘촘히 묘사함으로써 비장한 심상 풍경을 만들어낼 수 있습니다.

조준래_ 외람된 말씀입니다만, 선생님의 예술 철학은 어떤 면에서 러시아의 철학자 미하일 바흐친의 주장을 그대로 옮겨놓은 듯한 느낌을 줍니다. 선생님은 한 에세이에서 바흐친 사상의 핵심 개념인 '다성악'의 영향을 많이 받았다고 털어놓으셨는데, 제가 볼 때 선생님의 생각은 '다성악'이 아니라 '다문체성'의 개념에 더 가깝다고 여겨집니다. 저의 분석에 이견이 있으신지요?

키슈_ 물론 조 선생의 말이 전적으로 틀린 것은 아닙니다. 하지만 저는 보다 큰 맥락에서 바흐친의 '다성악' 개념을 이해하고자 했습니다. 이를테면 그가 초기 저작에서 말한 바 있는 '작자와 주인공의 관계'에서 말이지요. 제가 이해하고 있는 대로 말씀드리지요. 작가는 무엇보다, 총체적인 미적 시선을 통해 무질서하게 뿔뿔이 흩어져 있는 역사적 개별 사실들에 연관성을 부여하고 그것들을 공통된 하나의 논리로 통일시켜 독자에게 제시하는 초인적인 존재라는 것입니다. 그러한 작가 덕분에, 전혀 다르게 보이는 사건들이 바탕에서는 동일한 실체를 공유하고 있는 것으로, 무의미하고 우연적인 것처럼 비치는 사건들이 사실은 운명적이고 필연적인 것으로 판명된 채 독자들의 눈앞에 던져지지요. 문학이 역사보다 진실하다고 누차 말해온 저의 주장은 바로 예술가의 미적 감성에 내재된 이런 예술적 신비로움을 염두에 둔 것입니다.

조준래_ 다른 화제로 넘어가 보지요. 선생님의 소설이 주제적 측면에서 철저하게 다큐멘터리 산문을 지향한다면, 역설적이게도 서정시를 연상시키는 탁월한 문체는 예술 작품의 커다란 약점으로 지적될 수 있는 사유의 일방성을 보완해주는 역할을 하는 것으로 생각됩니다. 이러한 서정성을 구체적 작품을 예로 들어 설명해주셨으면 합니다.

키슈_ 저 자신의 저 아득한 내면으로의 여행을 신비로운 색과 빛과 결 속에서 관조적으로 묘사한 《동산, 잿더미》, 전쟁의 격랑에 휩싸인 시대를 천진한 소년의 눈을 통해 묘사한 《유년의 슬픔》, 그리고 '가족 연대기 삼부작'의 마지막 작품으로, 가족에게 남겨진 한 통의 편지를 근거로 한 시대를 살려

내는 독특한 형식의 소설 《모래 시계》가 그러한 예라고 할 수 있습니다. 《유년의 슬픔》 가운데서 그런 서정성의 본질을 잘 보여주는 듯한 대목을 하나 골라보겠습니다. 가을이 되자 마을로 곡마단이 찾아와 울적한 일상에 지쳐 있던 소년의 마음을 위로합니다. 하지만 그런 즐거움도 잠시뿐, 곡마단은 곧 다른 곳으로 떠나가지요. 곡마단이 떠난 후 마구 짓밟힌 잔디 위에 어느새 떨어져 있는 밤송이들, 숨막힐 듯 싱그러운 마른 풀과 클로버의 향기에 취해 그 광경을 우수 어린 눈길로 지그시 바라보고 있는, 작가의 분신인 듯한 소년, 이별 뒤에 찾아오는 또 다른 만남에 대한 설렘……. 이내 소년은 슬픔 뒤의 희망을 확신합니다.

조준래_ 방금 예로 드신 그런 따뜻한 문체 덕분에 《죽은 자들의 백과전서》처럼 '거친' 역사적 자료를 토대로 한 '너무나도 사실적이고 산문적인' 작품조차, 선생님의 표현을 빌리면 '사랑과 죽음의 의미, 인간의 본성에 관한 낯설고 서정적인 명상'으로 예술화될 수 있는 게 아닐까 생각합니다. 선생님의 작품은 보기 드물게 내용과 기법 측면에서 모두 진지하고 치밀합니다. 단순하면서도 복잡하고, 복잡하면서도 단순합니다. 여러 언어권의 번역자들이 토로했듯이, 이 점이 저를 포함한 선생님 작품의 번역자들에게 가장 큰 도전거리입니다. 혹시 이런 어려움을 알고 계신지요? (웃음)

키슈_ 예, 본의 아니게 불편을 드려 죄송합니다. 어쨌든 저는 10년 전까지만 해도 구 유고슬라비아 문단에서 참신한 혁신가로 호의적인 평가를 받기보다는, 우상 파괴자 또는 이단아로 자주 폄하되었습니다. 초기 작품에서부터 저는 로브 그리예에서 브루노 슐츠에 이르는 현대 소설의 기법들을 두루 사용했지요. 그런데 20세기 중반까지 전통적으로 민족성 강한 리얼리즘 문학을 고집하다가 사회주의화 이후 (유고식으로 변형된) 사회주의 리얼리즘 원칙에 안착한 유고(특히 세르비아) 문학계는 외국적인 요소는 무조건 자국 현실에 맞지 않는 것으로 배척하고 폄하하려는 투박한 지역주의에서 탈피하지 못하고 있었고, 따라서 저를 눈엣가시와도 같은 존재로 여겼습니다. 유고가 1948년 소비에트 블록에서 탈퇴한 유일한 사회주의 국가였기 때문에 서방 세계는 유고 문학 또한 정부의 통제와 간섭으로부터 자유로울 것이라고 생각했지만, 실상 유고 문학계는 발칸 반도의 문단에서 자신의 지배권을 영속화하려는 '문학적 마피아'에게 여전히 장악되어 있었습니다. 정부 기관이나 당에서 요직을 차지하고 있었던 그들은 비방이나 협박, 루머 등을 동원해 '올림포스의 신'과 같은 자신들의 위치를 지키려 했습니다. 저 역시 그들이 적대시하는 상대일 수밖에 없었지요. 드라간 예레미치[196]를 비롯한 소위 문학 마피아들은 제가 《보리스 다비도비치의 무덤》에서 빈번히 사용한 상호 텍스트성과 인용의 기법을 표절 행위로 매도했고, 그럼으로써 유고 문단 내에서 전후 가장 커다란 문학 논쟁을 불러일으켰습니다. 그러나 다행히도 이 논쟁은 저와 제 지지자들에게 승리를 안겨주었고, 나아가 유고 문학이 협소한 전통적 리얼리즘의 정전(正典)에서 탈피해 새로운 조류에 눈을 돌리는 분기점이 되었습니다. 여러분이 읽고 계신 《보리스 다비도비치의 무덤》은 이처럼 한 나라 문단에 세대교체를 몰고 왔다는 점에서 문학사적 측면에서도 중요한 위치를 차지합니다.

•

조준래_ 그럼 이제 《보리스 다비도비치의 무덤》에 대한 논의로 화제를 좁혀보도록 하겠습니다. 우선 이 작품의 집필 동기에 대해 몇 말씀 들려주시지요.

키슈_ 앞서 말했던 나치즘과 유대인 강제 수용소 외에 제가 목격한 20세기의 또 하나의 거대한 공포의 대상은 스탈린주의와 집단 노동 수용소였습니다. 유럽인으로서, 유대인으로서, 작가로서 저는 러시아와 동유럽 사회주의 국가들의 위선과 허위를 폭로하는 것을 저의 과제로 여겼습니다. 제가 《보리스 다비도비치의 무덤》을 쓰게 된 것은 프랑스의 보르도 대학에 재직할 당시 프랑스 대학생들과 대화를 나누면서 그들의 '편협함과 무지, 이데올로기적 광신성'과 '좌파 특유의 독단성, 톨레랑스의 결핍'에 '섬뜩함'을 느꼈기 때문이기도 했지만, 근본적으로는 스탈린주의와 굴라크Gulag[197]의 테마가 강박관념처럼 제 머리를 떠나지 않았기 때문이었습니다.

조준래_ 선생님은 이 작품에서 전체주의 사상과의 은닉된 논쟁을 벌이면서, 인류의 평등과 형제애, 사회 정의, 미래의 희망찬 질서에 관한 유토피아 신화를 선전해대면서 실상 그 이면에서는 집단 수용소를 운용하고 있는 소련 정부의 추악함을 폭로하고 있습니다. 선생님은 굴라크 문학의 또 다른 대표 작가인 솔제니친의 경우처럼 독자를 상대로 어떤 이념적 명제를 직접적으로 설득하거나 강요하지는 않지만, 궁극적인 메시지는 뚜렷이 전달하고 있는 것으로 보입니다. 그 메시지를 직접 말씀해주시지요.

키슈_ 이미 저는 사후에 편집 · 출판된 에세이집 《호모 포에티쿠스*Homo Poeticus*》에서 《보리스 다비도비치의 무덤》을 쓴 목적이 이데올로기의 폭력과 악의 메커니즘을 폭로하려는 데 있었다고 밝힌 바 있습니다. 사실, 우리가 살고 있는 이 하늘 지붕 아래 어딘가에 수용소가 있다는 것, 그 사실만으로도 인류는 도덕의 붕괴를 방조하는 것입니다. 우리는 전체주의, 수용소의 문제에 대해서만큼은 제가 비타협적이라고 비판했던 좌파만큼이나 이 문제에 '비타협적'으로 대처해야 하며, 한 발짝도 물러서서는 안 됩니다.

조준래_ 이 책의 영역판 서문을 쓴 러시아 시인 요시프 브로츠키는 이 소설이 '칙칙하고 음산한' 일곱 편의 이야기로 구성되어 있다고 했습니다. 몇 군데(예를 들어 〈마법의 카드〉에서 타우베 박사의 성장 과정에 대한 묘사)를 제외하면, 이 작품에서는 선생님 특유의 글쓰기 방식인 온화하고 관조적이며 서정적인 주관적 논평이 별로 개입하지 않습니다. 그래서 브로츠키는 이 작품을 선생님의 문학에서 매우 독특한 현상으로 평가하고 있고요. 역시 선생님처럼 유대인이고, 유형 생활을 경험했고, 망명지에서 집필 활동을 해야 했던 브로츠키는, 오직 주인공들의 이름만이 허구일 뿐 이 작품 속에 등장하는 러시아에 관한 내용은 모두 사실임을 주지시킨 바 있습니다. 지명, 인물 등 선생님의 조국 유고슬라비아에 대해서는 한마디도 언급하지 않는 이 작품이 조국을 비판한다 하여 금서로 판정받았다는 게 어찌 보면 아이러니컬하고 우습기까지 합니다. 그것은 이 작품에 어떤 보편성이 담겨 있다는 반증이 되기도 하겠지요. 이와 관련해 독자들에게 이 작품을 보다 잘 이해할 수 있는 바람직한 독서 방법을 가르쳐주시겠습니까?

키슈_ 읽어본 분들은 아시겠지만, 시나리오처럼 씌어진 이 비극적인 장편소설은 개별 인물들, 개별 디테일들이 하나의 운명처럼 서로 얽혀 있는 옴니버스 형식을 취하고 있지요. 단편들 간에 겹쳐지는 요소들을 찾아 그것들을 나름의 통일된 이야기로 재구성해보는 것도 흥미로울 겁니다. 현실의 영역과 문학의 영역이 구분되지 않을 정도로 한 줄 한 줄에 고도로 농축돼 있는, 암시적이며 섬세하게 선별된 디테일들은 하나의 몽타주로 발전해, 주인공들의 유사한 성장 과정과 공통된 운명(파멸)을 독자들에게 들려줄 것입니다.

조준래_ 《보리스 다비도비치의 무덤》이라는 작품에 아직

낯설어하는 독자들을 위해 번거로우시겠지만 각 단편에 대해 짤막하게 논평해주셨으면 합니다. 먼저 맨 처음에 나오는 섬뜩한 이야기 〈장미나무 손잡이가 달린 단검〉에서 말씀하고자 하신 것은 무엇입니까?

키슈_ 그 작품에서 저는 인간 존재에 내재된 악의 기원에 대해 나름대로 분석해보고 싶었습니다. 악은 인간의 저열함과 비루함, 탐욕과 우둔함에서 연유하며, 현실에서 곧잘 이념적, 민족적, 종교적, 계급적인 편견과 증오의 형태로 둔갑하지요. 그러나 동시에 악은 초개인적인 실체입니다. 그것은 인간에게 공포와 심판을 내림으로써 스스로 증식하는 끔찍한 기계지요. 이 작품에서 주인공들의 운명은 꼭두각시처럼 악의 기계에 의해 마구잡이로 조종당합니다. 여주인공 한나 역시 그런 희생자들 가운데 한 명이고요. 한나는 그녀의 희미한 중얼거림만큼이나 악의 기계 앞에서 너무나도 무기력하게 죽어갑니다. 그러나 악의 하수인인 미크샤 역시 그런 악이 실컷 쓰고 버리는 카드 패에 불과하지요.

조준래_ 두 번째 이야기 〈자기 새끼를 잡아먹는 암퇘지〉에서 선생님은 폭력과 공포와 죽음 위에 세워진 소비에트 정권을 인류 역사상 가장 암울한 기억이라며 비판하고 있습니다. 제목을 매우 독특하게 지으셨는데 이 작품의 내용과 어떤 관계가 있는지 설명해주시겠습니까?

키슈_ 이 이야기는 아일랜드에서 시작해 시베리아의 굴라크에서 종결되는 한 편의 고전적인 비극입니다. 국제적인 혁명가를 꿈꾸는 더블린 출신의 한 젊은 이상주의자가 세계혁명을 이루기 위해 다른 나라의 전쟁인 스페인 내전에 열성적으로 참전하지만, 소비에트 정권의 속임수로 좌절당하고 말지요. 버스코일스의 죽음은 '불가능한 것을 꿈꾸는 자들에 대한 경고'입니다.[198] 따라서 자신이 뿌린 씨앗을 다시 거두는 '자기 새끼를 잡아먹는 암퇘지'란 바로 소비에트 전체주의를 가리키는 말입니다. 저는 모든 전체주의 사회가 궁극적으로 지향하는 것은 유토피아가 아니라 공허한 황무지라는 메시지를 드러내고자 했습니다.

조준래_ 세 번째 이야기 〈기계 사자〉에도 비슷한 주제가 표현돼 있는 것 같은데요?

키슈_ 예, 이 작품에서 저는 대외적인 지원을 끌어내기 위해 소비에트 정부가 꾸미는 '종교극'을 객관적으로 묘사함으로써 공산주의 프로파간다의 그로테스크하고 비인간적인 허구성을 폭로하고자 했습니다. 이 작품의 특징이라면 스탈린식 전체주의의 끔찍한 메커니즘을 그 내면에서 조명하고 있다는 것입니다. 전체주의 사회는 인간을 존엄한 인격으로 바라보지 않으며, 대체와 교환이 가능한 '꼭두각시', 유일 지배자 스탈린을 무조건적으로 찬양하는 연극배우로 바꾸어놓습니다. 그리고 독재자 일인의 통치가 영구화될 수 있도록, 마치 큰 물고기가 작은 물고기를 삼키는 구조와 같이 그 내부 하수인들 간에 상호 감시와 고발의 채널을 설치해놓습니다. 아무리 작은 것이라도 정해진 통치 지침에서 벗어난 실수나 과오(첼류스트니코프의 불륜처럼)를 저지르는 사람은 누구나, 용서는 꿈도 꾸지 못하고 그 즉시 죽음의 형벌 아래 놓이게 됩니다.

조준래_ 네 번째 이야기 〈마법의 카드〉는 굴라크를 직접 체험한 사람의 증언에 바탕을 둔 것이라고 하던데요? 앞의 세 작품과는 다른, 이 작품만의 독특한 특징은 무엇입니까?

키슈_ 1976년에 저는 자그레브에 있는 인터내셔널 호텔 커피숍에서 굴라크를 직접 체험했고, 유명한 다큐멘터리 《시베리아에서 보낸 칠천 일》[199]을 쓴 유고슬라비아의 공산주의자 카를 슈타이너를 만났습니다. 그의 증언에 힘입어 이 이야기가 씌어지게 됐지요. 이런 이유로 이 작품은 그에게 바쳐져 있으며, 본문에 나오는 '케이 에스'는 그의 이름의 머리글자입니다. 이 작품에서 작가인 저는 앞의 이야기들과 달리 굴라크의 내부로 직접 들어가, 수용소의 실상을 섬뜩하리만치 샅샅이 파헤치고 있습니다. 저는 먼저 헝가리 출신의 지식인 공산주의자 타우베의 인생 여정을 따라가 보았습니다. 타우베는 위대한 혁명에 자신의 모든 존재를 바친, 이론적인 동시에 실천적인 혁명가입니다. 그러나 그는 자신이 일생을 바쳐 이룩한 바로 그 질서에 의해, 칼과 피가 이성과 언어에 우선하며 신이 악마로, 악마가 신으로 불리는 지옥의 세계에 투옥되어 가장 끔찍한 흉악범과 동일시되는 비운을 겪게 됩니다. 그러나 그런 잔혹한 세계에도 나름의 문법은 있지요. 그것은 변형된 카니발의 원칙입니다. 본질적으로 수용소는 전체주의 사회의 축소판이라 할 수 있지요. 그곳은 지배자를 제외한 나머지 사람들에게 자신들이 지배자나 형리가 아닌 피지배자, 희생자로 좌천될지도 모른다는 위기감을 끊임없이 재생산하면서 유지됩니다. 창조자를 피조물로, 주인을 노예로, 감독을 배우로, 옷을 갈아입듯이 바꾸는 것이 이런 지옥의 카니발의 문법인 것입니다. 실제로 복종하는 10분지 9와 그 위에 군림하는 10분지 1로 인류를 이분했던 '태초의 천국'의 창조자 스탈린은 그 10분지 1에게 나머지 10분지 9에 대한 무한하고 배타적인 지배권을 부여하는 한편, 더 나아가 어느 순간이 되면 '운명의 카드' 패를 뒤섞어 그 1을 나머지 9로 좌천시키는 식으로 권력을 유지했습니다. 전 국민의 평등함을 강조하는 '사회적인 형제'라는 소비에트 사회의 관용어는 이런 부조리함을 위장하기 위한 수사(修辭)일 뿐입니다. 아무튼 그런 악마적인 메커니즘에 따라, 타우베의 목숨은 수용소 안의 두 흉악범 세기둘린과 코스틱의 승부에 판돈으로 걸려지고, 타우베는 자신이 치료해준 그 세기둘린에 의해 죽임을 당합니다. 세기둘린의 배은망덕한 살인은, 보다 나은 세상의 건설을 숭상했고, 그것을 위해 자신의 피 한 방울까지도 기꺼이 바친 지식인을 극악무도한 '인간 쓰레기'와 똑같이 취급하는 수용소의 삶, 나아가 전체주의 사회에 대한 메타포라고 할 수 있습니다.

소비에트 정부가 흉악범들을 가석방시켜, 출소한 정치범들과 양심수들을 처리하는 데 이용했다는 것은 소비에트 사회 내에서는 공공연한 비밀이었습니다.

조준래_ 이렇게 직접 작품에 대해 설명해주시니 어렵게만 느껴졌던 작품들이 쉽게 이해되는 듯합니다. 그럼 다섯 번째 이야기이자 이 소설 전체의 간판급 이야기라 할 수 있는 〈보리스 다비도비치의 무덤〉으로 넘어가 보겠습니다. 먼저 선생님은 작품 초반부에서, 스크린 위에 투영되는 필름처럼 빠른 장면 전환을 통해 '유대계 러시아인' 보리스 다비도비치의 질풍노도 같은 삶의 편린들을 보여주고 있습니다. 제 느낌입니다만, 타우베 박사와 이 작품의 주인공인 노프스키는 쌍둥이처럼 닮아 있는 것 같습니다. 노프스키는 어떤 인물입니까?

키슈_ 예, 잘 보셨습니다. 노프스키의 운명에서 타우베 박사의 테마는 계속됩니다. '보리스 다비도비치 노프스키'는 심지어 그를 고문하게 될 수사관 페두킨조차 마음속으로 존경심을 품게 할 정도로 모범적인 혁명가 상(像)을 갖춘 인물입니다. 그러나 그는 어느 날 스탈린 공포 정치의 희생자로 전락합니다. 가히 현대판 욥이라고도 부를 수 있는 노프스키는 끔찍한 환경에도 굴하지 않고 자신의 인격을 꿋꿋이 지키는 인물로, 일순간 주위 환경과 타협하기는 하지만 독방, 고문 등의 외압에도 자신의 전기를 더럽힐 만한 자백은 하지 않습니다. 보편적인 진리를 위해 개인적인 진리는 얼마든지 희생될 수 있으며, 공공을 위해 개인의 전기는 어떻게 씌어지든 상관 없는 것 아니냐는, 그래서 자신의 전기에 오점을 남기지 않으려는 노프스키에게 오히려 혁명가답지 못한 태도라고 질책하는 그로테스크한 인물 페두킨과, 자신의 진리와 개성의 최후의 보루인 자존심과 인격을 지키려 애쓰는 노프스키 사이에 고통스러운 힘겨루기가 벌어집니다. '안'과 '밖'의 차이가 없는 매끈한 전기를 쓰길 요구하는 페두킨은 가시적일 뿐 아니라 비가시적인 악마적 실체입니다. 그의 목소리는 '벽에 귀가 달린' 독방에 감금되는 노프스키의 뇌리를 파고들거나 그의 귓전에 대고 속삭이면서 끊임없이 노프스키를 회유하려 들지요.

조준래_ 분명 선생님은 굴복하지 않는 노프스키의 모습에서 '험난한 시대를 사는 개인의 꿋꿋한 자세와 용기를 보여주는' 긍정적인 주인공의 모습, 스탈린의 우주를 깨뜨리는 영웅의 형상을 보고 계신 듯합니다.

키슈_ 예, 노프스키는 메타포인 동시에 현실입니다. 그는 필요하다면 언제든 크렘린 궁의 담벼락 위에 다시 나타날 수 있는 그런 유령이지요…….

조준래_ 여섯 번째 이야기이자 이 소설에서 다른 이야기들과 시공간적으로 현격한 차이를 보이는 〈개들, 그리고 책들〉에서 말씀하고자 하신 바는 무엇입니까?

키슈_ 저는 이 작품에서 역사의 지평을 넓혀, 스탈린주의의 메커니즘이 사실은 인류 역사 전체에 내재해 있다는 점을 지적하고 싶었습니다. 성서의 〈전도서〉에 나오는 말을 인용하자면, '태양 아래 새로운 것은 하나도 없고 오직 똑같은 고통만이 있을 뿐'이라고 할 수 있을 것입니다. 시대의 경계를 뛰어넘어 주인공인 바루흐 다비드 노이만은 노프스키와 거의 동일한 운명과 고통을 겪습니다. 스탈린주의의 중세적 대응물로는 이교도를 심판하는 종교 재판이 등장하고 있고요. 디테일 또한 매우 비슷하지요. 지배자들은 불신자들에 대한 고문 기구를 신이 내린 선물로 미화하면서, 자신들의 도그마를 잣대로 모든 차이와 이견을 균등화하거나 무화하려 듭니다. 심지어 그런 도그마에 대한 의심조차 허용되지 않습니다. '주의 정병'으로 자처하면서도 실상 그들의 목표는 자신들의 냉혹한 도그마의 틀 속에 세계를 가두어놓는 것이지요.

조준래_ 노프스키의 운명에 대한 전주곡이라 할 수 있는 노이만의 이야기에 대해 선생님은 그것이 상상의 산물이 아니라, 실제 사료 속에서 우연히 발견한 것이라고 밝히셨습니다. 더군다나 그것을 '토대로' 해 '글을 쓰신' 것도 아니고 단지 자료를 번역했을 뿐이라고 말씀하셨지요. 노프스키의 비극과 바루흐의 비극 간의 놀라운 일치를 굳이 그렇게 증명하신 이유는 무엇입니까?

키슈_ 저는 노프스키의 운명과 바루흐의 운명의 놀라운 일치를, 역사적 순환성을 뒷받침하는 본보기로 삼고자 했습니다. 동시에, 유토피아의 약속 아래 개성과 자유를 몰수하는 각종 도그마들이 어느 시대, 어느 곳에나 있었고, 또 있을 것이라는 것, 한편 그런 도그마들에 대해 용기 있게 항거하는 자들이 있기에 삶은 희망적이라는 것을 역설하고 싶었습니다.

조준래_ 혹자는 이 작품에서 너무도 선명하게 드러나는 반유대주의에 대한 고발의 메시지 때문에 작품의 전체적 통일성과 예술적 객관성이 삭감되는 게 아니냐고 비판할지도 모르겠습니다. 만약 그런 지적이 나온다면 어떻게 대답하시겠습니까?

키슈_ 그런 지적은 일부분 옳습니다. 본의 아니게 유대인 동족에 대한 저의 동정심과 애틋함이 작품 곳곳에서 묻어나고 있습니다. 하지만 제가 이 작품에서 이야기하고자 했던 것은, 본질적으로 진리란 보편적 객관성을 가진 정언명령이기에 앞서 각자의 '나'에 의해 내부화되고 수용되는 깨달음이어야 하며, 따라서 이해와 타협이 아닌 폭력적 강제의 대상이 될 수는 없다는 그런 메시지입니다.

조준래_ 이 소설의 마지막 장인 〈에이 에이 다르몰라토프의 짧은 전기〉는 일견 독립된 이야기인 듯 보이지만, 노프스키와 다르몰라토프의 관계에 의해 나머지 여섯 작품과 내용상 묶여 있습니다. 여기서 선생님은 회고록, 사진, 증언을 토대로 1920년대 러시아 문학계의 동향과 한 러시아 시인의 일생을 아이러니컬한 톤으로 간략하게 소개하고 계십니다. 한데 이 작품에서 묘사하신 다르몰라토프는 어떤 인물입니까?

키슈_ 다르몰라토프는 범속하고 재능이 부족한 범재(凡才) 시인입니다. 그는 온실 속의 화초처럼 소비에트 관료 체제에 의해 정치적 목적에서 재배되었던 예술가들의 전형입니다. 그래서 그는 지능이 모자란 난쟁이와 같은 그로테스크한 형상으로 묘사되어 있지요. 배고픔과 테러의 공포에 시달리면서도 묵묵히 자신의 길을 걸어갔던 파스테르나크나 만델스탐 같은 '유대계 러시아' 예술가들처럼 살 용기가 그에게는 없어요. 다르몰라토프가 걷는 길은 노이만과 노프스키가 걸었던 길과는 정반대되는 길입니다. 다르몰라토프와 그와 교류했던 각양각색의 문인들은 현실에 대한 저항의 표현으로 '역병이 돌 때의 향연'을 벌이고 무한한 좌절과 절망의 늪으로 자진해 투신하지만, 결국에는 현실과의 타협에 직면하게 되지요. 겉만 번지르르할 뿐인 그들의 삶은 오비디우스, 푸시킨, 만델스탐, 아흐마토바 등이 걸었던 치열한 예술가의 길과는 달리 너무나도 진부하고 공허합니다. 아시다시피 저는 '후기'에서 역사, 문학과의 관계에서 예술가가 가지지 않으면 안 될 진정성과 책임 의식에 대해 가슴 뜨끔한 도덕적 훈계를 내리고 있습니다.[200)]

조준래_ 잘 알겠습니다. 한데 안타깝게도 어느덧 선생님과의 긴 대화를 마무리할 시간이 되었군요. 마지막으로 《보리스 다비도비치의 무덤》에 대해 총평을 내려주시지요.

키슈_ 《보리스 다비도비치의 무덤》은 다큐멘터리 산문의 이점을 활용해 현실과 문학 사이에서 위태로운 곡예를 벌이지요. 이를 통해 무수히 많은 역사적 문헌들을 이용하면서도 작가가 자신의 고유한 세계를 건설할 수 있다는 것을 분명하게 보여주는 작품이라고 할 수 있습니다. 그런 새로운 가능성은 제가 생각했던 문학의 본질적인 임무, 즉 개인과 집단의 고통에 대한 기억과 기록으로서의 역할을 보다 충실하게 수행할 수 있게 해줍니다. 《보리스 다비도비치의 무덤》은 제목 자체가 말해주듯이 고통 속에서 억울하게 죽어간 사람들에 관한 기억, 그들에게 바치는 '세노타프' 입니다. 문학은 과거를 되돌려 죽은 자들을 돌아오게 할 수는 없지만, 그들을 후대의 독자들 앞에 의미 있게 부활시킴으로써 미래를 변화시킬 수는 있습니다.

조준래_ 그러니까 선생님의 주인공들, 즉 '현존의 찰나적 고통이 무의 종국적인 공허보다 낫다' 고 믿으며 절체절명의 위기에서도 삶에 대한 희망을 버리지 않는 그 주인공들이 우리 독자들에게 던져주는 의미는 삶에 대한 밝은 전망과 선의 승리에 대한 확신이겠군요. 저도 목숨이 붙어 있는 날까지 선생님의 교훈을 가슴에 새기고 살겠습니다. 귀한 시간 내주셔서 감사합니다. 마지막으로, 오마주의 표시로 이 인터뷰를 선생님께 바칩니다.

키슈_ 고맙게 받겠습니다.

작가 연보

Danilo Kiš

다닐로 키슈Danilo Kiš는 1935년 2월 22일 헝가리 국경 부근의 구 유고슬라비아 공화국 북부의 수보티차에서 유대인 아버지 에두아르드 키슈와 몬테네그로인 어머니 밀리차 사이에서 태어났다. 아버지는 13세에 개명하기 전까지 에두아르드 콘이라고 불렸으며, 소년 키슈의 위로는 세 살 연상의 누이 다니차가 있었다. 1937년에 키슈의 가족은 수보티차를 떠나 유고슬라비아 북동부의 자치주 보이보디나의 주도(州都)인 노비사드로 이주한다. 1939년 헝가리에서 반유대인법이 제정됨과 동시에 키슈는 부모의 뜻에 따라 노비사드의 우스펜스키 사원에서 세르비아 정교 세례를 받는다. 1941년 2차 대전이 발발하고, 곧이어 1942년 1월에 노비사드의 '혹독한 나날들'이 시작된다. 주 전체가 친나치 정권의 지배 아래 놓이게 되면서 보이보디나에 사는 세르비아인과 유대인 수백

명이 살해당하는 참극이 벌어진다. 아버지와 어머니, 누이와 단란하게 살고 있던 키슈도 불행을 피할 수 없었다. 마을에 들이닥친 헝가리 군인들에게 아버지 에두아르드 키슈가 붙들려 간 것이다. 1944년 에두아르드 키슈는 친족들과 함께 헝가리의 잘라에게르세그로 끌려갔다가 거기서 다시 아우슈비츠로 이송되었고, 결국은 불귀의 객이 되었다. 에두아르드 키슈는 국영 철도의 고위 감독관이었고, 유고슬라비아 전역의 철로 · 버스 · 선박 · 항공기 시간표가 빠짐없이 기록된 여행 안내서 《차장(車掌)*Kondukter*》을 집필한 지식인이었으며, 정신과 치료를 받을 정도로 평소에 극심한 공포로 노이로제에 시달렸다. 이 무렵 아홉 살이었던 키슈는 처음으로 시를 쓰는데, 그 주제는 배고픔, 사랑, 고통, 박해, 죽음이었다. 키슈의 아버지가 죽은 뒤에도 보이보디나에서는 유대인들에 대한 박해와 추방이 연일 계속되고 있었으며, 키슈의 가족은 박해를 피해 에두아르드의 고향인 헝가리 서부로 이주한다. 그곳의 한 시골집에서 고모와 함께 살던 키슈의 가족은 종전 소식을 듣게 되고, 1947년 국제 적십자사의 도움으로 어머니 밀리차 키슈는 다니차와 다닐로를 데리고 조국 유고슬라비아로 돌아온다. 키슈의 가족은 외숙부 리스트 드라기체비치가 살고 있던 몬테네그로의 고도(古都) 체티네에 다시 둥지를 튼다. 드라기체비치는 유고 최고의 시인인 녜고슈의 연구가이자 유명한 역사가였다. 소년 키슈는 고등학교를 마칠 때까지 외숙부의 집에서 살게 된다. 그런데 그가 성년이 되기도 전인 1951년에 어머니 밀리차 키슈가 세상을 떠난다. 서너 해 동안 계속된 어머니의 병과 임종의 고통을 지켜본 소년 키슈는 신에 대한 믿음을 잃을 정도로 큰 슬픔에 빠진다. 당시의 슬픈 기억은 1953년 잡지 《청년 운동》에 발표된 처녀시 〈엄마와의 이별〉에 잘 표현되어 있다. 1957년 키슈는 잡지 《시야(視野)》의 편집위원이 되고, 1960년까지 이 일을 계속한다. 1958년 키슈는 베오그라드 국립 대학 철학부에 최초로 설립된 비교문학과를 수석으로 졸업하고, 1959년 드디어 꿈에 그리던 첫 외국 여행을 떠나게 된다. 그것은 최초의 파리 여행이기도 했다. 1960년에는 〈러시아와 프랑스 상징주의의 차이에 관하여〉라는 대학원 석사 논문을 마치며, 1961년에서 1962년까지 빌레차와 델니치에서 군복무를 한다. 1962년 베오그라드의 코스모스 출판사에서 키슈의 첫 소설인 《지붕 밑 다락방 : 풍자적 서사시》와 《성가(聖歌) 44장》이 출간된다. 1962년에서 1964년까지 그는 모국어인 세르보크로아티아어 강사로 일하면서 프랑스의 스트라스부르에 머문다. 아득한 옛날 그의 조상이 터전을 잡고 살았던 알자스에서 키슈는 장편소설 《동산, 잿더미》를 집필하고, 동시에 로트레아몽, 베를렌, 예세닌 등 유럽과 동구 시인들의 작품, 퀜의 《문체 연습》 등을 번역하면서 전업 작가의 길로 들어선다. 1963년 키슈는 이삿짐을 옮기던 중 훗날 장편소설 《모래시계》에서 '위대한 유서'로 불리게 될 아버지의 유서 한 통을 잃어버려 크게 상심한다. 1965년에는 장편소설 《동산, 잿더미》를 발표하고, 단편소설 모음집인 《유년의 슬픔 : 아동, 그리고 예민한 감수성을 가진 독자들을 위한 시》를 탈고한다. 그러나 이 작품이 세상 빛을 보기 위해서는 4년을 더 기다려야 했다. 이 시기에 키슈는 유고슬라비아 전위 연극의 거점이었던 '아틀리에 212' 극장의 전속 각본가로 활동한다. 한편 2년 뒤 잃어버렸던 '위대한 유서'를 찾게 되고, 이로써 '가족 연대기 삼부작' 중 세 번째 작품인 장편소설 《모래 시계》(1972)가 씌어지게 된다. 《동산, 잿더미》, 《유년의 슬픔》, 《모래 시계》로 완성되는 '가족 연대기 삼부작'은 1983년 프랑스 갈리마르 출판사에서 '가족의 서커스*La cirque de famille*'라는 제목으로 묶여 번역 · 출판된다. 1973년 키슈는 《모래 시계》로 유고의 권위 있는 문학상의 하나인 닌NIN 문학상을 받게 되지만 몇 년 뒤 개인적인 이유로 그 상을 반납한다. 1973년에서 1976년까지는 보르도 대학에서 세르보크로아티아어 문학을 가르치면서 장편소설 《보리스 다비도비치의 무덤—일곱 장으로 구성된 한 편의 잔혹극》을 집필한다. 1974년에는 에세이와 인터뷰 모음집인 《포에티카 1, 2》를 발표한다. 《보리스 다비도비치의 무덤》이 출간되던 1976년 가을, 키슈에 대한 전대미문의 공격이 시작된다(그 비난은 문학적인 것이라기보다는 정치적 성격이 매우 강한 것이었다). 그러나 키슈는 1977년 《보리스 다비도비치의 무덤》으로 유고의 권위 있는 문학상인 '이반 고란 코바치치' 상을 수상한다. 1978년 키슈는 평론집 《해부학 수업》을 발표하며, 이 책에서 《보리스 다비도비치의 무덤》의 이론적 토대를 설명하고 자신의 문학적, 정치적 입장을 방어하며 혹독한 공격에 맞선다. 1979년 키슈는 《해부학 수업》으로 권위 있는 '젤례자르 시삭' 문학상을 수상한다. 같은 해 10월부터는 망명자(조이스적 의미에서의)로 자처하면서 파리에 머물며, 1983년까지 릴 대학에서 세르보크로아티아어 문학 강사로 교편을 잡는다. 1980년 키슈는 이전의 문학적 공로를 인정받아 파리에서 '니스 황금 독수리 상'을 받는다. 매우 겸손했던 키슈는 문학상을 받을 때마다 '덤덤하자, 받을 자격이 있다는 오만을 떨쳐버리자!'라고 되뇌이며 마음을 다독거렸다고 한다. 1983년 키슈 전집의 신호탄으로 희곡집 《밤, 안개》, 에세이 및 인터뷰 모음집 《호모 포에티쿠스》, 그리고 장편소설 《죽은 자들의 백과전서》가 출간된다. 키슈는 1984년에 《죽은 자들의 백과전서》로 유고의 권위 있는 문학상인 '안드리치' 상을, 1986년에는 유고의 문학상인 '스켄데르 쿨레노비치' 상을 받으며, 또한 1986년에는 프랑스 정부로부터 '예술과 문학 기사 작위'를 받는다. 같은 해에 키슈는 에세이 및 인터뷰 모음집인 《삶과 문학》을 집필하기 시작하고, 10월에 뉴욕에서 열린 48차 국제 펜클럽회의에 참가한다. 1988년에는 세르비아 국립 학술원 비상임 위원으로 피선되고, 연이어 유고의 '아브노이' 상, 이탈리아의 '테베레' 상, 독일의 문학잡지상을 수상한다. 1989년 3월에는 이스라엘에 잠시 체류하고, 같은 해 미국 펜클럽으로부터 '브루노 슐츠'

상을 받는다. 이런 눈부신 황금빛 나날 속에서 키슈에게 갑자기 어두운 그림자가 드리워진다. 1986년 폐암의 징후가 발견된 것이다. 그는 같은 해 말 파리에서 수술을 받는다. 키슈는 큰 충격을 받는다. "《죽은 자들의 백과전서》에서 화자인 여주인공의 아버지는 암으로 죽는다. 지난 11월 내가 폐암에 걸렸다는 것을 알았을 때 나는 아연실색했다. 그리고 깨달았다. '이것이 나의 업보가 아닐까?' 라고. 내가 그 작품을 쓰고 있던 시간과 내 몸 안에서 종양이 자라고 있던 시간은 얼추 일치한다. 그런 일치는 내게 큰 의미를 지니지 않을 수 없다." 키슈는 1989년 10월 15일 파리에서 숙환으로 짧은 생애를 마감한다. 장례는 그의 유언에 따라 세르비아 정교 예식으로 치러졌다. 현대 유고 문학의 거장들 중 한 명인 보리슬라프 페키치는 키슈의 친구로서 이렇게 회고한다. "마지막 호흡을 하고 있는 그 시간에 한 막역한 친구가 다닐로에게 많이 아프냐고 물었습니다. 그러자 키슈는 '그렇다' 고 말했습니다. 그래서 어디가 제일 아프냐고 되물었더니 그는 '인생' 이라고 답했습니다."

키슈가 생전에 미처 정리하지 못한 원고는 그의 문우들과 미망인에 의해 사후에 출간되었는데, 그것들 또한 높은 문학성을 보여준다. 《시련의 쓰린 앙금》(1990, 인터뷰집), 《노래와 후렴》(1992), 《라우타, 또는 상처의 흔적》(1994, 단편집), 《성격》(1995, 유작 모음집), 《잡문(雜文)집》(1995, 에세이 · 논문 · 단편소설 모음집), 《엘렉트라의 노래》(1995, 각색 드라마) 등이 그것이다.

키슈의 작품은 20개 이상의 언어로 번역되었고 유럽 문단에서 높은 평가를 받아왔다. 가톨릭, 이슬람, 비잔틴이라는 3대 문명이 혼재하는 '유럽의 화약고' 발칸 반도는 시대, 사회, 개인에 대한 키슈의 시선을 예리하게 다듬어준 문화적 토양이다. 키슈는 유고슬라비아 선대 문인들뿐 아니라 그리스 신화, 셰익스피어, 필냐크, 바벨, 조이스, 보르헤스에게서도 깊은 영향을 받아 사랑과 꿈이 묻어나는 독창적인 문체로 환상적이고 서정적인 동시에 아이러니컬한 가상 세계를 구축한다. 왜 죽음을 문학의 주제로 빈번히 등장시키느냐는 질문을 받을 때마다 키슈는 "여러 시대마다 불변의 정수가 있는데, 그것은 사랑과 죽음의 편재이다"라고 대답했다. 동시에 키슈는, 역사는 되풀이되지만 사람에게 주어진 목숨은 단 하나뿐이며, 기억이 사라지는 순간, 죽어간 무수한 인류의 생전의 발자취마저 부정된다고 역설하면서, 문학이란 이름도 없이 역사의 뒤안길로 사라져버린 무수한 인생의 자취를 빠짐없이 기록하는 '백과사전'이 되어야 한다고 말한다. 삶과 문학의 접점을 찾는 과제, 즉 진실과 기록의 문학적 승화를 통해 읽는 이의 마음에 깊은 인상을 새기는 작업, 그것이 작가가 해야 할 일이라고 키슈는 역설한다. 자전적인 내용의 '가족 연대기 삼부작', 환상적이고 형이상학적인 《보리스 다비도비치의 무덤》, 《죽은 자들의 백과전서》 등은 키슈의 그런 예술 철학을 아낌없이 보여주는 유럽 문학의 고전이다.

| 옮긴이 주 |

1) 텔랴티나는 러시아어로 '송아지 고기' 라는 뜻이다.
2) 킨잘은 '단검' 이라는 뜻의 러시아어이다.
3) 뢰브는 유대인 율법 박사, 랍비, 선생을 가리키는 존칭이다.
4) 헤르는 ~군, ~선생, ~씨 등에 해당하는 독일어 호칭이다.
5) 플로에스티는 루마니아 남동부에 있는 대규모 유전 지대다.
6) 코친차이나는 중국 북방 원산의 육용 품종 닭을 가리키는 말이다. 털은 황갈색이 많으나 백색, 흑색도 있다. 살이 풍부하고 맛있기로 유명하다. 코친차이나는 유럽인들이 인도차이나 반도의 베트남 남부 지방을 일컬을 때 사용한 말인데, 이 품종이 유럽에 처음 소개되었을 때 코친차이나산(産)으로 잘못 인식되어 이런 이름이 붙었다.
7) 체르보네츠는 1922년 러시아의 화폐개혁으로 새롭게 정립된 통화 단위로 십 루블 상당의 주화이다. 1947년의 화폐개혁으로 폐기되었다.
8) 카프탄은 옷자락이 긴 셔츠 모양의 외투이다.
9) 부코비나는 우크라이나 남부와 루마니아 북동부를 포함하는 지방의 역사적 명칭이다.
10) 디부크는 살아 있는 사람에게 붙는다는 죽은 사람의 혼을 가리키는 히브리어이다.
11) 자카르파티아는 루마니아의 중앙을 가로지르는 카르파티아 산맥의 남서쪽 지역이다.
12) 아스트라한은 러시아 남서부 볼가 강 어귀의 지방으로, 이 지방에서 나는 양털은 매우 비싸다.
13) 브로니에프스키(1897~1962)는 혁명적 서정시를 주로 쓴 폴란드의 시인으로 양차 대전 사이 조국의 삶과 식민 정치의 체험을 아름다운 서정시로 노래했다.

14) 클라라 체트킨(1857~1933)은 독일의 여성 해방 운동가이자 공산당 지도자이다. 교사로 재직하는 중에 사회민주당에 가입했고, 로자 룩셈부르크와 함께 급진 진영의 지도자가 되었다. 오랫동안 러시아에 머물면서 마르크스주의를 연구했고, 사회주의와 여성의 권익에 관한 저서를 남겼다.

15) 라파르그(1842~1911)는 프랑스의 사회주의 운동가이다. 프루동의 영향을 받아 학생 시절부터 사회주의 운동을 시작했고, 런던으로 이주한 후 마르크스와 교류했으며, 파리 코뮌에서 왕성하게 활동했다. 1881년 대사령으로 프랑스에 돌아와 프랑스 노동당을 창설했고, 마르크스주의를 프랑스에 보급하는 데 크게 기여했다.

16) '흘라사텔 폴리체이니'는 체코어로 경찰 신문이라는 뜻이다.

17) 아리아드네는 그리스 신화에 나오는 크레타의 왕 미노스의 딸로, 테세우스가 미궁에서 탈출할 수 있도록 실을 주었다고 한다.

18) 로만 보리소비치 굴(1896~1986)은 러시아의 작가, 기자, 시나리오 작가, 해설가다. 인간의 내밀한 감정과 충격적인 체험을 섬세하게 표현하는 데 탁월하다는 평가를 받았다.

19) 미하일 한테스쿠는 미크샤 한테스쿠의 러시아어식 표기이다. 작가는 러시아 자료를 인용하고 있다.

20) 크라스나야 스보보다는 러시아어로 '붉은 자유'라는 뜻이다.

21) 소련의 통치자 스탈린(1879~1953)을 가리킨다.

22) 펠라그라는 니코틴산의 결핍으로 생기는 질환으로 메스꺼움과 불면증, 우울증을 동반하고 심할 경우 사망에 이르게 한다.

23) 플랑드르 화파(畵派)는 16, 17세기에 플랑드르 지방을 중심으로 발전한 미술 유파를 말한다. 회화 중심이었으며, 생활과 풍토에 밀착된 정밀한 관찰에 입각한 자연주의와 사실주의를 추구했다. 반 에이크 형제, 브뢰겔, 루벤스 등이 대표 작가들이다.

24) 다이달로스는 그리스 신화에 나오는 건축과 공예, 비행술의 명인이며, 이 이름은 명장(名匠)이라는 뜻이다.

25) 르댕고트는 허리 부분이 꼭 끼는 코트의 총칭이다.
26) 리피 강은 아일랜드 더블린 시의 중앙을 동서로 가로지르는 강이다. 더블린은 리피 강을 경계로 북쪽의 신시가지와 남쪽의 구시가지로 나뉜다.
27) 부르니켈(1918~2013)은 프랑스의 소설가로 《쇼팽》, 《카르마》 등을 썼다.
28) 파넬 당은 아일랜드 자치를 주장했던 파넬(1846~1891)을 지지하는 당이다.
29) 과달라하라는 마드리드 북동쪽에 위치한 평야 지대이다. 스페인 내전(1936~1939) 당시 이 근방에서 격전이 벌어졌다.
30) 제15 영미 여단은 스페인 내전 때 공화제를 지지하는 다국적 지원병으로 구성되었던 '에이브러햄 링컨 대대The Abraham Lincoln Battalion'를 가리킨다. 총 3,000명으로 구성되었는데, 사회주의 이상을 품은 28세 미만의 청년 노동자, 학생, 교사가 대부분을 차지했고, 유대인이 가장 큰 비율(30퍼센트)을 차지했다.
31) 알카사르는 스페인에서 무어인들을 몰아내기 위해 축조한 요새 궁전이다.
32) 팔랑헤 당은 1939년 내전이 끝난 뒤 스페인의 공식 집권당이 된 파시스트 당이다.
33) 말라가는 스페인 남부의 항구 도시이다.
34) 빌바오는 스페인 북부의 항구 도시이다.
35) 산탄데르는 스페인 북부의 항구 도시이며, 칸타브리아 주의 주도(州都)이다.
36) 히혼은 스페인 북서부의 항구 도시이다.
37) 카탈루냐는 스페인 북동부에 있는 지방으로, 20세기에 자치권을 획득했으나 프랑코 정권이 확립된 후 자치권을 상실했다.
38) 베르됭은 프랑스 북동부의 도시이다.
39) 알메리아는 스페인 남동부 안달루시아 지방의 주 이름이다.
40) 바렌츠 해는 북빙양의 부동해로, 무르만스크 항이 여기에 속해 있다.

41) 카라간다는 카자흐스탄 중부의 도시로 대탄전으로 유명하다.

42) 에두아르 에리오(1872~1957)는 프랑스의 정치가, 문인이다. 그는 온건 좌파 인사로서 교권반대주의, 반군국주의를 표방했다. 1899년부터 1940년까지 프랑스 제1당이었던 급진사회당의 당수를 역임했고, 1904년에는 리옹 시장으로 피선되었다. 프랑스 하원 의장 및 각 부의 장관을 두루 거친 뒤 1924년, 1925년, 1932년 세 번에 걸쳐 총리를 지냈다. 특히 총리 재임 기간 중인 1932년에 영국, 미국, 소련, 독일 등과 평화 정책을 도모했다. 유럽 국가들의 동맹을 주창했으며, 이를 위해 유럽 동맹안(1930년)을 선언하기도 했다. 정치적인 논설뿐 아니라 비정치적인 글도 남겼다.

43) 차스투슈카는 4행으로 지어진 러시아의 속요, 유행가이다.

44) 보로네슈는 러시아 서부의 무역항이자 철도 중심지이다.

45) 《숲》은 러시아 극작가 알렉산드르 오스트로프스키(1823~1886)의 희곡이다. 위선과 이기심으로 똘똘 뭉친 여지주(구르미슈카야)와 고결한 마음과 헌신의 정신을 가진, 그녀의 선량한 조카(네샤슬리프체프)를 대비시키는 가운데 지주 귀족의 전제적 포악성을 고발한다. 또한 1861년 농노 해방 후 달라진 삶(특히 러시아 내 자본주의의 발전)을 조명한다. 네샤슬리프체프는 유랑 극단의 비극 배우로, 우연히 숙모의 영지인 숲에서 휴식을 취하던 중 희극 배우 샤슬리프체프(아르카지)를 만나게 되고, 그를 하인으로 분장시켜 귀족인 척 숙모를 접견하러 가게 된다. 그러나 여지주의 핍박으로부터 여동생(악슈샤)을 구해내려고 그녀에게 가출과 극단 입문을 설득하는 네샤슬리프체프의 태도에 못마땅해진 샤슬리프체프(아르카지)는 여지주 앞에서 네샤슬리프체프의 정체를 폭로하고 만다.

46) 드네프르 강은 러시아, 벨라루스, 우크라이나를 가로지르는 유럽 대륙의 큰 강들 중 하나이다. 총 길이 2,300킬로미터로 모스크바 서쪽 발다이 구릉에서 발원하며, 벨라루스와 우크라이나를 통과해 흑해로 흘러든다.

47) 라이콤은 러시아어로 '소련 레닌 공산청년동맹 산하 구역위원회'를 뜻하는 raionnyi komitet의 약어이다.

48) 그라주다닌은 헌법상의 권리와 의무를 지닌 시민, 공민을 가리키는 러시아어이다. 이 말은 이런 사전적 의미 외에 소련 정부에 의해 사상적으로 건전하다고 검증된 사람에게 부여되는 일종의 특권적 칭호이기도 했다.

49) 블라디미르 1세(?~1015)는 키예프 왕조 스뱌토슬라프 공(?~972)의 서자로, 최초로 기독교를 국교로 받아들인 통치자다. 키예프 공국은 상업, 문화의 중심지인 드네프르 강 유역에 자리 잡고 있었으며 고대 러시아의 중심지였다.

50) 야로슬라프 1세(980~1054)는 블라디미르 1세의 아들로, 1019년에 대공에 올랐다. 공국의 영토가 분열되지 않도록 명석하게 통치했다고 하여 야로슬라프 현공(賢公)이라고도 불린다.

51) 이자슬라프(1024~1078)는 야로슬라프 현공의 장자로 부친의 유언에 따라 키예프 대공의 자리를 물려받았다(1054년). 심신이 유약하고 온화해 권좌를 오래 지키지는 못했다.

52) 코르순은 크림 반도의 고대 그리스 식민지 헤르소네스의 슬라브 명칭이며, 오늘날 우크라이나 공화국에 소속된 흑해 연안 세바스토폴의 항구도시 헤르손을 가리킨다. 그러나 고대의 헤르소네스와 현재의 헤르손은 위치가 약간 다르다.

53) 성화상은 예배 때 경건성을 자아내고 문맹자들을 교화하며 예배하는 이와 하느님 사이를 실질적으로 연결해주는 역할을 하는 계시적, 신학적인 그림이다. 그리스어로는 '이콘icon'(이미지를 뜻함)이라고 한다. 반대로, 성화상을 싫어하고 파괴하는 무리를 '우상 파괴자들'이라고 한다.

54) 다주보그는 고대 슬라브 신화에 나오는 수확, 행운, 여름의 신이다. 황금빛 둥근 태양, 경제적 풍요를 상징한다. '타다'라는 의미의 산스크리트 dah 또는 '주다'라는 러시아어 동사 dat에서 파생된 이름이다. 러시아의 중요한 고대 문학 작품 중 하나인 〈이고리 원정기〉는 러시아인들을 '다주보그의 손자들'이라고 표현하고 있다.

55) 스트리보그는 고대 슬라브 신화에 나오는, 겨울과 바람을 몰고 다니는 회색빛 신이다. 여기서 폭풍은 재물을 흩어버리는 불행을 상징한다. 〈이

고리 원정기〉는 바람을 '스트리보그의 자녀'로 묘사하고 있다.

56) 중세 독일의 주교 티트마르 메르세부르그(975~1018)가 쓴 총8권의 연대기이다. 908년부터 1018년까지의 슬라브족을 포함한 유럽의 역사를 대소 사건을 망라해 편견 없이 자세하게 묘사했다는 점이 특징이다.

57) 페체네그족은 9~11세기에 러시아 남부를 침략한 터키계 유목 민족이다. 키예프의 통치자 스뱌토슬라프는 드네프르 강 부근의 전투에서 페체네그족의 기습 공격을 받고 전사했으며, 페체네그족은 승리를 자축하며 스뱌토슬라프의 두개골을 술잔으로 사용했다고 한다.

58) 아카티스토스 찬미가는 동방 정교에서 부르는 최고의 성모 찬미가이다. 서기 300년경 처음 불렸던 것으로 추정된다. '아카티스토스'는 '서다', '서 있다'라는 뜻의 그리스어다. 천사가 전한 그리스도의 강생에 최고의 경의를 표하기 위해 끝까지 모두 일어서서 부른다. 그리스어 알파벳 순서에 따라 총24행으로 구성되며, 각 행의 머리글자를 모으면 말이 되는 아크로스틱 시 형태를 띤다. 전반부 12행은 그리스도의 유아기 사건을 노래하고, 후반부 12행은 강생의 신비와 마리아의 모성을 노래한다. 여기서 '그리스도의 모친'은 콘스탄티노플의 수호자 역할, '하늘에 닿는 층계'(야곱의 사다리, 그리스도의 층계)의 역할, 즉 인류 구원의 중재적 역할을 하는 것으로 묘사된다.

59) 앱스는 예배당의 동쪽 끝에 불룩하게 튀어나온 부분을 말한다. 예배당의 종결부이다. 반원형이 대부분이나, 정사각형으로 설계된 것들도 있다. 교회 건축의 절정이라고 평가되어 화려하게 장식된 것들이 많다.

60) 콘스탄틴 포르피로게니투스(905~959)는 비잔틴의 통치자(913~959)이자 역사 저술가이다. 레오 6세의 아들이며, 법률 개혁, 농민들에 대한 토지의 공정한 재분배, 예술과 학문 장려 등에 힘썼다.

61) 루두스 고티쿠스는 '고트인들의 놀이'라는 뜻이다.

62) 비계는 고층 건물을 지을 때 딛고 서기 위해 널을 걸쳐놓은 시설이다.

63) 나르콤은 narodnyj komissariat, 즉 1917~1946년 소련 인민위원부의 약어이다.

64) 프랑스어로 말하고 있다. '하지만 이것들은 매우 세련된 예술적 섬세함을 보여줍니다.'

65) '그래서 귀국(貴國)의 고딕 성당의 성상화가들과 목공들에게 낯선 만큼이나 11세기의 비잔틴 사람들에게도 아주 생경했을 것입니다.'

66) '귀국의 노르만족 왕들이 지어놓은 가정 예배당과 완전히 똑같은.'

67) '그렇지 않습니까?'

68) 리가는 라트비아 공화국의 수도이자 발트 해의 주요 무역항으로 철로 연락 지점이자 군사, 문화, 산업의 거점 도시다.

69) 쾨니히스베르크는 칼리닌그라드의 옛 명칭이다. 서유럽과 가까운 러시아의 중심 도시이며, 철학자 칸트의 고향으로도 유명하다.

70) 유로디브이는 '성스러운 바보, 하느님의 백성' 이라는 뜻의 줄임말로서, 원래 명칭은 '그리스도를 위해 바보로 행세하는 사람' 이다. 보통 농촌 출신의 남녀였는데, 실제로 미친 것이 아니라 겸허함을 위해 미친 것처럼 행동하고 방랑 생활을 했다. 유로디브이에게는 예언력과 투시력이 있다고 여겨졌다. 그러나 유로디브이는 금욕적인 태도를 강조하는 것은 물론이고 쇠사슬을 감고 다니거나 나체로 활보하는 등 일상 도덕에서 일탈된 모습을 보였으며, 심한 경우에는 신성모독과 살인까지도 범했다. 유로디브이에 대한 정교회와 민간의 평가는 다소 차이가 있으나, 일부 유로디브이는 공식적으로 성인으로 추대되기도 했다.

71) '이 책은 에두아르 에리오 선생을 위해 특별 제작된 스무 권의 사본들 중 하나임.'

72) 키로프(1886~1934)는 1904년 러시아 공산당 입당 후 스탈린에 대항하는 당내 우파에 맞서 스탈린을 지지하여 1934년 당 중앙위원회 서기에까지 오르게 되었지만, 같은 해 12월 페테르부르크에서 암살된 인물이다. 키로프 암살 사건을 시발로 대숙청이 시작되고 스탈린 일인 숭배가 심화되었다.

73) 엔케베데NKVD는 Narodnyi konissariat vnutrennikh del의 약어로, 옛 소련의 비밀 경찰인 내무 인민위원회를 가리킨다. 게페우GPU가 전신이

며, 엠베데MVD가 후신이다.

74) 곰 조련사는 도둑들 사이에서 금고털이를 지칭하는 은어이다.

75) 당테스는 조르주 샤를 당테스(1812~1895)를 가리킨다. 헤케렌이라고 도 불린 이 인물은 프랑스 귀족 출신이나 1833년 러시아로 온 뒤 부친의 친구인 네덜란드 공사 헤케렌 남작의 주선으로 러시아 군대의 요직에 올랐고, 3년 뒤 헤케렌 남작의 양자가 되었다. 1834년부터 페테르부르크 사교계 및 러시아 국민 시인 푸시킨(1799~1837)과 교류하게 되나, 2년 뒤 그가 푸시킨의 아내 나탈리야 곤차로바에게 치근댄다는 소문이 돌면서 푸시킨과의 사이는 급격히 악화된다. 푸시킨은 자신과 가족을 계속 괴롭히는 헤케렌 부자를 증오하게 되었고, 자신에게 불리하게 돌아가는 사교계 분위기 속에서 급기야 아들 헤케렌에게 결투를 신청한다. 1837년 1월 27일에 이루어진 이 결투에서 당테스는 가벼운 상처만을 입었지만, 푸시킨은 그가 쏜 총탄에 치명상을 입어 이틀 뒤 숨을 거두었다.

76) 단테는《신곡》의 작가 단테(1265~1321)를 말한다.

77) 다차는 별장이라는 뜻의 러시아어다.

78) 마카렌코(1888~1939)는 러시아의 교육가이자 작가이다. 1920년 부랑아와 미성년 범법자를 수용하는 교화 시설 고리키 칼로니야를 설립했다. 1931년에는 청소년 범죄자 교화 시설 '제르진스키 코뮨'의 소장직을 맡았다. 스탈린의 강력한 지지자였던 그는 자신의 교육 이론에서 육체 노동, 규율, 집단 학습의 중요성을 강조했다. 대표적인 저서로《교육 서사시》가 있다.

79) 체키스트는 체카 요원을 가리키는 러시아어다.

80) 튜멘은 러시아 튜멘 주의 주도로 우랄 산맥과 시베리아 사이, 투라 강 연안에 위치한다.

81) 에슈테르곰은 다뉴브 강과 슬로바키아 국경 지대에 인접한 헝가리 북부 도시이다.

82) 벨라 쿤(1886~1939)은 헝가리 출신 혁명가이다. 1차 대전 후 오스트리아 · 헝가리 이중 제국이 해체되자 헝가리 공산당을 창설했다. 친볼셰비

키적 이념으로 헝가리 혁명 봉기를 주도했고, '헝가리 사회민주당'과의 제휴를 통해 단시간 내에 정권을 잡는 데 성공했다. 그러나 산업과 농업의 국유화, 군부를 이용한 무자비한 철권 통치 등으로 국민들의 원성을 샀고, 1919년 미클로스 호르티 데 나기바냐 장군이 이끄는 반명혁군에 의해 급기야 무너졌다. 소련으로 피신한 쿤은 스탈린 정부의 당 간부로 입각했으나 숙청의 희생양이 되고 말았다.

83) 라요슈 카사크(1887~1967)는 헝가리의 시인이자 소설가, 화가이다. 아방가르드 미학의 이론가이고, 헝가리 모더니즘 문학의 아버지이며, 헝가리 문학 최초의 노동자 출신 작가다.

84) 루카치(1885~1971)는 헝가리 출신의 문학 비평가이다. 1918년 공산주의자로 전향해 벨라 쿤의 내각에서 일했다. 벨라 쿤의 실각 이후 2차 대전 전까지 베를린에서 살았고, 그 후 다시 소련으로 거처를 옮겼다. 1945년에 헝가리로 돌아와 공산당 활동과 지식인 계몽 운동에 앞장섰다. 미적 감성, 인문주의를 마르크시즘적 사회 이론과 연결시키는 독특한 비평 이론을 선보였다.

85) 에른스트 텔만(1886~1944)은 독일의 공산당 지도자이다. 독일 수송 노동자 연맹의 일원으로 1902년 사회민주당에 가입했고, 1920년 클라라 체트킨과 함께 '독일 공산당KPD'을 조직했다. 이 당은 소련 공산당으로부터 심대한 영향을 받았다. 1933년 히틀러의 나치당이 공산당을 비롯한 반대당 퇴치에 나섰는데 텔만은 이 과정에서 체포되었고, 10년 뒤 강제 수용소에서 처형되었다.

86) 다하우는 독일 뮌헨 부근의 도시로, 1933~1945년에 이곳에 나치의 강제 수용소가 있었다.

87) 코민테른은 국제 공산당 조직, 제3인터내셔널(1919~1943)이다.

88) 콜리마는 시베리아 북서부의 지방이다. 이 지역에서 유명한 금광 산업은 스탈린 치하인 1930년대부터 시작되었는데, 이곳의 채굴 작업에 집단 수용소의 재소자들이 동원되었다.

89) 브라치는 의사라는 뜻의 러시아어다.

90) 그레이트 로터리는 복권 추첨과 비슷한 카드 도박의 일종이다.

91) 도상학(圖像學)은 시각 예술(조각이나 그림)에서 쓰인 상징, 주제, 소재를 식별, 묘사, 분류하고 해석하는 학문이다.

92) 수상술(手相術)은 손금의 배치를 보고 그 사람의 운명과 장래를 예언하는 방술이다.

93) 십이 궁도는 태어난 연, 월, 일, 시를 별자리에 배당해 그 사람의 미래를 예언하는 방술이다.

94) 테르츠는 러시아 망명 문학가 시냐프스키(1925~1997)의 필명이다. 시냐프스키는 서유럽으로 망명하기 전 테르츠라는 필명으로 사회주의 리얼리즘에 대한 비판을 담은 평문을 발표했으며, 이 때문에 KGB의 수사 선상에 올랐다. 반소비에트적인 작품 활동으로 1965년 율리 다니엘과 함께 투옥되었다. 1971년 석방되어 2년 뒤 프랑스로 망명했으며, 소르본 대학의 러시아 문학 교수를 역임했다.

95) 〈숙녀와 건달〉은 러시아 시인 블라디미르 마야콥스키가 쓴 원작에 벨린스키가 스토리를 붙여 만든, 1920년대 소련 사회를 배경으로 한 발레극이다. 1962년에 초연되었고, 음반은 쇼스타코비치의 곡을 붙여 발레 공연용으로 편집되었다. 1920년대, 폭력 조직에 몸담고 있는 청년이 한 여인을 만나 진정한 사랑을 느끼지만, 조직의 규율과 여인 사이에서 갈등하다 마침내 여인의 품에서 숨을 거둔다는 내용을 담고 있다.

96) 아르항겔스크는 러시아 북서부의 항구 도시이다. 이곳의 바다는 일 년 내내 결빙되어 있으나 쇄빙선을 운용해 항구로 쓴다.

97) 《그라나트 엔치클로페디야》는 1924년 소련에서 발간된 러시아 혁명에 관한 백과사전이다. 여기에는 러시아 혁명에 참여한 200명 이상의 인물들의 자서전, 전기가 수록되어 있다.

98) 하우프트는 실록 《러시아 혁명의 주창자들》(1969)의 저자다.

99) 포드보이스키(1880~?)는 러시아의 혁명가이자 인민위원이다.

100) 오흐라나는 제정 러시아 시대의 비밀 경찰이다.

101) 포그롬은 유대인에 대한 조직적인 약탈과 학살을 의미하는 러시아어이

다.

102) 블라디미르 솔로비요프(1853~1900)는 러시아의 철학자, 시인으로 러시아 상징주의 문학의 이론적 기틀을 마련한 인물이다. 인류의 보편적 사랑을 강조하는 철학과 역사에 관한 많은 저작을 남겼으며, 1900년 임종시에는 유대 민족을 위해 히브리어 기도를 드림으로써 철학적 자세를 재확인시켰다. 《적그리스도》(1900, 원제는 '적그리스도에 관한 짧은 이야기')는 러시아 종말론 사상에 깊은 영향을 미쳤으며, 철학적 대화 장르 문학의 탁월한 모범을 보여준다.

103) 코페이카는 러시아의 통화 단위로 루블의 100분의 1에 해당한다.

104) 코셰르 정육점은 유대인들이 경영하는 정육점을 뜻한다. 코셰르는 '정결한 음식물' 또는 유대인의 '음식법'을 의미한다.

105) 레오니드 안드레예프(1871~1919)는 러시아의 산문 작가, 극작가, 사회 평론가이다. 그는 작품뿐 아니라 실생활에서도 염세적인 니힐리스트였다.

106) 셸레르 미하일로프는 20세기 초의 러시아 작가이다.

107) 바쿠는 아제르바이잔 공화국의 수도이자 항구 도시이다.

108) 이바노보보즈네센스크는 이바노보의 옛 이름이다. 러시아 중부에 위치하며, 모스크바에서 약 233킬로미터 떨어져 있다.

109) '러시아의 머리'로 불리는 러시아 제2의 도시 상트페테르부르크는 1703년 표트르 대제에 의해 창건된 이후 명칭이 네 번이나 바뀌었다. 제정 러시아 시대에는 페테르부르크로 불리다가, 1914년에는 페트로그라드, 1924년에는 레닌그라드로 변경되었고, 1991년에 본래의 이름인 상트페테르부르크로 복귀했다.

110) 융커는 프로이센(독일) 귀족의 총칭이다. 19세기에 독일 제국 창건을 주도한 세력이며, 2차 대전 후 소련군의 독일 점령으로 괴멸했다.

111) 베즈라보트니는 실업자라는 뜻의 러시아어다.

112) 블라디미르는 러시아 서부의 농업 도시이며, 철도 연락 지점이기도 하다.

113) 나르임은 시베리아 서부에 위치한 노보시비르스크 주의 도시이다.

114) 안토니오 라브리올라(1843~1904)는 이탈리아 최초의 정통 마르크스주의자로 로마 대학의 철학 교수를 지냈고, 마르크스주의를 소렐, 크로체, 그람시 등에게 전수했다. 여기서 언급된 책은 그의 대표 저서인《유물론적 역사관에 대한 시론》(1939)이다.

115) 라스푸틴(1872?~1916)은 제정 러시아 말기의 괴승이다. 여러 수도원과 성지를 돌아다니며 예언과 치료를 하다가 상트페테르부르크 신학교장 페오판의 추천으로 궁정에 출입하게 되었고, 때마침 혈우병을 앓고 있던 황태자를 기도로 고쳐 황후의 환영을 받았다. 니콜라이 황제 부처의 총애를 얻었으나, 이를 이용해 각종 국정에 간섭하는 등 방종으로 흘렀고, 그의 영향력을 제거하려는 귀족들에 의해 암살당했다.

116) 아제프(1869~?)는 차르의 비밀 경찰 조직 오흐라나와 사회혁명당 사이를 오가는 이중간첩으로 활동했던 인물이다. 카뮈는 아제프를 비롯해, 러시아 혁명 전후의 사회혁명당 당원들 및 테러리스트들의 활동을《작가 수첩》에서 소개한 바 있다.

117) 바툼은 그루지야 공화국의 남서부에 위치한, 터키 인근 흑해의 항구이다.

118) 기메 박물관은 파리에 있는 국립 박물관이다.

119) 라 로통드는 파리의 유서 깊은 레스토랑이다.

120) 브루스 록하트(1887~1970)의 본명은 로버트 해밀턴 브루스 록하트로 그는 러시아 황제 니콜라이 2세 퇴위 당시 모스크바 주재 영국 대사관의 부대사였다. 1918년 영국 비밀 경찰의 총경 자격으로 모스크바에 다시 파견되어 볼셰비키 정권 전복 공작을 폈다. 레닌 암살 미수 혐의로 소련 경찰에 체포되나 영국과 소련 간의 포로 인도 밀약에 따라 영국으로 소환되었다.

121) 몽펠리에는 프랑스 랑그도크루시용 주의 주도로 마르세유 북서쪽에 위치한다.

122) 막스 시펠(1859~1947)은 독일 사회민주당의 우파 인사이다.

123) 바젤은 스위스 바젤슈타트 주의 주도로 프랑스, 독일과 접경해 있는 국경 도시이다.

124) 브레스트 리토프스크는 벨라루스 공화국 브레스트 시의 옛 이름(1921년까지)이다. 이곳은 모스크바와 바르샤바를 잇는 교통의 요지다. 브레스트 리토프스크 조약은 러시아 소비에트 정부가 러시아 혁명 후 1918년 3월 13일에 1차 대전 교전국인 독일, 오스트리아, 불가리아, 터키 등과 체결한 단독 강화 조약이다. 레닌은 부하린, 트로츠키의 반대에도 불구하고 이 조약의 즉각적인 체결을 주장했다. 그러나 같은 해 11월에 독일 혁명이 발발하고 뒤이어 독일이 패전하면서 조약은 파기되었다.

125) 툴라는 러시아 서부의 도시로 우파 강이 가까이 있고, 철 생산이 활발하다.

126) 탐보프는 러시아 중남부의 도시로 모스크바에서 약 420킬로미터 떨어져 있다.

127) 오룔은 러시아 서부, 오카 강 부근에 있는 도시이다.

128) 하리코프는 우크라이나 북동부에 있는 도시이다.

129) 데니킨(1872~1947)은 러시아의 군인으로 1차 대전 당시 러시아군 사단장과 군단장을 지냈다. 1917년 10월 혁명 후에는 혁명 세력에 반대하는 남부 러시아 백군 사령관직을 지냈다. 모스크바 반격에 실패한 후 1920년 프랑스로 망명했으며, 5권짜리 저서 《러시아 내전의 역사》를 남겼다.

130) 레발은 발트 해의 핀란드 만 연안에 있는 항구 도시 탈린의 독일어 명칭이다. 에스토니아 공화국의 수도이다.

131) 크론시타트는 러시아 상트페테르부르크 주의 도시로 핀란드 만 깊숙한 곳에 위치한 코틀린 섬 안에 있다. 러시아 발트 함대의 근거지였고, 1917년 10월 혁명을 전후해 혁명 세력의 거점 구실을 했으며, 2차 대전 당시 독일군의 공격으로부터 상트페테르부르크를 방어하는 데 크게 기여했다.

132) 엔젤리의 원래 명칭은 반다르에안잘리로 인구 9만의 이란 북서부 항구

도시이다.

133) '고리코'는 '(맛이) 쓰다'라는 뜻의 러시아어로, 결혼식에서 하객들이 신혼부부의 키스를 재촉하며 외치는 말이다. 러시아에서는 보통 결혼식 후 피로연에서 술을 마시게 되는데 그때 하객들이 마시는 쓴 술을 신랑 신부가 달콤한 키스로 달래라는 뜻에서 연유했다.

134) 투르케스탄은 카자흐스탄 공화국 침켄트 주의 도시이다.

135) 헐은 영국 북동부의 도시이다.

136) 오체르크는 스케치하듯 핵심적인 것을 간략하게 묘사하는 르포르타주 형식의 글이다.

137) 악튜빈스크는 카자흐스탄 북서부의 도시이다.

138) 솔로베츠키 섬은 러시아 북부에 위치한 군도로 백해의 오네가 강 어귀에 있다. 이반 4세 시절부터 1956년까지 정치범, 종교사범, 일반 범죄자들을 다스리는 가장 혹독한 유형지였다.

139) 푸르가는 '거대한 눈보라'를 뜻하는 러시아어로 '숙청, 추방'을 뜻하는 영어 단어 purge와의 음성적 유사를 통한 의도적인 말놀이로 보인다.

140) '몬시뇨르'는 로마 가톨릭에서 고위 성직자들에게 사용하는 칭호다.

141) 목자(牧者)라는 뜻의 프랑스어 파스투로는 중세에 프랑스에서 일어났던 두 번의 대규모 군중 폭동에 가담했던 사람들을 가리키기도 한다. 파스투로를 대두시킨 첫 번째 폭동의 직접적인 원인은 1251년 루이 9세에 의한 7차 십자군 원정의 실패였다. 대다수가 농민이었던 파스투로는 원정 실패의 책임을 귀족, 성직자, 부르주아에게 돌리며 교회와 도시에 대한 대대적인 약탈을 자행했다. 파스투로의 두 번째 폭동은 1320년 파리에서 일어났는데, 이 역시 십자군 원정 실패에 대한 과실을 물어 필리프 5세를 처벌하기 위한 것이었다. 그들은 도시를 약탈하고 감옥 문을 열었으며, 급기야 교외 지역까지 습격해 그곳에 사는 유대인들과 나병 환자들을 대대적으로 학살했다.

142) 툴루즈는 프랑스 남부 가론 강 유역의 도시로 교통의 요충지이자 상업 및 문화의 중심지다.

143) 그르나드는 프랑스의 가론 강 유역에 있는 지역이다.

144) 가론 강은 프랑스 남서부 제1의 강이다.

145) 아쟁은 프랑스 남서쪽에 위치한, 가론 강 유역의 도시이다.

146) 카스텔사라쟁은 프랑스 남부의 도시로 중세에는 요새 도시였다.

147) 나르본은 프랑스 남부 지중해 연안의 도시로 중세에는 유대인들의 중심 거주지였다. 13세기 후반의 대대적인 유대인 추방과 1310년 유대인 3만 명의 목숨을 앗아간 인종 청소는 나르본 시의 경제적 번영에 심각한 타격을 입혔다.

148) 타라스콩은 프랑스 남동부의 도시로 론 강변에 있다.

149) 루스타벨리(1172~1216)는 그루지야의 국민 시인으로 그루지야의 민족 서사시 〈표범 가죽을 입은 기사〉를 썼다.

150) 티플리스는 오늘날의 그루지야 공화국 수도 트빌리시에 해당한다.

151) 나르부트(1888~1944)는 러시아의 시인이자 소설가이다. 유년 시절의 체험을 소재로 풍자적 시와 소설을 썼다. 그로테스크하고 생생한 이미지, 거친 문체가 특징이다. 혁명 후 볼셰비키에 적극 가담했으나 소비에트 당국에 의해 정치적 탄압을 받았으며, 사후 복권되었다.

152) 니콜라옙스키 고로드는 볼가 강 어귀의 도시로 사라토프와 아스트라한 사이에 위치한다.

153) 사라토프는 러시아 남부 볼가 강 하류의 항구 도시로 산업과 상업의 중심지다.

154) 코르흐는 20세기 초의 덴마크 소설가이다. 그는 고급하지는 않지만 흥미로운 소설로 1910~1920년대에 유럽에서 많은 인기를 얻었다.

155) 마야콥스키(1893~1930)는 그루지야 산림 관리인의 아들로 태어났고 1908년 볼셰비키 사회민주당에 가입해 선전 활동을 맡았다. 차르 경찰에 체포되어 몇 개월 수형 생활을 했으며, 석방된 뒤 '미래주의자' 그룹에 가입해 혁명을 위해 예술적 재능을 바칠 것을 다짐했다. 당을 선전하기 위한 포스터와 시를 창작했고, 정치적 주제를 다룬 시들을 대중 앞에서 낭독했다. 그러나 당의 예술 방침과 자신의 예술적 이상 사이의

괴리를 느껴 1930년 스스로 목숨을 끊었다.

156) 빅토르 고프만(1884~1911)은 러시아의 시인, 산문 작가, 번역가이다. 상징주의 선배 시인들의 영향이 짙게 풍기는 시를 썼으나, 두 권의 시집 발표 후 시 쓰기를 그만두고 산문 집필과 번역에 매달렸다. 1911년 유럽 순회 여행을 시작했고, 같은 해 8월 파리에서 돌연한 정신 분열로 자살했다.

157) 키클롭스는 그리스 신화에 나오는 외눈박이 거인이다. 우라노스와 가이아의 아들이며 대장장이다.

158) 이노켄티 안넨스키(1856~1909)는 러시아의 시인, 극작가로 프랑스 상징주의의 영향을 받아 섬세한 심리 체험을 시로 표현했다.

159) 부닌(1870~1953)은 20세기 초 러시아 최고의 시인이자 소설가이다. 러시아 자연 풍경과 농촌의 몰락을 탁월한 서정적 산문으로 묘사했다. 1920년 프랑스로 망명했고 1933년 노벨 문학상을 수상했다.

160) 브루실로프(1853~1926)는 제정 러시아의 장군이다. 1차 대전에서 사령관을 맡아 갈리치아에서 승리를 거뒀다. 1916년에는 오스트리아 공격을 지휘했다. 러시아 혁명 후 케렌스키 임시 정부에서 러시아군 총사령관을 맡았으나, 1920년 소비에트 군대에 가담해 대폴란드전을 지휘했다.

161) 갈리치아는 동부 유럽, 카르파티아 산맥 북변에 위치하고 있다. 과거에는 오스트리아 왕국의 땅이었으나 지금은 우크라이나의 영토다.

162) 키슬로보트스크는 러시아 연방 남서부 스타브로폴 지구에 있는 도시로 캅카스 산맥 기슭에 자리 잡고 있다. 7개의 온천과 40개 이상의 정양소가 있어 현재 러시아에서 가장 큰 보양지로 꼽힌다.

163) 티어가르텐은 베를린에 있는 대공원이다. 매년 여름에 이곳에서 대형 바비큐 파티가 열린다.

164) 체르케스는 캅카스에 사는 산악 민족을 뜻한다.

165) 포볼쥐예는 러시아 볼가 강 유역의 지방이다.

166) 쿠르스크는 러시아 서부의 도시이다. 세임 강의 상류에 위치하며 교통

의 요지이다.

167) 프룬제(1885~1925)는 러시아의 장군이다. 1917년 10월 혁명에 참여했고, 뒤이은 내전에서 소비에트 군대를 이끌고 콜차크 부대와 랑겔 부대를 격퇴했다. 군사 인민위원을 지냈으며, 소비에트 군대를 재편하는 중책을 맡았다. 1925년에 간단한 외과 수술을 받던 중 사망했는데 이 죽음을 놓고 항간에는 스탈린에 의한 정치적 암살이 아니냐는 의심이 떠돌았다. 러시아 소설가 필냐크는 이 소문을 토대로 소설 《꺼지지 않는 달의 이야기》를 썼고, 이로써 처형을 자초했다.

168) 카마 강은 러시아 동부의 강으로 볼가 강의 가장 큰 지류다.

169) 올가 포르슈(1873~1961)는 러시아의 화가, 소설가이다. 현실에 불만족하는 낭만적 주인공을 그린 소설로 데뷔했으나, 이후 페트로그라드의 삶을 주된 문학적 소재로 삼았다. 그로테스크하고 과장된 표현주의적 문체가 특징이다. 대표작 《광인의 함선》(1931)에서는 실제 문인들(벨리, 조셴코, 샤기냔, 슈클로프스키, 블로크, 고리키, 포르슈 자신)을 주인공으로 등장시켜 1920년대 페트로그라드 예술협회의 모습과 시대적 분위기를 회고한다.

170) 부하라는 우즈베키스탄 서부의 도시로 제라프샨 강 유역에 있다.

171) 레프 룬츠(1901~1924)는 유대계 러시아 작가이자 사회 평론가이다. 아방가르드 문학 그룹 '세라피온 형제들'의 창립자로서 선언문 〈어째서 우리는 세라피온 형제들인가?〉를 발표했다. 《법의 외부에서》, 《원숭이가 몰려온다》, 《진리의 도시》 같은 희곡 작품이 있다. '세라피온 형제들'은 개인의 창작의 자유, 아름다운 문학의 추구, 회원들 간의 우애를 꿈꾸었던 10여 명의 동반 작가들로 이루어진 문학 그룹이었다. 위 선언문은 예술 창작에서의 다원주의와 자유의 필요성을 역설했다. 회원들은 '페트로그라드 예술의 집'에서 회합을 가졌고, 창작 기법, 문학의 가치 등을 논했으며, 1922년 그룹 해체 이후에도 유명한 소비에트 작가로 발돋움했다.

172) '세라피온 형제들'은 동프로이센 쾨니히스베르크에서 출생한 독일계

작가, 작곡가, 화가인 에른스트 테오도르 호프만(1776~1822)의 소설 제목이다. 호프만은 마법적이고 고딕 요소가 강한 독특한 환상 소설을 통해 독일 낭만주의 정신을 표현한 작가였다. 룬츠는 '세라피온 형제들'이라는 명칭을 호프만의 소설집 《세라피온 형제들》, vol. 4(1819~1821)에서 차용했다. 이 소설은 오랫동안 보지 못했던 친구들이 서로 만나는 장면에서 시작된다. 그들 중 키프리안이라는 청년은 친구들에게 어느 미치광이 백작과 만났던 일을 들려준다. 이 백작은 자신을 로마 황제의 핍박을 피해 사막으로 갔던, 훗날 알렉산드리아에서 순교한 은자 세라피온으로 착각하는 인물이었다. 친구들의 끈질긴 설득에도 불구하고 키프리안은 우리를 둘러싼 세계는 환각일 뿐이라는 백작의 신념을 고집한다. 호프만은 객관적 현실을 거부하고 자유로운 상상의 세계로의 도피를 추구하는 이 주인공의 모습에서 작가 자신의 중요한 예술적 신념을 천명하고 있다.

173) 크루체니흐(1886~1969?)는 러시아의 시인이다. 우크라이나의 농부 가정에서 출생했고, 1910년 모스크바에서 화가 겸 시인 다비드 부를류크가 이끄는 미래파의 전신 '길레야'에서 적극적으로 활동했으며, 이 단체의 문집 《대중의 취미를 모욕하기》에 참여했다. 1913년 마야콥스키와 공동으로 〈푸시킨, 도스토옙스키, 톨스토이를 현대의 기선으로부터 내던져라〉라는 내용의 미래파 선언문을 작성해 사회적으로 큰 반향을 불러일으켰다. 1913년부터 비논리적인 시를 짓기 시작해 소위 자움 zaum 시학 이론을 고안해냈다. '자움'이란 말 그대로 '이성을 초월한'이라는 뜻으로, 자움 시란 이성과 논리로써 파악할 수 없는 낱말들, 그러나 세계의 태초의 본질과 맞닿아 있는 낱말들로 이루어진 시를 말한다. 크루체니흐는 이를 위해 온전한 낱말 대신 의도적으로 파편화되고 절단된 낱말들을 사용했다. 그는 자신의 대표적 자움 시인 〈디르 불 쉴〉 속에 푸시킨의 시 전체를 합친 것보다 많은 러시아의 민족적 특성이 녹아 있다고 주장했다.

174) 쿠즈니차 그룹은 1920년 프롤레트쿨트(1917~1930, 프롤레타리아 순

수 문화의 창조를 지향하는 문화 단체)에서 탈퇴한 프롤레타리아 작가들(주로 서정 시인들)이 만든 문학 그룹이다. 이들은 선언문에서, 프롤레트쿨트의 간섭에서 벗어나 문학적 방법과 문체의 선택에서 자유로워야 한다고 주장했다.

175) 만델스탐(1891~1938)은 러시아의 시인이자 에세이 작가이다. 바르샤바에서 태어나 상트페테르부르크 부르주아 지식인들의 문화적 환경 속에서 성장했다. 테니셰프 상업 학교 재학 시절, 교장이자 문학 그룹 '시인 조합'에 소속된 시인이었던 기피우스의 문학적 영향을 받았다. 그 후 1911년에 상트페테르부르크 대학의 역사어문학부에 입학했고 '시인 조합'에 가입했다. 이 단체는 장차 아크메이즘 시문학 운동의 주축이 된다. 초기 시에서는 인간이 이룩한 문화적 기념비들을 이야기했고, 중기(1920년대)에는 인간 중심적인 세계관을 표현했으며, 1930년대 이후에는 시인의 자전적 삶을 노래했다. 소련 당국에 의한 두 번째 체포 뒤인 1938년 12월 27일에 사망했으며, 스탈린 사망 후인 1956년에 복권되었다. 만델스탐은 스스로를 잡계급 출신의 작가, 유대인, 버림받은 자, 진정한 시인으로 여기면서, 윤리적 힘의 필요성, 인간 존중 사상, 자유와 불멸, 진정한 삶과 문학, 상상과 창작의 기쁨 등을 노래했다.

176) 아크메이즘은 19~20세기의 러시아 시문학 운동들 중 하나이다. '아크메이즘'은 '만개', '절정'을 뜻하는 그리스어 akme에서 유래했다. 인식이 불가능한 초월 세계를 지향하는 상징주의 언어관에 반기를 들어, 구체적이고 감각적으로 세계를 지각하는 것에 태초 언어의 모습이 있다고 주장했다. 대표 시인으로는 구밀료프, 고로데츠키, 만델스탐, 아흐마토바 등이 있다.

177) 〈역병이 돌 때의 향연〉은 러시아 작가 푸시킨의 희곡으로, 영국 극작가 윌슨의 《역병의 도시》(1816) 중 한 토막을 번역한 작품이다. 1830년 11월 볼지노에서 콜레라가 창궐한 것이 이 작품의 집필 동기가 되었고, 역병이 창궐하는 17세기 런던의 거리가 이 작품의 배경을 이룬다. 페스트로 많은 사람들이 죽어간 가운데 살아남은 몇 명의 사람들이 거리에

모여 술을 마시며 죽음을 찬양하고, 죽음의 공포 한가운데서 삶의 엑스터시를 체험한다.

178) 사모곤은 밀주 보드카를 가리키는 러시아어다.

179) 카산드라는 그리스 신화에 나오는 여자 예언자이다. 아폴론 신의 사랑을 받아 예언 능력을 전수받았지만, 그의 사랑을 거절함으로써 아폴론의 노여움을 샀다. 결국 아폴론은 그녀에게 전수한 예언의 힘을 사람들이 믿지 못하게 만들었다.

180) 아흐마토바(1889～1966)는 러시아의 대표적인 여성 시인이다. 시인 구밀료프(1886～1921)가 조직한 문학 그룹 '시인 조합'에 가입해, 상징주의에 반발하는 아크메이즘 시문학 운동을 주창했다. 1910년에 구밀료프와 결혼했다가 1918년에 이혼했다. 그는 반혁명 운동에 가담했다는 혐의로 1921년 처형되었고, 이런 비극은 아흐마토바의 시에 독특한 비탄의 톤을 심어놓았다.

181) 도로고이첸코(1903～?)는 러시아의 작가이다. 1937년 엔케베데에 의해 체포되어 3년의 감호 처분을 받았고, 1956년 군사 재판에서 복권되었다. 시집으로《노동의 기쁨》이 있다. 내전 당시 체코 작가 하셰크에게 은신처를 제공하기도 했다.

182) 수후미는 그루지야의 북동 해안에 위치한 도시이다. 휴양지로 유명하다.

183) 오비디우스(B.C. 43～A.D. 17)는 아우구스투스 황제에 의해 로마에서 흑해의 해변으로 내쫓긴, 인류 최초의 유배 시인이다.

184) 헤트만은 옛 폴란드의 사령관, 또는 카자크족의 수장을 일컫는 말이다.

185) 알렉세이 막시모비치는 막심 고리키의 본명이다.

186) 베라 인베르(1890～1972)는 러시아의 여성 시인이다. 오데사에서 태어났고 오데사 대학에서 역사와 어문학을 공부했다. 1914년부터 극단의 배우로도 활동했으며, 문학 그룹 LCK(구성주의 문학 센터)에 가입해 구성주의 미적 원칙에 입각한 시를 썼다. 시 외에 저널리즘, 기행문 장르의 글도 썼다.

187) 브루노 야센스키(1901~1938)는 폴란드어와 러시아어, 두 언어로 작품을 썼던 천재 작가이다. 1930년대에 집단 수용소에서 사망했다. 국제혁명작가동맹의 간부 및 잡지《세계혁명 문학》의 책임 편집장을 지냈다.

188) 조시첸코(1895~1958)는 러시아의 단편 작가이다. 1920년대부터 작품을 발표하기 시작해 고리키에 버금가는 대중적인 인기를 얻었으나, 1930년대부터 보다 친소비에트적인 작품을 쓰라는 강요 때문에 창작 활동에서 갈등을 겪었고, 1946년 스탈린의 하수인 안드레이 주다노프(1896~1948)의 공격으로 아흐마토바와 함께 작가 동맹에서 제명당했다.

189) 키르사노프(1906~1972)는 1920년대 러시아 문단에서 괄목할 만한 활약을 펼친 시인이다. 재봉사 집안에서 태어나 오데사 고등학교와 대학교에서 수학했다. 1924년 러시아 미래파의 대표 시인 마야콥스키를 알게 된 후 그의 열렬한 추종자가 되었고, 문학 그룹 LEF(좌익 예술 전선)에 가입해 마야콥스키의 후원으로 시집을 출판했다. 러시아 구어체 산문 풍의 시에서 격정적인 서정시, 또는 전쟁, 평화, 레닌 등을 노래한 피상적인 정치 선전시에 이르기까지 넓은 폭을 지닌 시인이었다.

190) 우쿨렐레는 하와이 원주민의 기타와 유사한 현악기이다.

191)《산정의 화환》은 발칸 반도 최고의 시인인 녜고슈의 대표작이다. 서사시 형식의 이 작품은 18세기 초의 몬테네그로 기독교도들에 대한 이슬람 세력의 위협과 그들을 격퇴하고 조국을 구해내는 과정을 그리고 있다. 그러나 이 작품은 이런 단순한 줄거리 외에 세계의 탄생 기원에 관한 시인의 철학적 명상, 자유 애호 사상, 통치자와 피지배 민중 간의 관계에 관한 정치적 논설, 독특한 형식과 문체, 몬테네그로의 삶에 대한 백과사전적 묘사를 담고 있어 이후 슬라브 문학의 고전 가운데 하나로 꼽혀왔다.

192) 체티녜는 오늘날의 세르비아-몬테네그로 국가 연합(신 유고슬라비아 연방의 후신)의 몬테네그로 공화국 남동부에 위치한 인구 2만 명의 고도(古都)이다. 아드리아 해에 연해 있다. 터키군의 참시(斬屍)를 우려해

시인 녜고슈의 유해는 1851년 이곳의 수도원에 안장되었다.

193) 녜고슈(1813~1851)는 몬테네그로의 주교, 통치자, 시인, 철학자이다. 발칸 반도에 위치한 조국 몬테네그로의 자유와 독립, 러시아와의 영원한 우정을 노래했다. 이민족 침략자들(오스트리아, 터키)과의 투쟁 및 민족의 승리를 그린 영웅시적 작품들을 남겼다.

194) 세르비아는 지금의 세르비아-몬테네그로 국가 연합을 말한다.

195) '키슈'는 헝가리계 성씨다.

196) 드라간 예레미치(1925~1986)는 유고의 문학 비평가로 《보리스 다비도비치의 무덤》에 대한 반대 운동을 주도했다.

197) 굴라크는 교화 노동 수용소를 뜻하는 Glavnoye upravleniye ispravite-lnotrudovykh lagerey의 약어이다.

198) 공화주의자들과 민족주의자들 사이에서 벌어진 스페인 내전은 실제로 공화주의자들에 대한 소비에트 정권의 급작스런 지원 중단으로 인해 민족주의자 진영의 승리로 돌아갔고, 이로써 스페인은 프랑코 정권의 무자비한 탄압의 시대에 들어서게 되었다. 한편 소비에트 정권의 도덕적 해이와 부패는 스탈린이 집권 초기의 레온 트로츠키의 세계혁명론을 포기하고 그 대신 사실상 전체주의와 다름 없는 일국 혁명론의 길을 선택하면서 본격적으로 시작되었다는 것이 학계 일각의 견해이다.

199) Karlo Štajner, *Seven Thousand Days in Siberia*(New York : Farrar, Straus and Giroux, 1988).

200) 〈보리스 다비도비치의 무덤〉에서 키슈는 본문의 각주를 통해, 심지어 고문 수사관 페두킨에게도 여느 작가 못지않은 문학적 재주가 있음을 밝히면서 문학의 가치는 화려한 수사나 모방에 있는 것이 아니라 작가 자신의 진실한 사고와 독창성에 있다는 점을 강조한 바 있다.

옮긴이에 대하여

조준래는 서울에서 태어나고 자랐다. 한국외국어대학교 유고어과를 졸업했으며, 같은 학교 대학원에서 러시아 문학 석사와 박사 학위를 수득했다. 석사 학위 논문에서는 러시아 현대 소설을, 박사 학위 논문에서는 러시아 문학이론가 미하일 바흐친의 사상을 조명했다.

자신을 슬라브 작가들에 대한 골수팬이라고 자평하는 그는 자신의 진로에 가장 큰 영향을 끼친 작가로 도스토옙스키와 안드리치를 꼽고 있다. 대학 시절 도스토옙스키의 《지하생활자의 수기》를 수십 번 읽었던 것이 안드리치를 이해하는 데 큰 도움이 됐다. 문학이 인간의 내면을 변화시킴으로써 궁극적으로 사회를 개선시킬 수 있다는 신념을 굳게 간직하고 있는 그는 자기가 하고 있는 작업을 비록 힘들지만, 매우 소중한 일로 여기고 있다.

건국대, 외대, 인하대 강사를 역임했으며 현재는 한국외국어대학교에서 러시아의 시와 현대 예술이론을 강의하고 있다. 저서로 《인문학과 문화》(공저), 《동구 문학의 세계》 등이 있으며, 《러시아 문화 세미나》, 《터키 재상과 그의 애완 코끼리의 전설》, 《물고기 비늘로 만든 모자》, 《보리스 다비도비치의 무덤》, 《제파 강의 다리 외》, 《죽은 자들의 백과전서》 등을 옮겼다. 현재 한국외국어대학교 외국문학연구소에서 책임연구원으로도 활동하고 있으며, 슬라브 비교 시학에 관한 저서 집필에 땀방울을 흘리고 있다.

mandelstam@hanmail.net

보리스 다비도비치의 무덤

초판 1쇄 | 2003년 12월 15일
초판 2쇄 | 2015년 6월 10일

지은이 | 다닐로 키슈
옮긴이 | 조준래
펴낸이 | 김직승
펴낸곳 | 책세상

전화 | 02-704-1251(영업부) 02-3273-1334(편집부)
팩스 | 02-719-1258
주소 | 서울시 마포구 광성로1길 49 대영빌딩 4층(우편번호 121-854)
이메일 | bkworld11@gmail.com
홈페이지 | www.bkworld.co.kr

등록 1975. 5. 21 제1-517호
ISBN 979-89-7013-423-9 04890
978-89-7013-373-9 (세트)

책값은 뒤표지에 있습니다.
잘못된 책은 바꿔드립니다.

* 이 도서의 국립중앙도서관 출판시도서목록(CIP)은 서지정보유통지원시스템 홈페이지(http://seoji.nl.go.kr)와 국가자료공동목록시스템(http://www.nl.go.kr/kolisnet)에서 이용하실 수 있습니다. (CIP제어번호: CIP2015013724)